ro
ro
ro

Emma Hamberg

LINAS GEHEIME LIEBESNOTIZEN

Aus dem Schwedischen
von Maike Dörries

Rowohlt Taschenbuch Verlag

*Für Nåmi, Saga und Ditte,
meine Goldstücke*

Deutsche Erstausgabe

Veröffentlicht im Rowohlt Taschenbuch Verlag,
Reinbek bei Hamburg, Oktober 2005

Die Originalausgabe erschien 2002 unter
dem Titel «Linas kvällsbok»
bei Albert Bonniers Förlag AG, Stockholm, Schweden

Umschlagillustration und -gestaltung Birgit Schössow
Satz aus der Swift-Light bei KCS GmbH, Buchholz/Hamburg
Druck und Bindung Druckerei C. H. Beck, Nördlingen
Printed in Germany
ISBN 3 499 21316 8

14. August

Das hier ist mein Tagebuch. Oder genauer gesagt: mein Abendbuch. Denn wer setzt sich schon tagsüber hin und schreibt auf, was er erlebt hat?

Wer in diesem Abendbuch liest – außer mir natürlich –, muss sterben. Oder aber ich muss sterben. In diesem Buch soll nämlich die reine Wahrheit stehen. Ich sage eher selten die Wahrheit (wie sollte man sonst wohl in der Schule überleben?!) und lüge das Blaue vom Himmel herunter, um mich ein bisschen positiver darzustellen, als ich in Wirklichkeit bin.

Ich führe übrigens auch ein Lügentagebuch. In das schreibe ich, wie ich mir mein Leben wünsche. Das Lügentagebuch kann meinetwegen offen rumliegen, soll doch darin rumschnüffeln, wer will. Aber dich, mein Wahrheitsabendbuch, dich werde ich verstecken, gut verstecken, irgendwo, wo niemand dich vermutet.

Aber vielleicht sollte ich mich erst einmal kurz vorstellen.

Name: Lina Karin Berglund (Rufname: Lina)

Alter: 15 (10 oder 18 wäre mir wesentlich lieber; 15 ist irgendwie nichts Halbes und nichts Ganzes.)

Familie: Mama (Krankenpflegerin). Trinkt gern Wein und liebt ekligen Schimmelkäse. Ansonsten gar nicht so peinlich wie die meisten anderen Mütter. Meisterin im Trösten.

Papa (hat ein eigenes TV-/Rundfunkgeschäft). Voll peinlich! Hat eine laute Stimme und will jedem einen Fernseher andrehen, sogar auf Elternabenden.

Mein kleiner Bruder Alex (Idiot)

Mein Meerschweinchen (scheint unsterblich zu sein, ich habe es seit der fünften Klasse. Ich liebe Tiere, aber ein etwas größeres, intelligenteres Tier wäre nicht schlecht. Hund, Pferd, Katze, Krokodil, egal was, aber nicht so ein stupides Meerschwein. Sorry, Pelle)

Wohnort: große Reihenhaussiedlung, die in den siebziger Jahren hochgezogen wurde. Ein Traum in Orange, Ocker und Braun. GROTTENHÄSSLICH! Neben der Siedlung liegt ein kleines Wäldchen (Spielplatz für Kinder, heimlicher Sauftreff für Jugendliche und Poppplatz für ganz Eilige). An der Hauptstraße liegen die Rentnervillen, am See die Einfamilienhäuser (dort lebt es sich, rein statusmäßig, am besten), und hinter dem Wäldchen die Wohnblocks (rein statusmäßig am unteren Ende der Skala). Das Stadtzentrum ist Hunderte von Kilometern entfernt, einmal über die Brücke. The centre of Rödköping (Todköping).

Was Rödköping zu bieten hat:

1. eine Fußgängerzone (in der Radfahren verboten ist, was allerdings keine Sau interessiert)

MAMA UND PAPA, LETZTEN SOMMER
BEIM KREBSFEST MIT DEN NACHBARN
(PEINLICH LAUT)

MEIN BRUDER ALEX
MIT DICKEM FANG

ICH AUF DEM SCHUL-
FOTO DER ACHTEN.
SEHE INZWISCHEN
NICHT MEHR GANZ
SO KINDISCH AUS.
(WEIL ICH MICH
SCHMINKE!)

2. ein JC (Wer was Ausgefalleneres zum Anziehen sucht, muss mit dem Bus nach Göteborg fahren.)
3. fünf Pizzerien (Wozu fünf? Eine würde völlig reichen. Pizzas schmecken doch sowieso alle gleich: nach überbackenem Käse und Kochschinken aus der Plastikfolie.)
4. zwei Cafés (In einem soll sogar Alkohol ausgeschenkt werden.)
5. jede Menge Kirchen
6. eine Schwimmhalle (Der Sprungturm ist gesperrt. Zum Glück, denn das erspart mir den Stress, vom Fünfmeterbrett springen zu müssen.)
7. eine «Boutique» für ältere Damen (Schals, Schals und nochmal Schals, dazwischen der eine oder andere rote Faltenrock)
8. zwei Schulen: die Vidarschule (auf die alle Halbstarken aus dem Norden der Stadt und aus Löddeborg gehen = Bauerntrampel) und die Rödköpingschule (auf die ich gehe. Eher gesittet). Die Schulfeten in der Vidarschule sollen viel heftiger sein als unsere.
9. viel zu viele Rentner (die die gesamte Fußgängerzone mit ihren Losbuden belagern, an denen man sturzhässliche Topflappen gewinnen kann)
10. einen Marktplatz mit zwei Imbissbuden (mit exakt dem gleichen Angebot an Würstchen und Gurkenmayonnaise. Bitte, ersetzt einen Imbiss durch Hennes & Mauritz! Das könnten wir hier wirklich gebrauchen.)
11. Nichts für mich

Beste Freundinnen: Na ja, ich bin nicht sicher, ob ich wirklich beste Freundinnen habe. Vielleicht sollte man eher *gute Freundinnen* sagen. Besten Freundinnen vertraut man doch alles an, oder? Na ja, egal.

Thea: wohnt in einem Einfamilienhaus am See. Wir kennen uns seit der ersten Klasse. Sie ist tausendmal cooler als ich.

Malin: wohnt in der gleichen Reihenhaussiedlung wie ich. Ist eigentlich eher langweilig, hat aber schon viel mehr erlebt als ich.

Caro: wohnt in einem der Wohnblocks hinter dem Wäldchen. Ein bisschen verrückt und ganz schön taff. Aber nett! Eigentlich die Netteste von den dreien. Trotzdem sind wir nicht besonders eng miteinander befreundet, das sind eher Thea und ich. Oder genauer: Thea ist gnädigerweise mit mir befreundet.

Lieblingsblume: Flieder! Da weiß man, dass die Sommerferien vor der Tür stehen!

Lieblingsessen: Kohlrouladen. Wenn mich wer fragt, sage ich immer Tacos oder Pasta, das klingt viel cooler. Aber eigentlich mag ich Mamas Kohlrouladen mit Gurken und brauner Soße am liebsten. Dummerweise kriegt man ziemlich Blähungen von Kohlrouladen, darum ist diese Information auch topsecret. Ich stehe so schon nicht weit oben auf der Popularitätsliste, da könnten die Kohlrouladen den endgültigen Todesstoß bedeuten.

ACHTUNG: ALLES FOTOS AUS DER ACHTEN!!!
THEA
SIEHT EIGENTLICH IMMER NOCH GENAUSO AUS.
ZUPFT SICH DIE BRAUEN UND HAT GEBLEICHTE STRÄHN-CHEN.
CARO
HAT EINE WAHNSINNS-OBERWEITE BEKOMMEN!
HAT DEN PONY GE-SCHNITTEN
MALIN

Lieblingsfilm: Alles, was mit Liebe zu tun hat! Ich hasse Horrorfilme. Würde mir gern mal einen Porno angucken. Wie soll ich sonst jemals rauskriegen, wie das mit dem Sex funktioniert? Der Grund, warum ich so gern Liebesfilme sehe: Da kann man ungeniert zugucken, wenn andere sich küssen und mit ein bisschen Glück sogar poppen. Aber es gibt nichts Peinlicheres, als mit meinen Eltern zusammen Sexszenen zu gucken. Mama wird dann immer schrecklich sentimental, und Papa räuspert sich und rennt alle naselang in die Küche. Für meinen Bruder macht es keinen Unterschied, ob zwei Sex haben oder eine Tasse Kaffee zusammen trinken. Und ich tu so, als würde mich das Ganze überhaupt nicht interessieren, obwohl ich keine Sekunde verpassen will.

Was ich liebe: Was weiß ich denn schon von der Liebe? Minus null. Vielleicht liebe ich ... na ja ... Ach nö. Ich weiß nicht.

Was ich hasse: dass ich noch ungeküsst bin und in der Schule nicht cooler auftrete. Und dass mich bisher noch kein Junge gefragt hat, ob ich mit ihm gehen will. Ich zu sein.

Traumberuf: Hure. Haha, schlechter Witz. Scherz beiseite, ich könnte mir vorstellen, irgendwas mit Tieren zu machen. Aber nicht Tierärztin, die Ausbildung dauert mir zu lange. Hundezucht wär nicht schlecht ... Ach nein, jetzt weiß ich: Ich werde die coolste Friseurin im coolsten Friseursalon von London und frisiere den ganzen Tag Promis die Haare! Aber dafür müsste ich eine Persönlichkeitswandlung durchmachen. Also doch die Hundezucht.

Freund: Soll das ein Witz sein?

15. August

Ich kenne vier Mädchen, die ihre Unschuld verloren haben. Blöderweise hat keine von denen erzählt, was für ein Gefühl das war. Eher, wie es technisch abläuft. Ich glaube ehrlich gesagt nicht, dass es so romantisch und ekstatisch ist, wie man denkt.

Malin war schon vier Monate mit Freddie zusammen. Er hatte es schon gemacht, mit Hupen-Elin. Ihm sind die vier Monate wahrscheinlich ganz schön lang vorgekommen, aber Malin eher kurz, wenn ihr mich fragt. Immerhin, sie waren beide nüchtern und bei ihm zu Hause. Er hatte erst kurz vorher ein neues Bett bekommen. Mindestens 1,20 breit, meinte Malin, und gut gefedert. Freddie hatte das Bett mit fabrikneuer Bettwäsche bezogen, die noch ganz steif war und nach diesem Imprägnierzeug roch, mit dem Stoffe behandelt werden, damit sie nicht schimmeln. Er hatte eine CD mit lauter ruhigen Songs aufgenommen, nichts Stressiges, was plötzlich losdonnert oder abrupt abbricht. Sie haben ziemlich lange rumgeknutscht, bevor sie sich ausgezogen haben, jeder für sich. Das stelle ich mir irgendwie seltsam vor: sich auszuziehen, während der andere zuguckt oder selbst versucht, aus seiner Jeans zu steigen. Huah.

Und dann haben sie es einfach gemacht. Malin war nicht sonderlich erregt, hat sie gesagt, und es war auch nicht ganz einfach mit dem Kondom und so. Aber es ging! Affenschnell. Schön, meinte Malin. Also, dass es schnell ging. Danach hat Freddie Panik geschoben, weil er nicht wusste, wie er das Kondom entsorgen sollte. Er hatte gehört, dass die Dinger sich schlecht im Klo runterspülen lassen und manchmal wieder hochkommen. Peinlich!

Auf dem Heimweg hatte Malin einen Gefrierbeutel dabei. Einen Gefrierbeutel mit einem gebrauchten Black Jack. An dem Wäldchen hinter der Reihenhaussiedlung hat sie die Augen zugekniffen und das Gefrierbeutelkondom im hohen Bogen in den Graben geschmissen. Malin betet nicht oft, aber da hat sie gebetet, dass niemand sie gesehen hat.

Thea hat es mit Andreas gemacht. Bei ihm zu Hause. Andreas war supernervös, dass seine Familie was mitbekommen könnte, weil Thea wohl ziemlich laut ist. Und er wohnt in einem dieser hellhörigen Reihenhäuser mit dünnen Pappwänden, genau wie ich. Also hatte Andreas sein Zimmer vorher mit dicken Samtvorhängen ausgekleidet. Samt soll ja sehr gut dämmen. Und das Bett hatte er sicherheitshalber auf dem grauen PVC-Boden verschraubt, damit es nicht quietschte. Und da haben sie es also gemacht, in einem schalldichten Raum mit einem verschraubten Bett. Als Thea später aus dem Zimmer kam, nachdem sie sich gekämmt und abgewartet hatte, bis ihre Wangen nicht mehr ganz so glühten, wurde sie von einer grinsenden Familie empfangen. Sie ist bis heute nicht sicher, wie sie das Grinsen deuten soll. Wussten sie, was in dem Zimmer abgegangen war, oder waren sie einfach nur nett? Wie auch immer, seitdem ist Thea nie mehr bei Andreas zu Hause gewesen. Aber wahrscheinlich ging es den beiden eh nur darum, es endlich hinter sich zu bringen.

Caro war mit ein paar Leuten auf einer der berüchtigten Feten der Vidarschule. Alle waren total hacke. Caro wachte irgendwann mit runtergezogener Hose auf. Sie hat keine Ahnung, ob sie es gemacht hat. Blut war jedenfalls keins zu sehen. Aber es muss nicht unbedingt bluten, selbst wenn es das erste Mal ist. Manchmal rechnet sie sich noch als Unschuld, dann wieder nicht. Kommt ganz drauf an, wer fragt.

Luder-Lena kenne ich zwar nicht direkt, aber ich weiß, dass sie es gemacht hat. Mit mehreren Jungen. Allein aus meiner Klasse behaupten drei Jungs, sie hätten mit ihr gepoppt. Und sie soll Gruppensex mit ein paar Typen von der Vidarschule gehabt haben. Sogar mit Bjärken soll sie es getrieben haben, der immer einspringt, wenn Tischler-Åke krank ist. Lena sagt nie nein, sie schläft mit jedem, der will. Glaube ich wenigstens. Das sagen die anderen. Lena selbst hat sich noch nie dazu geäußert.

Von solchen Dingen bin ich noch weit entfernt, ich hab ja noch nicht mal jemanden geküsst. Morgen fange ich in der neunten Klasse an. Wenn ich am Ende des Schuljahres immer noch ungeküsst bin, gebe ich die Hoffnung auf. Aber das heißt noch lange nicht, dass ich mich überfahren lasse. Ich will selbst am Steuer sitzen. Wrooom, wrooom.

16. August

Morgens.

Der erste Schultag nach den Sommerferien. Bevor ich gleich mit dem Rad zu Thea düse, will ich noch schnell eine kurze Liste schreiben, wie Thea sich verhalten wird, als Beweis, dass ich es im Voraus weiß.

Liste darüber, was Thea sagen/wie sie aussehen/wie sie sich verhalten wird.

1. *Theas erster Satz:*
«O Gott, ich hab total verpennt heute Morgen. Hab's nicht mal mehr geschafft, unter die Dusche zu springen, und hab mir einfach angezogen, was auf dem Stuhl lag. Echt tyyyyypisch.»

Die Wahrheit: Thea hat nicht verschlafen. Wahrscheinlich hat sie überhaupt nicht geschlafen, sondern die ganze Nacht Klamotten anprobiert.

2. *Theas Klamotten:*
Enge, hüfttiefe Jeans, die den Eindruck erwecken, als wäre ihr das Aussehen völlig egal. Weißes Shirt mit ein paar Rissen, als wäre sie ganz zufällig mit der Schere hängen geblieben, so, dass man die Wölbung ihrer Brüste dahinter erahnt. Angestaubte Sneakers. Lässig und natürlich und so sexy!

Die Wahrheit: Theas Jeans ist nagelneu, sie hat ewig gesucht, bis sie eine mit perfektem Abnutzungsgrad gefunden hat, die abgetragen und heiß geliebt aussieht. Das T-Shirt hat Thea in Präzisionsarbeit zerschnitten, damit man ihren Busen sieht. Und die Sneakers sind nicht die Bohne verstaubt. Sie hat sie vorgestern bekommen und ist gestern den ganzen Tag damit die Kieseinfahrt rauf- und runtergeschlurft, um ihnen die richtige Patina zu verpassen.

Total unlässig und unnatürlich, alles vorbereitet bis ins kleinste Detail.

3. *Der String, der «ganz zufällig» zu sehen ist, weil ihre Hose auf halbmast hängt:*
Kein Kommentar.

4. *Theas Hautfarbe:*
BRAUN! Obwohl der August total verregnet war. Aber Theas Eltern haben ein Solarium im Keller. Familie Frisch lässt grüßen. Wie gesund es wohl ist, in einem alten Hobbyraum in einem noch älteren Keller unter irgendwelchen Krebsröhren zu braten?

Die Wahrheit: Ich will auch braun sein! Meine Eltern schlagen schon Hautkrebsalarm, wenn ich nur andeute, dass ich mich gern ein wenig in Theas Keller sonnen würde. Werde mich wohl mit meiner Selbstbräunungscreme begnügen müssen. Obwohl meine Haut damit eher orange aussieht. Wie eine Karotte. Irgendwas machen die doch falsch bei der Herstellung. Warum wird die Haut orange und nicht braun? Und wieso darf das Zeug dann eigentlich «Selbstbräunungscreme» heißen?

5. *Was die anderen in der Schule denken:*
«Ach, Thea hat es gut. Sie stylt sich nicht groß und sieht trotzdem immer klasse aus. Sie lernt nie und schreibt trotzdem immer die besten Arbeiten. Sie muss sich nicht anstrengen, und trotzdem sind alle in sie verknallt. Wären wir doch wie Thea!»

Die Wahrheit: Thea ist ein einziger Bluff. Sie paukt wie ein Tier und ihr affektiertes «O nein, schreiben wir heute etwa die Mathearbeit?» geht mir gehörig auf den Senkel. Aufgerissene Augen, übertrieben theatralisch. «Da zieh ich den Notendurchschnitt aber reell nach unten, so viel steht fest!»

Yeah, right.

Thea weiß genau, was sie tun muss, damit die Jungs glauben, sie wäre ein Hauptgewinn. Sie verfolgt eine Taktik, ist nicht auf den Kopf gefallen!

Ich bin eine von Theas engsten Freundinnen, obwohl ich sie nicht wirklich mag. Aber ein Quäntchen von ihrem Status fällt auf mich ab. Ohne sie wäre ich ein Nichts.

Danke, lieber Gott, dass du Thea und mich in der ersten Klasse zu Banknachbarn gemacht hast. Danke, lieber Gott, dass du unser klappriges Reihenhaus nur wenige hundert Meter von ihrem etwas solideren Klinkerhaus gebaut hast. Danke, lieber Gott, dass sie meine Freundin ist (na ja, jedenfalls so was in der Art).

16. August

Abends.

Es ist immer wieder eigenartig, in eine Schule zu kommen, die den ganzen Sommer über leer gestanden hat.

Es riecht nach abgestandener Luft, nach zwei Monaten

entvölkertem, abgeschlossenem Vakuumgefängnis. Auf den Klos stinkt es ausnahmsweise mal nicht nach Pisse (ein nahezu überirdischer Zustand), die Schmierereien, die gnadenlos herausposaunen, wer der Schulidiot ist (Chaos-Conny) oder wer die Beauty-Queens sind (tausendmal Thea, keinmal ich), gibt's nicht mehr. Der Hausmeister hat (ein wenig lustlos) die Garderobenschränke geputzt und die vertrockneten Kaugummireste unter den Bänken im Korridor weggekratzt. Da dürften ein paar Tonnen zusammengekommen sein.

Und plötzlich sind sie alle wieder da. Oder fast alle. Die Neunten fehlen. Und ausgerechnet die kleinen Scheißer aus der Siebten haben ihre Schränke übernommen! Der Korridorabschnitt, in dem wir uns im letzten Jahr immer rumgedrückt haben, um unauffällig Blicke auf die Neuntklässler zu erhaschen, gehört jetzt diesen Babys.

Mein Gott, ich bin jetzt ja selbst eine Neuntklässlerin!

Die meisten gaben sich echt Mühe, sommerfrisch und erholt auszusehen. Es ist ein ungeschriebenes Gesetz: Wer nach den großen Ferien in die Schule zurückkommt, ohne «neu» auszusehen, hat schon verloren. Man muss ausstrahlen, dass während der Sommerpause etwas Magisches passiert ist! Scheißegal, ob sich tatsächlich die Super-duper-Romantik-Love-Story zugetragen hat, Hauptsache, es sieht danach aus. Ich sah aus, als hätte ich zu viele Karotten gegessen. Auf dem Weg durch den Korridor entdeckte ich noch andere Karotten. Und jede Menge Kohlköpfe.

Thea hatte mal wieder ihr Fahrradschloss zu Hause vergessen. Na ja, vergessen und vergessen. Sie vergisst ihr Fahrradschloss grundsätzlich, wenn sie mir zuvorkommen will. So wie heute Morgen.

Thea: «Oooooh neeeiiin, ich hab mein Fahrradschloss vergessen. Biiiiitttttte, Lina, schließt du mein Rad an deins mit an?»

Ich: «Klar.»

Genervt versuchte ich, mein hässliches DBS-Rad mit Theas limettengrünem Mountainbike zusammenzuschließen. Irgendwann gelang es mir, die Vorderreifen zusammenzudrücken und mein rotes Schlauchschloss durchzupfriemeln. Ich kniete mit meiner neuen JC-Jeans auf dem Boden, was in Kniehöhe zwei große dunkle Flecken hinterließ, gar nicht cool und sexy, einfach nur schmuddelig. Und während ich noch mit Theas Fahrrad kämpfte, lief sie in Richtung Schulhof davon, wo Caro und Malin vor dem Kunstsaal warteten.

T: «Määädels! Könnt ihr euch das vorstellen, ich hab total verpennt heute Morgen, guckt euch mal an, wie ich aussehe, wie der letzte Penner!»

Die Mädels: «Haha, typisch, Thea. Aber was hast du denn, du siehst doch klasse aus. Komm, lass dich umarmen.»

Während sie sich herzten und küssten, umarmte ich das Radschloss, das einfach nicht einrasten wollte.

DM: «Ist das nicht schrecklich, dass die Neuner weg sind, ich könnte heulen. Vielleicht sehen wir sie nie wieder!

Und habt ihr schon gesehen, eine echte Vogelscheuche hat Albins Schrank übernommen. Stellt euch das mal vor! Albins Schrank!»

T: «Und, sind ein paar süße Siebtklässler dabei?»

DM: «Wen interessiert das?»

Sie zogen in Richtung der Schränke der Siebtklässler ab. Genervt rieb ich den Dreck von den Knien und beeilte mich, sie einzuholen.

Außer dass die neunten Klassen vom letzten Jahr nicht mehr da waren und dass es nicht mehr nach Pisse stank, war alles wie gehabt. Deprimierend unverändert. Ich hatte mir irgendwie vorgestellt, es müsste körperlich spürbar sein, dass wir jetzt die Ältesten waren und dass ein ganzer Sommer vergangen war. Aber kaum war man wieder zurück, schien bereits in der ersten großen Pause wieder alles beim Alten. Außer dass sich die meisten zur Feier des ersten Tages ein bisschen mehr aufgebrezelt hatten als sonst. Um ihr neues Ich zu demonstrieren, sozusagen.

Elin hat sich ein Palästinatuch zugelegt. Damit war allen klar, dass sie zum alternativen Veganer mutiert ist. Zlatan, der vor den Ferien nur in Fußballklamotten rumgelaufen war, sieht jetzt aus wie der reinste Snob. Ein himmelblaues Ralph-Lauren-Hemd und helle Jeans ... Will er damit Eindruck schinden und seine Abschlusszensuren aufbessern, oder was? Würde mich nicht wundern, wenn er auch angefangen hätte, Golf zu spielen.

Und ich … Ich sehe mehr oder weniger aus wie immer. Nur ein bisschen oranger eben. Meine Jeans, die Mama und ich letztes Wochenende gekauft haben und die ich da noch echt cool fand, kam mir neben Theas Jeans auf einmal gar nicht mehr so cool vor. Trutschig.

Was die anderen wohl denken, wenn sie mich sehen? Ob sie merken, dass ich älter geworden bin? Sieht man mir an, dass ich noch ungeküsst bin? Verraten meine Trutschenjeans, dass mir während der Sommerferien nichts, aber auch gar nichts Aufregendes passiert ist?

Sieht man mir an, dass der einzige Junge, den ich aus der Nähe gesehen habe, mein drei Jahre jüngerer Cousin ist und dass wir nur zusammen schwimmen waren? Null erotische Spannung (obwohl ich zwischendurch vor lauter Verzweiflung sogar meinen zwölfjährigen Cousin geküsst hätte, um endlich zu erfahren, was für ein GEFÜHL das ist!). Oder sehe ich so aus, als hätte ich wild auf einer Strandparty rumgeknutscht? Als ob ich schon mal bei einer Strandparty gewesen wäre, geschweige denn am Meer Urlaub machen würde. Bestimmt merkt man mir aus zehn Kilometer Entfernung an, dass ich den ganzen Sommer in einer verschlafenen Hütte in einem noch verschlafeneren Kaff in Västergötland verbracht habe, wo keine Strandpartys gefeiert werden, weil es da nur Schilfgras, Frösche und alte Scheunen gibt. Scheunenfeten … Nicht gerade der Bringer.

«Und zwischen all den Fröschen habe ich mit meinem Cousin küssen geübt. Okay, er ist erst zwölf, aber echt

MEIN COUSIN UND ICH VOR EINER EISDIELE IN STRÖMSTAD. MAMA FAND DIE EISTÜTEN SO GIGANTISCH, DASS SIE UNBEDINGT EIN FOTO MACHEN WOLLTE. **PEINLICH!!!**

niedlich. Und Cousins darf man doch küssen, oder? Das ist doch nur problematisch bei Geschwistern?»

Hätte mein Cousin sich angeboten, ich hätte sicher nicht nein gesagt.

Im Juli hatte er Besuch von zwei Freunden. Wir vier und ein Mädchen aus der Nachbarschaft spielten «Wahrheit oder Liebe». Eigentlich war ich ja aus dem Alter raus, aber ich hab trotzdem mitgemacht. Einer der beiden Freunde sollte das Mädchen küssen, auf das der Flaschenhals zeigte. Die Flasche drehte sich, und mir wurde ganz schwindelig. Was, wenn es gleich passierte!? Wenn die Flasche auf mich zeigte?! Würde sich gleich die Zunge eines anderen Menschen in meinen Mund schieben und mir endlich das große Geheimnis des Lebens offenbaren, das sich Küssen nannte? Ich drückte so fest die Daumen, dass es wehtat. Und die Flasche zeigte – auf das Nachbarmädchen. «Schwein gehabt», hörte ich mich sagen. Um Sekunden später mit brennenden Tränen zuzusehen, wie ein linkischer Zwölfjähriger das pickelige Nachbarmädchen küsste, mit Zunge und allem. Sie lachten verlegen, öffneten die Lippen, und ich konnte genau sehen, wie ihre Zungen gegeneinander stießen. In dem Moment fing es ganz merkwürdig in meiner Muschi an zu pochen. Heftig.

Näher bin ich einem Kuss bisher nicht gekommen. Um Haaresbreite hätte ich die Zunge des dürren Zwölfjährigen in meinem Mund gehabt. Pathetisch, ausgerechnet jetzt daran zu denken. Eine pathetische Fünfzehnjährige. Wie werde ich da erst als ungeküsste Fünfundzwanzigjährige sein?

In Wahrheit würde ich alles tun, um nur endlich geküsst zu werden. Egal, von wem.

18. August

Abends.

Heute haben wir uns mal die kleinen Scheißer aus der Siebten genauer angesehen. Schon irgendwie fies, sie «kleine Scheißer» zu nennen. Das stammt aber nicht von mir, sondern von Caro. Wenn sie «kleine Scheißer» sagt, klingt es fast liebevoll, gar nicht fies. Wenn ich «kleine Scheißer» sage, klingt es …

Wir haben uns auf die Bänke vor den Schränken gesetzt und die Siebtklässler unter die Lupe genommen. Einer der Jungen sah richtig gut aus, fanden die Mädels. Keine von ihnen hätte was dagegen gehabt, mit ihm zu knutschen, obwohl er ein kleiner Scheißer war. Leider war nicht rauszukriegen, wie er hieß (Lieber Direktor, wann ist der Schulkatalog fertig?), also tauften wir ihn «Schwarzer», weil er eine schwarze Hose trug.

Ich fand eigentlich gar nicht, dass der Schwarze besonders gut aussah. Oder, na ja, gut sah er schon aus, aber fast schon zu gut. Wäre er in der Neunten gewesen und ich in der Siebten, hätte er mich total eingeschüchtert. Aber nun war ich diejenige, die in die Neunte ging, und er ging in die Siebte. Ich würde wahrscheinlich trotzdem einen Herzkasper kriegen, wenn wir uns im Bus begegneten und er mich ansprechen würde.

Thea und Caro haben ihn für die nächste Fete im Bürgerpark vorgemerkt. Ob der Schwarze ahnt, dass er bereits verplant wird?

20. August

Morgens.

Jetzt habe ich auch einen Siebtklässler entdeckt, den ich süß finde! Den anderen habe ich nichts davon gesagt, weil sie ihn von sich aus bisher noch nicht bemerkt haben, und dann will ich ganz bestimmt nicht die Erste sein.

Gestern haben wir mal wieder den Schwarzen beobachtet, der inzwischen sogar einen richtigen Namen hat: Jerker. Thea und Caro flirten hemmungslos mit ihm; pfeifen ihm hinterher, wenn er vorbeigeht, oder ziehen ihn an seinem Pullover auf ihren Schoß und so. Das macht Jerker einerseits schrecklich verlegen, aber zugleich auch tierisch stolz. Man sieht ihm an, wie er jedes Mal ein paar Zentimeter wächst. Ich beteilige mich nicht, grinse höchstens verschämt, wenn Thea oder Caro ihn mit sanfter Gewalt festhalten. Dann ist er mir so nah, dass ich ihn riechen kann. Dafür, dass er sich noch nicht rasieren muss, duftet er ganz schön heftig nach Rasierwasser.

Da Jerker mich aber nicht sonderlich interessiert, habe ich mich eben ein wenig umgesehen.

Und dabei ihn entdeckt! Ich schätze, er ist Halbschwede, so dunkle Haut und dunkle Haare hat man nicht mit rein schwedischen Eltern. Er hat irgendwie besondere Augen. Ich habe ihn zwar noch nicht aus der Nähe gesehen, aber sie scheinen gelb zu sein. Ansonsten sieht er ein bisschen aus wie … ein Biologe! Grüne Cordhose (gefällt mir), weites Schlabberhemd mit abgeschnittenen Ärmeln, darunter ein gestreiftes Langarm-Shirt (gestern jedenfalls), Fjällrävenjacke und einen gigantischen Rucksack (Was da wohl drin ist? Bärenfallen vielleicht?) und ein Paar ausgelatschte Joggingschuhe. Möglicherweise ist er ja Däne. Wir haben mal einen Sonntagsausflug nach Kopenhagen gemacht, da laufen fast alle so rum wie er. Der Biologe sieht aus wie ein dunkelhäutiger Däne.

Ich glaube, ich nenne ihn «den Dänen».

22. August

Abends.

Heute Mittag gab es Fischklöße in der Schule. Alle beschweren sich, wenn es Fischklöße gibt, weil sie so ekelig schmecken. Fischklöße sind unappetitlich. Ich liebe Fischklöße. Aber weil ich nun mal eine feige Socke bin, die nichts mehr fürchtet, als unappetitlich zu wirken, habe ich nur zwei Fischklöße gegessen. Ein paar Jungs grölten, die Klöße würden nach Fotze riechen. Und wer will schon aus dem Mund nach Fotze riechen? Ich jedenfalls nicht. Ich will frisch duften. Also: keine Fischklöße, auch wenn ich am liebsten in den Topf mit Dillsoße gesprungen wäre, um mir die Fischklöße direkt in den Mund schwimmen zu lassen. Der Däne hat zwei Portionen verdrückt. Ob das ein Zeichen ist? Aber was für ein Zeichen? Dass er Fotzen mag oder dass er unappetitlich ist? Oder dass wir füreinander bestimmt sind?

Mein Gott, wie komme ich denn auf die Idee, dass der Däne und ich füreinander bestimmt sein könnten? Er ist ZWEI Jahre jünger als ich. Wäre er zwei Jahre älter, hätte man es eventuell in Erwägung ziehen können. Caro/Malin/Thea würden mich für verrückt erklären, wenn ich ihnen mitteilte, dass ich für einen Siebtklässler in Cordhosen, grünen obendrein, bestimmt sei.

Ausgeschlossen. Weg, weg, weg. Weg mit dem Dänen. Da kann ich mir ja gleich die Kugel geben.

22. August

Noch später am Abend, man könnte fast schon sagen nachts.

Ich kann nicht schlafen.

Hier eine kurze Zusammenfassung, was Caro, Thea, Malin und ich in der großen Pause diskutiert haben.

Caro: «Wie würdet ihr entscheiden: einen Liter Rotz trinken oder Håkan aus der 9f küssen?»

Thea und Malin: «Ein Liter Rotz, natürlich!!!! Das war doch einfach.»

Ich: «Ja, klar, ein Liter Rotz. Håkan kann man doch nicht küssen.» (LÜGE, LÜGE! Ich hätte mich entschieden, Håkan zu küssen.)

M: «Nächsten Freitag ist der letzte Diskoabend im Bürgerpark in diesem Sommer. Das ist normalerweise zwar ätzend langweilig, aber zum Saisonausklang werden ganze Busladungen aus Dalsland angekarrt. Das lassen wir uns doch auf keinen Fall entgehen, oder?»

C: «Auf gar keinen Fall. Was wäre denn die Alternative? Fernsehabend? Auf dem Spielplatz abhängen? Natürlich gehen wir in den Park. Was trinken wir?»

Caro und Malin haben schon häufiger was getrunken. Caro war ja besoffen, als sie eventuell ihre Unschuld verloren hat. Sie ist schon mehrmals betrunken gewesen. Sie dreht immer total auf, wenn sie was getrunken hat. Ich bin manchmal nicht ganz sicher, ob sie nur spielt oder wirklich hacke ist. Meine Lust auf Alkohol hält sich in

Grenzen, wenn ich sie so erlebe. Sie torkelt, grölt, flennt und klatscht hin. Immer in der gleichen Reihenfolge. Ich hab Schiss, was zu trinken. Schiss, dass ich dann nicht mehr weiß, was ich tue. Ich bin ja schon im nüchternen Zustand eine feige Nuss, weil mich alles verunsichert, wie soll es da erst sein, wenn ich betrunken bin?! Thea trinkt auch nichts, sie findet das «unappetitlich». Aber ich glaube, Thea hat auch Angst, die Kontrolle zu verlieren. Sie ist mit Abstand der größte Kontrollfreak von uns allen, auch wenn sie das natürlich nie zugeben würde.

Gleichzeitig ist mir aber auch klar, dass betrunkene Mädchen größere Chancen haben, jemanden zum Knutschen zu finden, als nüchterne Mädchen. Caro und Malin knutschen so gut wie jedes Mal, wenn sie was getrunken haben. Caro manchmal sogar mit mehreren Jungs an ein und demselben Abend. So wie auf der Fete bei Lars, zu der ich nicht eingeladen war. Da hat sie erst mit einem Typen aus Långhed geknutscht, später in der Küche dann mit Mikke und am Ende mit einem von der Vidarschule, hinterm Sofa. Danach musste sie kotzen. Zum Glück hatte sie vorher Makkaroni gegessen. Das ist eigentlich das Beste, was man vorm Saufen machen kann. Makkaroni lassen sich leicht auskotzen und schmecken mehr oder weniger nach nichts, im Gegensatz zu Frikadelle mit Zwiebeln und Pommes oder so. Das gibt Bröckchen und einen sauren Nachgeschmack. Ich hab mir vorgenommen, Makkaroni zu essen, wenn ich mich das erste Mal besaufen will.

Weiter also in unserer Pausendiskussion.

M: «O jaaa! Lasst uns was trinken! Thea und Lina auch! Es wird höchste Zeit, dass ihr eure Alko-Unschuld verliert.»

T: «Vergiss es. Das ist doch unappetitlich.»

M: «Aber du machst doch mit, Lina, oder?! Das ist echt cool. Du brauchst ja nicht viel zu trinken, nur mal probieren. Und wir sind ja bei dir, falls es schief geht. Du fängst am besten mit einer halben Flasche Wein an. Für den Anfang dürfte das reichen. Wein schmeckt wie Saft. Wir können uns ja eine Flasche teilen, und ich besorge mir noch eine eigene. Ist doch perfekt.»

I: «Ach nee, ich weiß nicht.» (MEMME, MEMME, MEMME)

C: «Ach, komm, sei kein Spielverderber. Am besten treffen wir uns vorher im Wäldchen, ich kenn da den perfekten Platz. Ihr wisst schon, da, wo wir die Steinzeithöhlen gebaut haben. Da sind jede Menge Felsen, auf denen man sitzen kann, und sehen kann uns da auch niemand. Außerdem ist es nicht weit bis zur Bushaltestelle. Da ist die Gefahr nicht so groß, dass wir uns verlaufen. Thea, du musst uns führen!»

I: «Ich würde, ehrlich gesagt, lieber nicht mitmachen.»

C: «Wieso das denn? Hast du Schiss, oder was?»

I: «Nein, aber wir wollen am Samstag zu Oma fahren, und was, wenn mir dann schlecht ist und …»

M: «Ach Quatsch, dir wird nicht schlecht. Du trinkst doch nur eine halbe Flasche, keine Gefahr.»

C: «Also gut, ich frage Olsson, ob er uns was besorgt. Wie viel soll ich bestellen? Drei Flaschen California White? Eine für mich, anderthalb für Malin und eine halbe für Lina.»

M: «Ha! Das wird cool. Wir dürfen nicht vergessen, den Schwarzen einzuladen.»

C: «Aber der ist doch erst 13, und im Bürgerpark ist 15-Jahres-Grenze.»

M: «Dann mogelt er sich eben rein. Im Zaun hinter den Toiletten ist ein Riesenloch.»

T: «Jeeeeerker!!! Du bist doch nächsten Freitag auch im Bürgerpark, oder? Hallo, Sweetheart, ich rede mit dir.»

Thea, Malin und Caro gurrten um Jerker herum, während ich selbst wie paralysiert daneben saß. Mein Gott, nächsten Freitag würde ich zum ersten Mal was trinken! Was, wenn ich mich übergeben musste? Was, wenn ich mich danebenbenahm? Was, wenn ich einschlief und nie mehr wieder aufwachte? Alkoholvergiftung. Davon liest man doch immer wieder. Ich könnte ja so tun, als ob ich was trinke, und den Wein unauffällig wegschütten und besoffen spielen? Wieso habe ich nicht einfach nein gesagt? Das ist mal wieder typisch, dass Malin und Caro mich bearbeiten wie verrückt und Thea in Ruhe lassen. Dass Thea nichts trinken will, akzeptieren sie kommentarlos. Aber dass ich nicht will, ist ihnen scheißegal. Ich habe es wohl nicht deutlich genug gesagt. Ich bin ja so eine Niete! Warum sage ich nicht, was ich denke, und tue, was ich will. Das wär's doch! Fischklöße essen, bis ich platze, und mich weigern, Wein zu trinken. Mir wird ganz anders, wenn ich an nächsten Freitag denke. Na ja, kann ja auch ganz witzig sein … Nein, bestimmt nicht. Ich komme mir vor, als ginge es darum, das erste Mal Heroin zu spritzen! Dabei ging es nur um eine halbe Flasche Wein. Ich würde schon nicht zum Monster mutieren. Oder doch?

Ob der Däne auch kommt? Was, wenn ich einen Filmriss habe und versuche, ihn zu küssen? Was, wenn ich ihn küssen will, er mich aber nicht? Und alle kriegen mit, dass ich:

- einen Siebtklässler anbaggere,
- eine Abfuhr von ebenjenem Siebtklässler bekomme,
- pathetisch bin.

Und Geld muss ich auch besorgen. Der Eintritt im Park kostet 80 Kronen und die halbe Flasche Wein vielleicht 30 Kronen. 110 Kronen!

25. August

California White, California White, California White. Ich kann an nichts anderes mehr denken.

27. August

Ich habe mich entschieden. Ich werde besoffen spielen. Ich kann nichts trinken. Traue mich nicht. Ich werde Minischlucke trinken und den Rest unauffällig wegkippen. Wenn Caro und Malin was getrunken haben, kriegen sie sowieso nichts mehr mit. Ich fühl mich gleich viel besser, jetzt, wo ich mich entschieden habe. Ich werde mich am Freitag nicht betrinken. Ich werde keinen Siebtklässler vergewaltigen. Ich werde wie sonst auch auf einer Bank vor der Schießbude sitzen und mir angucken, wie die anderen besoffen durch die Gegend torkeln.

1. September

Karten auf den Tisch. So war der Freitag:

Olsson hat uns die Flaschen in die Schule gebracht. Caro, Malin und ich nahmen jede eine. Drei Flaschen zu Hause zu verstecken ist unmöglich, aber eine ist machbar. Trotzdem kam mir die Weinflasche gigantisch groß vor. Wie sollte ich die im Rucksack transportieren, ohne dass Mama und Papa was merkten? Ich kam mir vor, als würde ich eine Atombombe schmuggeln. Sorgfältig rollte ich die Flasche in meiner alten Kapuzenjacke ein, da konnte ich notfalls sagen, dass ich Extraklamotten dabeihatte, falls Mama und Papa fragten. Welche Eltern wären nicht beruhigt, wenn ihre Tochter für den Fall eines überraschenden Kälteeinbruchs Thermohosen einpackt?

Wir waren um sieben Uhr am Waldrand verabredet. Zehn nach waren alle eingetrudelt. Ich war mit elf Jahren zum letzten Mal im Wäldchen gewesen. Damals waren wir zwei Cliquen, die Steinzeitdörfer gebaut haben. Ehrlich gesagt hätte ich es viel natürlicher gefunden, ein Steinzeitdorf zu bauen, statt Weinflaschen zu entkorken. Caro lotste uns zielstrebig zwischen den Bäumen durch. Sie und Malin hatten sich schon häufiger zum Trinken dort getroffen. Und es war tatsächlich ein perfekter Platz. Wir konnten die Straße und die Bushaltestelle durch die Bäume sehen, ohne selber gesehen zu werden. Dort konnten wir unseren Wein völlig ungestört köpfen. Thea hatte einen kleinen Kassettenrecorder dabei. «Für die Stimmung.» Hinter Caros Stein lagen zwei benutzte Kondome. Das dämpfte die Stimmung zwar ein wenig, aber irgendwie war es auch cool, an einem Platz Alkohol zu trinken (oder so zu tun – absolut uncool), wo vor gar nicht allzu langer Zeit Präser benutzt worden waren.

Wir kicherten hysterisch, als wir die Weinflaschen aus unseren Rucksäcken zogen. Und plötzlich fühlte ich es mit dem ganzen Körper. Ich wollte mich betrinken. Kein Schauspiel. Real stuff. Natürlich hatte ich mir keine Grundlage aus Makkaroni geschaffen, weil ich mir ja vorgenommen hatte, nur so zu tun als ob. Chili con Carne tat es hoffentlich auch, falls ich kotzen musste. Aber ich hatte nicht vor zu kotzen, ich wollte mich nur ein bisschen betrinken.

Als Thea die Musik einschaltete und wir anderen unsere Weinflaschen entkorkten, hatte ich ein Gefühl von Abenteuer. Ich hatte ja keine Ahnung, was mich erwartete.

Caro: «Lina, fang du an! Nimm einen großen Schluck, nicht zögern.»

Feierlich führte ich die Flasche zum Mund und nahm einen großen Schluck. Igitt, das schmeckte überhaupt nicht nach Saft, das schmeckte widerlich. Wie Essig. Um ein Haar hätte ich das Zeug wieder ausgespuckt, aber ich kniff die Augen zu und schluckte es runter.

Thea: «Und, spürst du was?»

Ich: «Nein ...»

Malin: «Jetzt bin ich dran. Ich nehme zwei große Schlucke. Je schneller man trinkt, desto besser die Wirkung!»

Malin schloss die Augen und nahm zwei richtig große Schlucke, ohne eine Miene zu verziehen. Ich sah sie an. Wie lange dauerte es, bis man was merkte? Bis es wirkte? Ich merkte jedenfalls nichts, außer einem leichten Ziehen im Magen.

C: «Eins, zwei, drei, runter mit dem Zeug!»

Caro setzte die Flasche an und prustete los.

C: «Los, Lina! Du musst mehr trinken!»

Ich warf Thea einen Blick zu, die es wie üblich genoss, zuzugucken, wie wir uns betranken, und selber nichts zu trinken. Zuzugucken, wie Caro, Malin und an diesem Tag auch ich (!) uns in unappetitliche, besoffene Teenager verwandelten. Ich versuchte, meine Geschmacksnerven und den Würgreflex auszuschalten, und trank zwei Schlucke.

Wir saßen da und tranken und sahen uns an. Thea fragte immer wieder, ob wir was merkten. Aber das taten wir nicht. Plötzlich fing Caro hysterisch zu kichern an. Sie hatte die aufgeplusterte Kapuzenjacke entdeckt, die ich in meinen Rucksack gequetscht hatte.

C: «Guckt euch das mal an … Haha!!! Lina hat ihre Winterjacke mitgenommen, um die Flasche zu transportieren! Haha!!!»

Im ersten Moment kapierte ich überhaupt nicht, was daran so komisch war. Aber nach einem Blick auf den Rucksack fand ich es auch komisch. Tierisch komisch. Das Lachen blubberte nur so aus mir raus, und mir wurde plötzlich ganz warm. Die Wärme strahlte aus dem Bauchraum in den ganzen Körper aus.

M: «Steh auf, Lina! Versuch, dich hinzustellen!»

Ich stemmte mich von dem Stein hoch. Oje, der Boden gab nach, er bewegte sich unter meinen Füßen, wölbte sich. Die Erde war wie ein Meer. Ich wollte einen Schritt auf Thea zu machen, aber daraus wurde nichts. Ich fühlte mich wie ein Fahnenmast im Wind. Schwank, schwank, schwank. Malin und Caro lachten jetzt so heftig, dass sie nach hinten kippten. Sie lagen zwischen Moosblüten und Kondomen und kriegten sich nicht mehr ein vor Lachen. Ich ließ mich zwischen sie fallen.

M: «Ich liebe euch, Mädels. Wisst ihr das, ich liiiieeebe euch. Mehr Wein fürs Volk! Gib mir die Flasche, Thea!»
Thea warf Malin die Flasche zu und drehte die Kassette im Recorder um, damit es ja nicht still wurde. Mit Musik war alles cooler. Ohne Musik wären wir drei Bräute gewesen, die sich im Wald betranken. Mit Musik waren wir drei supercoole Bräute, die sich im Wald betranken.

Ich fand es überhaupt nicht seltsam, mit einer Weinflasche im Arm neben Malin und Caro und auf der Erde zu liegen. Und es kam mir auch kein bisschen seltsam vor, ihnen zu sagen, dass ich sie liebte. In dem Moment tat ich nämlich genau das. Und mich selbst liebte ich auch. Mir war ganz warm vor lauter Liebe.
M: «Ich will knutschen! Komm, Caro!»
Mitten in dem Weinknäuel sah ich, wie Malin und Caro sich küssten. Das hat Tradition, sie knutschen immer, wenn sie voll sind. So richtig, mit Zunge und allem. Aber diesmal lag ich direkt daneben und guckte ihnen zu. Mich küsste keiner, aber ich sah genau, was sie machten. Versuchte, mir einzuprägen, was sie machten. Das sah gut aus. Sonst war ich immer nüchtern, wenn sie rumgemacht haben, und da fand ich es eher abstoßend, aber mit ein bisschen Wein im Bauch war es total schön. Ich wollte auch mal. Ich schob mich so nah ran, dass sie eigentlich gar nicht anders konnten, als mich zu küssen, was aber nicht sehr erfolgreich war.
C: «Schluss mit Lesben-Sex für heute Abend, auf geht's!»
Caro und Malin versuchten, ihr intimes Weinknäuel zu

entknoten. Ich lag zuunterst und hatte wieder dieses Pochen zwischen meinen Beinen. Ich weiß nie, was ich machen soll, wenn es so zu pochen anfängt. Am liebsten hätte ich mich an den nächsten Baum gepresst und mich daran gerieben, bis das Pochen nachließ. So stark war das Pochen noch nie gewesen.

Ich weiß nicht mehr, wie wir zur Bushaltestelle gekommen sind. Dagegen erinnere ich mich noch sehr genau, wie Thea versuchte, uns in den Bus zu schieben, und wir ständig hinfielen. Und wie komisch es war, hinzufallen. Wir fielen öfter, als nötig war. Caro schleppte uns hinter sich her zur hinteren Bank. Wir legten uns quer über die Sitze, und Malin fing an zu singen. Laut und lallend. Ich fiel in ihren Gesang ein. Komisch, dass es mir ganz normal vorkam, in einem Bus laut und falsch zu singen. Ich stellte mich auf den Sitz, um zu tanzen. Ich hatte solche Lust zu tanzen. Tanzen, tanzen, tanzen! Singen! Die ganze Welt umarmen. Unglaublich, wie glücklich ich war!

Der Bürgerpark. Park der Jugend. Überall leuchteten gelbe Neonschilder. Um den Zaun wanden sich bunte Lichterketten.

Der Zaun, der Schweizer Käse genannt wurde, wegen all der Löcher, durch die sich diejenigen reinmogeln konnten, die zu jung waren, keine Knete hatten oder den Reiz des Verbotenen suchten. Vorm Bürgerpark dröhnten ein paar Rocker mit ihren aufgemotzten Autos hin

EIN PAAR «HÜBSCHE» FOTOS VON LETZTEM FREITAG…
CARO VERSUCHT, NÜCHTERN AUSZUSEHEN.
MALIN KNUTSCH IHRE WEIN-FLASCHE.
ICH
THEA POSIERT, WIE ÜBLICH.
ICH!!!
VERWACKELTES BILD VOM SCHWARZEN
FOTO: CARO

und her. Vespen verkaufte selbst gebrannten Schnaps aus dem Kofferraum seines blauen Schrottvolvos. Der Einlasser gab sich redlich Mühe, autoritär auszusehen, dabei war es ihm völlig schnuppe, wie alt man war, solange man die 80 Kronen Eintritt abdrückte.

Mit dem warmen, schwappenden Wein im Magen hatte der Bürgerpark was Märchenhaftes. Und ich war eine Prinzessin.

Wir bezahlten, kriegten einen Stempel aufgedrückt und liefen eng umschlungen über die kleine, möchtegernromantische Brücke, die zur Tanzfläche führte. Ich kam mir vor wie in einem Film. Wir bewegten uns in Zeitlupe. Oder nein, nicht wie im Film, wie im Vorspann zu einer amerikanischen Soap. Laute Musik, leicht verwackelte Handkamera, slow motion, rosa Text und hübsche Mädchen. Und ausnahmsweise mal fühlte ich mich dazugehörig. Ich war Teil der Gruppe, ich war akzeptiert. Ich war keine graue Maus, die nur dazu da war, dass alle anderen sich smarter und hübscher fühlten. Ich war selber smart und hübsch. Ich war besoffen.

Wir stürmten die Tanzfläche. Jetzt würden wir den Idioten mal zeigen, wie man richtig tanzte. Wir legten uns die Arme um die Schultern und hüpften wie die Bekloppten. Caro zerrte irgendeinen Jungen in unsere Runde. Und wir hüpften. Hüpften und hüpften. Mein Magen begann zu rebellieren. Ich konnte nicht mehr hüpfen. Ich musste … musste still stehen. Alles drehte sich. Affenartig schnell. Immer schneller. Meine Füße hoben ab. Caro lachte. Malin versuchte, mich vom Boden hochzuziehen. Hüpf, hüpf. Malin grölte, sie hätte gerade eine total hässliche Hose gesehen. Sie schrie und lachte und zeigte mit dem Finger irgendwohin. Hüpf, hüpf. Ich hockte auf dem Boden, um mich herum ein Wald aus Beinen, Füßen, alle am Hüpfen. Da schob sich eine grüne Cordhose in mein Blickfeld. Ich sah zu Malin. Malin zeigte auf die Hose. Das war die Hose, die sie meinte. Sie wollte die Hose runterziehen, aber die Hose ging einfach weg. Hüpf, hüpf.

Grüne Cordhose ... grün. Mein Hirn arbeitete so träge. Um mich herum bewegte sich alles in rasanter Geschwindigkeit, aber für mich ging es ganz langsam. Ich versuchte, die Hose ins Visier zu nehmen. Aber meine Augen gehorchten mir nicht. Los, bewegt euch! Guckt hin! Stellt die Schärfe ein! Irgendwer hatte Vaseline auf meine Linsen geschmiert, ich konnte nichts sehen. Als Nächstes sah ich die Cordhose wegrennen. Der Däne suchte das Weite.

Und ich kotzte. Drei Stunden altes Chili mitten auf die Tanzfläche. Hätte ich bloß Makkaroni gegessen. Chili con Carne zu kotzen war gar nicht gut! Das war äußerst unappetitlich. Überall Chili und Mais. Ich hörte meine Stimme, die nach Mama rief. Nach Mama! Als ob sie hier im Park wäre. Ich fing an zu heulen. Mama, Mama! Ich wollte zu Mama. Ich wollte in meinem Bett liegen, einen Eimer neben mir und Mamas kühle Hand auf meiner Stirn. Ich wollte nicht länger zwischen all den hüpfenden Menschen sitzen und mich mit meinem Abendessen bekotzen. Irgendwer zerrte mich von der Tanzfläche. Thea. Das war Thea. Sie gab sich Mühe, mitfühlend zu gucken, aber ihr war anzusehen, wie sie es genoss, als Heilige aufzutreten, die sich das Gesicht niemals mit Schminke oder Kotze verschmieren würde.

Sie brachte mich nach Hause. Unterwegs übergab ich mich noch dreimal. Am Ende kam kein Chili mehr, nur noch Galle. Alles wollte raus. Weg damit. Es war gerade mal halb neun. Ich war ganze 34 Minuten im Bürgerpark gewesen und davon 24 in absoluter Misere.

Es war komisch, nach Hause zu kommen. Ich hatte das Gefühl, eine Woche weg gewesen zu sein, dabei hatten die Nachrichten noch nicht mal angefangen. Mama und Papa saßen vor dem Fernseher, ein Glas Rotwein vor sich und Chili con Carne in ihrem Magen. Ich hörte Thea sagen, dass ich wohl was Verdorbenes gegessen hätte. Stocknüchtern, wie sie war, klang das sogar glaubwürdig. Warum sollte ihre Tochter sich allein betrinken? Thea verabschiedete sich und ging zurück zum Park. Mama begleitete mich ins Bad. Ich war ja so glücklich, zu Hause zu sein. Mama war da. Sie redete auf mich ein und überlegte laut, wovon mir wohl schlecht geworden sein könnte. Papa und ihr ging es doch gut. Hatte ich unterwegs noch was gegessen? Eine Bratwurst vielleicht?

Nein, Mama, aber ich habe fast eine ganze Flasche California White getrunken. Ich nuschelte irgendwas von Remoulade. Dass ich einen Hot Dog gegessen hätte. Mit Remoulade.

Mama deckte mich zu, stellte einen Eimer neben mein Bett, legte ihre kühlende Hand auf meine Stirn. Eine Tasse Tee auf dem Hocker und ein zärtliches «Schlaf gut, mein Schatz, morgen fühlst du dich schon wieder viel besser».

Nein, Mama, bestimmt nicht, morgen wird es mir noch viel schlechter gehen. Viel schlechter. Spätestens wenn mir wieder einfällt, wie meine Freundin über den Dänen gelacht hat. Und dass ich den halben Park zugekotzt und deswegen den ganzen Spaß verpasst habe.

Ich war um halb neun zu Hause. Die anderen wahrscheinlich gegen ein Uhr. O nein, ich würde mich nie wieder besser fühlen.

Heute ist Sonntag. Ich will nicht, dass es Montag wird. Ich hab keine Lust auf die Kommentare der anderen: «Na, wie geht's dir?», «Mamma mia, warst du hacke», «War wohl das erste Mal, was?» Ich will nicht. Ich will den Dänen nicht sehen und will nicht wissen, was er jetzt von mir denkt. Wahrscheinlich, dass ich eine Schlampe bin. Eine kotzende, Cordhosen hassende Schlampe.

8. September

Der Däne heißt Ivar. Ivar … Ivar und Lina. Ivar und Lina, das kann ich mir abschminken. Ich werde damit leben müssen, besonders, nachdem meine so genannten

Freundinnen beschlossen haben, dass er ein absoluter Softie ist. Sie mobben ihn nicht direkt, aber sie ziehen ihn auf, sobald sie ihn sehen. «Schicke Hose, Kleiner. Du musst uns unbedingt verraten, wo du die gekauft hast, wir lieben moosgrüne Cordhosen.» Und ich sitze stumm daneben und wünsche mich meilenweit weg. Ich bin ja so was von feige! Am liebsten würde ich Thea & Co. eins auf die Fresse geben und ihnen sagen, dass sie sich zum Teufel scheren können. Ich möchte zu Ivar laufen und ihm sagen, dass er in Ordnung ist. Wieso muss ich ausgerechnet von ihm träumen? An dieser Schule gibt es jede Menge Jungs. Besser aussehende Jungs, witzigere Jungs, peppigere Jungs, coolere Jungs. Ivar ist nicht die Bohne cool. Aber er hat was. Wer weiß, vielleicht bin ich in meinem tiefsten Innern ja auch ein Cordhosenmensch. Eine Dänin. Es sind seine Augen. Ein paarmal sind sich unsere Blicke begegnet. Und er ist nicht ausgewichen. Na ja, zärtlich verweilt hat er auch nicht gerade. Und lag nicht ein gewisser Hohn in seinem Blick? Wahrscheinlich hält er mich für eine komplette Idiotin. Mich und meine bescheuerten Freundinnen.

Wir sind ihm bestimmt scheißegal. Ich kann mir jedenfalls nicht vorstellen, dass er abends in die Kissen weint, weil wir seine Cordhose nicht mögen. Wie soll er auch wissen, dass seine Hose mir gefällt? Mehr, als er sich vorstellen kann.

Der Montag nach der Reiheraktion war übrigens gar nicht so schlimm wie erwartet. Ich wurde plötzlich wahrgenommen, als wären lauter helle Scheinwerfer auf mich gerichtet. Meine Kotzarie war Gesprächsthema Nummer eins in der Klasse, aber keineswegs gehässig. Glücklicherweise hatte niemand mitbekommen, dass ich nach Mama gerufen hatte (danke, danke, danke). Malin und Caro haben später am Abend beide noch jemanden abgeschleppt. Vielleicht wäre ich ja auch erfolgreich gewesen, wenn ich nicht die ganze Tanzfläche mit Chili con Carne voll gekotzt hätte. Na ja, sicher bin ich mir da nicht, aber daran denken muss ich schon.

Es ist schon komisch, was für positive Folgen es hat, auf die Tanzfläche zu göbeln. Wäre ich nicht voll gewesen und hätte ich mich nicht auf der Tanzfläche übergeben, hätte keiner sich um mich gekümmert. Aber so drehte sich mit einem Mal alles um mich. Am Sonntag hatte ich mir geschworen, nie wieder einen Tropfen Alkohol anzurühren. Aber wenn ich es mir recht überlegte, war das bisschen Göbelei ein relativ geringer Einsatz für den Lohn.

13. September

MORGEN WERDEN DIE FOTOS FÜR DEN SCHULKATALOG GEMACHT!

Da heißt es, sich möglichst günstig zur Geltung zu bringen. Ich hab vorhin schon mal vor dem Spiegel geübt. Ich habe nämlich eine hübsche und eine hässliche Gesichtshälfte. Wobei die hübsche Seite so toll nun auch wieder nicht ist, aber zumindest besser als die hässliche. Auf meiner rechten Wange ist nämlich die Andeutung eines Grübchens zu erkennen (Yippie). Ich muss also dafür sorgen, dem Fotografen diese Seite zuzuwenden.

Thea wird wie immer quer in der ersten Reihe liegen. Ich als eine der Größten werde wie üblich ganz hinten stehen, wahrscheinlich am Rand. Der einzige Vorteil ist, dass man meine Trutschenjeans nicht sieht. Dann muss ich eben alles in meinen Oberkörper, die Haare und mein Grübchen investieren, meine drei Stärken.

Ich werde ein Top anziehen. Caros Mutter hat mal zu mir gesagt, ich hätte hübsche Schultern. An die hatte ich bis dahin noch nie einen Gedanken verschwendet. Seitdem studiere ich jeden Abend meine Schultern. Und sie sind wirklich ganz hübsch. Mit einem Top sehe ich aus wie eine Leistungssportlerin. Also, das Top ist ein Muss. Und ein BH. Mit hübschen Trägern. Die unter dem Top zu sehen sind.

Als ich vor dem Spiegel stand, überkam mich der Frust. Ich fand mich so hässlich (die Schultern ausgenommen, aber was sind schon zwei Schultern?). Meine Brüste sind echt komisch, ganz und gar nicht … «stupsnasig», wie Brüste in meinem Alter sein sollten. Das habe ich mal irgendwo gelesen, dass Teenagerbrüste stupsnasig sind. Von plattnasigen Teenagerbrüsten hab ich noch nie was gelesen. Aber meine sind eindeutig plattnasig.

EIN PAAR PROBEBILDER (MIT PAPAS POLAROID)

Und ungleich, die eine ist ein bisschen kleiner als die andere. Mit einem BH lässt sich das einigermaßen kaschieren. Ich habe mir vorgenommen, mich niemals vor einem Jungen auszuziehen. Da müsste es schon stockdunkel sein. Und kalt, weil meine Brüste besser aussehen, wenn ich friere.

Meine Brüste passen zu meiner Trutschenjeans. Ich habe richtige Trutschentitten. Kein Fall für den «Playboy», so viel steht fest.

Das geplante Outfit für morgen:

1. violettes Top mit schmalen Trägern
2. grüner BH mit breiten Trägern
3. Trutschenjeans (die beste Wahl aus einem Haufen untauglicher Alternativen)
4. Bräunungscreme (die Fotos sind schwarzweiß, da sehe ich hoffentlich nicht wie eine Karotte aus)
5. heller Lidschatten, viel Lipgloss
6. und auf keinen Fall vergessen, dem Fotografen das Grübchen zuzuwenden!

14. September

Die Schule ist der reinste Bienenschwarm, wenn die Fotos für den Schulkatalog gemacht werden. Ruhe kehrt erst wieder ein, wenn der Fotograf seine Sachen zusammengepackt hat. Die Luft sirrte vor Nervosität. Vor Angst, im falschen Augenblick zu blinzeln, Spuckebläschen auf der Lippe oder Lippenstift auf den Zähnen zu haben, blöd zu gucken, wenn der Fotograf den Auslöser drückt. Die Jungs waren mindestens genauso nervös wie die Mädchen. Sie rochen stärker nach Haarwachs als sonst, weil sie sich mehr Wachs in die Haare geschmiert hatten. Sie sahen aus, als hätten sie sich eine Woche nicht die Haare gewaschen. Nur Ivar sah aus wie immer. Es schien ihn nicht zu interessieren, dass wir heute fotografiert wurden. Festgehalten für die Ewigkeit. Amen.

Die Aufnahmen werden immer in der Aula gemacht. Weil es dort keinen Spiegel gibt, herrscht vorher in den Toilettenräumen ein Riesengedränge. Es ist mir ein Rätsel, wie man für vierhundert Mädchen nur drei Spiegel aufhängen kann. Wir bräuchten ganze Spiegelwände!

Egal. Da standen wir also, 400 Mädchen vor drei verschmierten Minispiegeln, und versuchten, die größten Katastrophen abzuwenden. Katastrophe = zu viel Schminke an der falschen Stelle.

Thea: «O nein, ich hab es nicht mehr geschafft, meine Haare zu fönen oder mich zu schminken!» (Glatt gelogen, wie üblich.)

Caro: «Ist das auch nicht zu dick aufgetragen? Ihr müsst mir sagen, wenn es zu dick aufgetragen ist!»

Thea und Malin im Chor: «Nein, das ist genau richtig.» (Wieder gelogen, es ist absolut zu dick aufgetragen; was Thea und Malin allerdings freut, weil sie so auf dem Klassenfoto hübscher sind als Caro. Ich würde Caro am liebsten sagen, dass sie etwas weniger nehmen sollte, traue mich aber nicht. Weil ich eine Null bin. Wäre ich eine Heldin, würde ich Caro die Wahrheit sagen, so einfach ist das.)

C: «O Mann, ich hab so komische Knötchen auf den Armen. Guckt doch mal, lauter kleine Pickel. Ich dürfte eigentlich gar kein Top tragen. Warum sagt ihr mir nicht, dass ich kein Top tragen kann! Ich sehe ja aus wie der reinste Streuselkuchen!»

Ich: «Das sieht man gar nicht, Caro, ich schwör's dir. Es gucken sowieso alle auf deine Haare. Deine Haare sehen wirklich klasse aus.» (Damit versuche ich das vorher begangene Versäumnis wieder gutzumachen. Caro lacht glücklich, als ich das mit ihren Haaren sage. Schön!)

T: «Quatsch, du siehst nicht aus wie ein Streuselkuchen, wem sollen deine Pickel schon auffallen? Was soll ich denn sagen mit meinen kurzen Wimpern?» (Ooooh, wie ich Theas Lügen hasse. Caro hat wirklich Flecken auf den Armen. Und Thea hat lange, dichte Wimpern, and she knows it. Letztes Jahr lag sie uns noch in den Ohren, wie unmöglich es wäre, dichte Wimpern zu schminken, ohne dass sie wie künstliche Wimpern aussahen, und künstliche Wimpern seien ja sooooo billig. Arme, arme Thea mit ihren künstlich aussehenden Wimpern. Dieses Schuljahr hat sie sich was Neues ausgedacht, dieses Jahr sind die Wimpern zu KURZ!

M und C im Chor: «Wo hast du denn kurze Wimpern, du hast die längsten Wimpern überhaupt. Du siehst aus wie eine Puppe mit Klimperaugen.»

T: «Ach Quatsch, das stimmt ja gar nicht. Ihr habt viel schönere Wimpern.»

Kooootz! Wüüürg! Hirndiarrhö! Ich ertrag diese gequirlte Scheiße nicht länger. Ich kriege eine Krise, in dieser engen, versifften Schultoilette vor den verschmierten Spiegeln zu stehen und Wimpern zu vergleichen. Alles, aber nicht das.

M: «Lina, stimmt doch, oder? Thea hat doch die längsten Wimpern, oder? Ist doch wahr!»

I: «Ja, hat sie.» (Wenigstens sage ich die Wahrheit.)

Irgendwann war auch die Letzte fertig mit ihrer Maskerade. In der Aula hing ein Duftmix aus Schweiß, alten, verstaubten Vorhängen und süßem Parfüm. Und der arme Fotograf versuchte verzweifelt, alle auf ihre Plätze zu dirigieren.

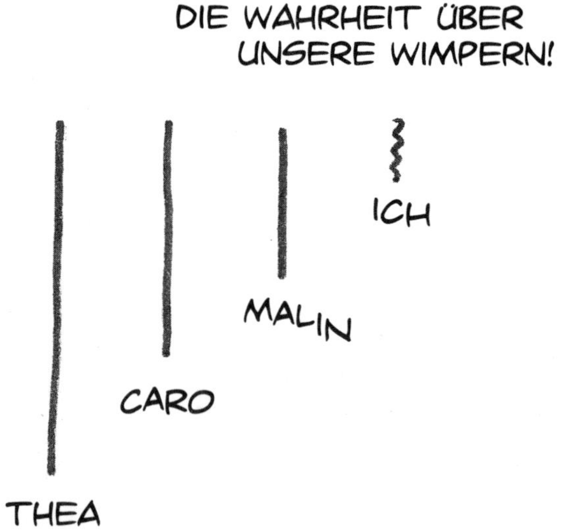

T: «Nein, ich will nicht in der ersten Reihe liegen, das ist mir peinlich, ich möchte lieber hinten stehen. Ich kann doch mit Lina tauschen.»

Diesen Vorschlag machte Thea nur, weil sie genau wusste, dass sie zu klein war, um hinten zu stehen. Und ebenso gut wusste sie auch, dass ich nicht populär genug war, um in der ersten Reihe zu liegen. Ein sicherer Schuss. Nachdem sie sich noch eine Weile hatte nötigen lassen, legte sie sich großzügig in der ersten Reihe zurecht.

Ich wurde, wie nicht anders erwartet, ganz hinten platziert. Aber nicht am äußeren Rand, sondern einen Platz daneben. Zwischen Schweiß-Carina und Berit, unserer Klassenlehrerin. Welch ein Ehrenplatz. Ich werde mich im Dunstkreis ihrer farblosen Anonymität auflösen, sodass ich gar nicht weiter auffallen werde in diesem Schulkatalog. Zu allem Überfluss stand ich auch noch auf der falschen Seite für meine Grübchenhälfte! Wenn ich den Kopf so drehte, dass das Grübchen der Kamera zugewandt war, sah es aus, als wollte ich mich bei Berit einschleimen. Obwohl … lieber bei Berit einschleimen und einigermaßen erträglich aussehen, als die Symmetrie einhalten und als hässliches Entlein verewigt werden. Ich entschied mich für das Grübchen. Berit sah mich freudig erstaunt an. Freudig, weil sie freiwillig jemand ansah, erstaunt, weil ich als Einzige auf dieser Bildhälfte in die andere Richtung guckte. Und so stand ich da, als der Blitz die Aula erhellte, das Gesicht liebevoll meiner Lehrerin zugewandt, breit lächelnd, sodass das Grübchen hoffentlich als tiefer Charmekrater auf meiner Wange zu sehen war.

Thea war stocksauer nach der Fotosession, weil Peder hinter ihrem Kopf das V-Zeichen gemacht hatte. Also ehrlich, weiß sie nicht, dass das V-Zeichen ein Kompliment ist? Hätte er den Mittelfinger hochgehalten, wäre das was anderes gewesen.

19. September

Es ist was ganz Eigenartiges passiert …

Aber von Anfang an.

Es war ein ganz gewöhnlicher, ziemlich kalter Dienstagabend. Thea, Caro und ich saßen in dem Tipi (oder was immer das sein soll) auf dem Spielplatz. Wir stellten uns vor, wie wir als Erwachsene leben würden. Zuerst malten wir vier Wohnvarianten in den Sand: Wohnwagen, Luxusvilla, Reihenhaus oder Strandhaus in Miami. Jede von uns sagte spontan eine Zahl, und dann zählten wir die Alternativen ab. Ich landete auf dem Strandhaus, Thea auf dem Wohnwagen. Als wir in der nächsten Runde auszählten, mit welchem Jungen wir zusammenleben würden, hörten wir Stimmen vor unserem kleinen Tipi.

Die Stimmen: «Hallo? Was macht ihr da?»

Thea (flüsternd): «Das sind Lillis und Danne!»

Lillis und Danne waren letztes Jahr in der Neunten, jetzt sind sie auf dem Gymnasium. Lillis sieht ziemlich gut aus, ein bisschen zu geleckt, aber süß. Danne habe ich noch nie weiter beachtet. Er ist Lillis' Freund, so wie ich Theas Freundin bin.

Lillis: «Raucht ihr die Friedenspfeife?»

T: «Haha!» (Kein echtes Lachen, ironisch gemeint)

L: «Gibt es Neuigkeiten von der Rödköpingschule?»

Caro: «Die kleinen Scheißer aus der Siebten haben eure Schränke übernommen. Deinen Spind hat jetzt so ein richtiger Streber, Lillis.»

L: «Der Spind freut sich bestimmt, wenn zur Abwechslung mal jemand Bücher darin aufbewahrt!»

C: «Ja, und nicht nur Flachmänner.»

T: «Der Fotograf war vor ein paar Tagen da! Ich musste mal wieder vorne liegen. Immer das Gleiche. Ich hasse das! Ich will auch mal hinten stehen wie Lina.»

L: «Ach, hör doch auf, Thea. Wir wissen doch alle, dass du vorne liegen willst.»

Stille.

C: «Und, wie läuft es bei euch?»

L: «Ganz gut. Ziemlich viel zu tun. Trotzdem cool. Man darf sogar während der Stunde Kautabak nehmen. Echt geil! Aber ich hab mich noch nicht endgültig entschieden, ob ich weitermache. Eigentlich würde ich lieber jobben und Geld verdienen. Es nervt mich an, hier in Todköping festzuhängen. Sobald ich ein bisschen Knete zusammenhabe, fliege ich nach Marbella oder so, da kriegt man immer einen Job als Barmixer, und wohnen kann man auch noch gratis. Das wäre echt fett.»

Wir kamen aus dem Tipi gekrochen und setzten uns auf die Schaukeln. Thea, Caro und Lillis spannen ihre pathetischen Träume von Marbella weiter. In einer Viertelstunde war wahrscheinlich beschlossene Sache, dass sie zusammen dorthin fahren würden, gääääähn.

Danne sagte nichts. Ich sagte auch nichts. Wir waren irgendwie nicht mit von der Partie. Wir standen daneben und gaben das Publikum. Lachten, wenn es passte, seufzten ab und zu kurz und mischten uns ansonsten nicht in die Show ein.

Danne ist blond. Blaue Augen, kurze Haare. Gewöhnlich. Ziemlich groß. Nicht dick, nicht dünn, normaler Körperbau. Normal ausgeblichene Jeans, Kapuzenjacke, abgelatschte Converses. Schöne Zähne, mit einer Lücke zwischen den Schneidezähnen! Sieht süß aus, wenn er lacht.

Ich bin auch gewöhnlich. Habe ebenfalls blondes Haar und blaue Augen. Nicht dick, nicht dünn, langweilig irgendwie. Ich trug eine Jeans, ein zu großes Collegeshirt, ein gigantisches Halstuch und ausgelatschte Adidas-Sneakers. Wir hätten ohne weiteres Werbung für Studienreisen machen können. Das ideale Sprachreisen-Pärchen. Nicht zu cool, nicht zu lahmarschig, durchschnittlich und ungefährlich. Ein Paar, mit dem man seine Kinder bedenkenlos auf Sprachreise schicken würde; zwei, die niemanden zu California White, Drogen und Sexexzessen verführen.

Ich dachte auch jetzt nicht weiter über Danne nach.

Bis gestern. Da rief Thea mich an.

Thea: «Wow, Lina, wow. Es tut sich was.»

Ich: «Ah ja?»

T: «Danne findet, dass du gut aussiehst.»

I: «Wer ist Danne?»

Bescheidener Versuch, cool zu wirken. Thea machte sich noch nicht einmal die Mühe, mich aufzuklären, sie wusste, dass ich wusste.

T: «Ich hab Lillis gestern am Kiosk getroffen. Und da hat er gesagt, dass Danne dich hübsch findet. Na ja, nicht unbedingt Miss World, aber absolut okay.»

Das ist Theas *special*: Zuckerbrot und Peitsche. Sie würde es nie über die Lippen bringen, mir zu sagen, dass ich umwerfend aussehe, aber okay geht grade noch.

I: «Ah ja.»

T: «Was heißt hier … ‹Ah ja›? Das ist doch irre! Danne ist gar nicht so verkehrt, vielleicht kein Traumprinz, aber niedlich. Findest du nicht? Die Zahnlücke ist doch total süß!»

Thea würde sich niemals nach Danne umdrehen. Aber offensichtlich wollte sie Danne und mich verkuppeln, um ein paar Punkte als Mutter Theresa einzuheimsen.

T: «Lillis und ich haben uns verabredet. Bist du dabei?

Wir könnten doch ins Café gehen. Wie wär's nach der Schule im …‹Princess›?»

I: «Meinetwegen.»

T: «Bist du sauer?»

I: «Nein. Warum sollte ich?»

T: «Keine Ahnung, du klingst so.»

I: «Ich bin nicht sauer. Also, morgen nach der Schule im …‹Princess›.»

T: «Super! Nur wir vier!»

21. September

Wir haben uns also im «Princess» getroffen. Ivar war auch da. Mein Däne. Er saß mit einem älteren Typen am Tisch. Sein Vater? Sie unterhielten sich und lachten viel. Ivar scheint gut zuhören zu können. Er stützte den Kopf auf die Hand, ließ seinen Vater (?) nicht aus den gelben Augen, das Haar schwarz und ungebändigt. Diesmal trug er keine Cordhose, sondern eine Latzhose, blau-weiß gestreift. Ivar hat mich nicht gesehen. Na ja, aus welchem Grund hätte er auch in meine Richtung gucken sollen? Zu einer blöden Kuh in Begleitung ihrer blöden Freundin und zwei Jungs vom technischen Gymnasium? Worüber sollte jemand wie Ivar sich mit uns unterhalten? Er war vielleicht ein Siebtklässler, aber es sah so aus, als führten sein Vater und er tief schürfende Gespräche über das Leben. Und über was unterhielten wir uns?

Thea und ich tranken Kaffee (Ich hasse Kaffee, aber was tut man nicht alles, um erwachsen zu wirken?). Wir tranken ihn in kleinen Schlucken und holten uns abwechselnd Nachschlag. Ich brauchte hundert Würfelzucker und 90 Prozent Milch in meiner Tasse, Thea trank ihren Kaffee schwarz.

Danne trank Cola und aß eine Zimtschnecke dazu. Er stopfte sie richtig in sich rein. Zwei Bisse, und weg war sie. War er nervös? Lillis trank so einen besonderen Kaffee aus einem großen Glas. Es war ganz offensichtlich, dass Thea und Lillis das Treffen arrangiert hatten. Peinlich. Sie lachten ganz natürlich und amüsierten sich königlich. Und Danne und ich kriegten mal wieder den Mund nicht auf. Aber ich merkte, wie Danne mich beobachtete. Glücklicherweise hatte ich mich vorher noch umgezogen. Ich trug das Top, das meine Schultern so gut zur Geltung brachte. Und da meine Trutschenjeans größtenteils unterm Tisch verborgen waren, sah ich einigermaßen vorzeigbar aus. Ich drückte die Schultern nach hinten, trank meinen widerlich bitteren Kaffee und versuchte, sexy auszusehen. Natürlich hatte ich mich so hingesetzt, dass ich Danne mein Grübchen zuwenden konnte.

Danne: «Und was machst du sonst so?»

Hilfe, er redete mit mir! Und das, wo Thea und Lillis gerade intensiv in ein Gespräch vertieft waren! Nur wir zwei, niemand, der rettend einspringen kann.

Ich: «Außer der Schule, oder was meinst du?»

D: «Mhmh.»

I: «Na ja …»

Was machte ich eigentlich!? Ich musste mir schnell was Spannendes einfallen lassen. Tagebuch schreiben war nichts. Dokusoaps gucken noch weniger.

«Trainieren», hörte ich mich selber sagen. Trainieren?! Wie kam ich denn darauf? Ich trainiere doch gar nicht. Hoffentlich hatte Thea mich nicht gehört.

D: «Und was trainierst du?»

I: «Boxen.»

Boxen?! Gar nicht so schlecht. Klingt cool und wäre eine

Erklärung für meine breiten Schultern. Verschwitztes Mädchen in grauem T-Shirt, mit Boxhandschuhen, schneller Beinarbeit, Mord im Blick und fighting spirit. Einsam in einer ausgestorbenen Fabrikhalle, wo sie sich an alten Schrottteilen austobt, dass es nur so kracht. Selbst verschwitzt sieht sie noch gut aus, ein dunkler Streifen zwischen den Schulterblättern, einer zwischen den Brüsten. Sie …

D: «Boxen! Cool. Wo trainierst du? In der Halle?»

I: «Nein, meistens zu Hause.»

Na, gute Nacht. Zu Hause? Und mit wem, bitte schön? Mit meinem Meerschweinchen, oder was?

D: «Zu Hause?»

I: «Ja, ich mach Kickboxen. Ich habe einen Boxsack, der von der Decke hängt. Mit lauter Musik ist das einfach irre.»

D: «Das kann ich mir vorstellen. Ich trainiere auch. Hockey. Ist ganz in Ordnung, aber im Winter haben wir so viele Spiele. Das heißt dreimal Training in der Woche und am Wochenende mindestens ein Match. Vielleicht sollte ich auch mit Kickboxen anfangen, hört sich gut an.»

Schweigen. Unerträgliches Schweigen. Hilfe, sag doch jemand was. Thea und Lillis steckten offenbar mitten in einer unendlich spannenden Diskussion und lachten laut. Und je lauter ihr Lachen, desto unerträglicher das Schweigen zwischen Danne und mir.

I: «Und, vermisst du die Rödköpingschule?»

Die Fragen wurden immer dämlicher, aber besser als nichts. Die Grabesstille war gebrochen.

D: «Nee, wirklich nicht. Das Gymnasium ist ganz okay, freier irgendwie. Und welche Richtung schlägst du nach der Neunten ein?»

I: «Weiß ich noch nicht. Vielleicht Sprachen, mal sehen.»

Schweigen.

D: «Hast du am Samstag schon was vor?»

SCHOCK! Will er jetzt ein Date mit mir machen? Werde ich jetzt eingeladen? Läuft das so?

I: «Nichts Besonderes. Wieso?»

D: «Ich wollte mir ... ‹Fürsten der Dunkelheit› angucken. Der soll saugut sein. Vielleicht hast du ja Lust mitzukommen. Oder magst du keine Horrorfilme?»

I: «Ich liebe Horrorfilme!»

Gesagt ist gesagt. Danne und ich gucken uns am Samstag also einen Horrorfilm zusammen an. Wo ich doch Horrorfilme hasse. Muss ich eben die ganze Zeit die Augen zukneifen.

23. September

Wahnsinn, ich habe mein erstes Date! Worüber unterhält man sich da? Ruhig, ganz ruhig, wir gehen ins Kino, da muss man nicht viel reden.

Habe Ivar heute in der Schule mit einem Mädchen zusammen gesehen. Sie haben gelacht und rumgealbert. Sie geht in seine Klasse, glaube ich, und sieht ein bisschen aus wie er. Dänisch, sozusagen. Nicht nach Sprachreise wie ich.

Als ich die beiden vor den Spinden habe rumalbern sehen, ist mir ganz kalt geworden. Ich bin überhaupt nicht auf die Idee gekommen, dass er mit jemand anderem als mit mir rumalbern könnte. Ivar ist sozusagen meine ganz persönliche Phantasie. Und jetzt stand er da, breit grinsend, blinzelte mit seinen gelben Augen und alberte mit einem anderen Mädchen rum! Ob die beiden zusammen waren? Ich stellte mir vor, wie sie abends auf seinem Bett lagen und rumknutschten. Sie durfte seine weichen rosa Lippen küssen und saß mit Ivar und seinem Vater am Küchentisch und unterhielt sich mit ihnen über das Leben. Und Ivar hörte ihr aufmerksam zu und …

Ob Danne und ich uns auch küssen würden? Ob ich bald meinen ersten Kuss bekommen würde? Vielleicht küsst Danne mich ja am Samstag?!

Komisch, dass man jemanden, den man bisher überhaupt nicht beachtet hat, plötzlich ganz okay findet. Ich jedenfalls finde Danne ganz okay. Bis vor ein paar Tagen war er noch ein Nobody für mich. Aber seit er gesagt hatte, dass er mich ganz hübsch findet, ist er plötzlich wer. Einer, der in Frage kommt. Weil er mich mag. Er ist immerhin der Einzige, der mich mag. Da wäre ich ja ganz schön blöd, wenn ich mir die Chance entgehen lasse. Diese Chance auf eine Romanze. Mein Gott, wenn ich warte, bis einer, den ich mag, mich auch mag, kann ich wahrscheinlich ewig warten. Ein Leben mit Fischgratin in Singleportionspackungen und haarenden Katzen als einziger Gesellschaft. Da fackelt man doch nicht lange. Ich finde Danne zwar eher langweilig, aber immerhin hat er mich ins Kino eingeladen. Vielleicht ist er ja der Schlüssel zu einer ganz neuen Welt. Vielleicht verliebe ich mich ja mit der Zeit in ihn.

24. September

Warum entführt mich nicht jemand von hier und holt mich raus aus dieser potthässlichen Reihenhaussiedlung? Raus aus Todköping. Weit weg von dem ausgestorbenen Marktplatz. Weg von der Eishalle. Von vorhersagbaren Unterhaltungen. Weg von allen.

In meinen Träumen ist es Ivar, der mich entführt.

Wir laufen Hand in Hand neben einem Zug her, ziehen uns in einen Güterwaggon und fahren eng aneinander geschmiegt dem Abenteuer entgegen. Und wir reden. Er hört mir aufmerksam zu und stellt mir Fragen, intelligente Fragen, lustige Fragen, wichtige Fragen. Er ist neugierig auf mich. Und ich auf ihn. Ich will alles über ihn wissen, alles, was hinter seinen goldgelben Augen vor sich geht. Und irgendwann küssen wir uns. Zwischen Kisten und Schrotthaufen. Seine Lippen sind so kühl, seine Zunge so warm. Wir sind dick eingepackt, mit Mütze und Schal. Und trotzdem spüre ich seinen Körper durch alle Cord- und Wollschichten. Sein Körper ist so hart, meiner so weich, ich passe mich ihm an. Und er sich mir. Unsere Augen sind offen. Wir versinken in unseren Blicken, unsere Zungen kreisen umeinander. Ich will mehr. Viel, viel mehr. Möchte mir die Kleider vom Leib reißen, nackt neben Ivar liegen. Nichts soll mehr zwischen uns sein. Weder Stoffschichten noch Geheimnisse.

Wenn ich an Ivar denke, wird mir ganz kribbelig. Aber ich weiß nicht recht, was ich mit dem Kribbeln anfangen soll. Theoretisch weiß ich eine ganze Menge über Selbstbefriedigung, aber das kommt mir auf mich bezogen irgendwie abartig vor. Ich sehe mich sozusagen aus der Vogelperspektive und komme mir saublöde vor. Ich hab es sogar schon mal probiert, mich selbst zu streicheln. Hat nicht funktioniert. Ich wusste nicht, wo ich anfangen sollte, weiß ja noch nicht mal, wie ich da unten aussehe oder wo was ist. Jungs haben es da schön einfach. Die haben ihren Pimmel, an dem sie fummeln können, und ab geht die Post. Das weiß man spätestens seit dem Kindergarten. Aber wo muss ich fummeln? An meinen Brüsten? Klitoris, bla und blä? Über die Klitoris kann man in jeder Zeitschrift was lesen, aber wo genau sitzt die? Und was soll ich mit ihr machen, wenn ich sie gefunden habe?

Einmal habe ich mir ein Kissen zwischen die Beine geklemmt und habe es langsam hin- und hergezogen. Das fühlte sich ganz schön an. Das Kribbeln wurde fast elektrisch und hat ausgestrahlt, in die Oberschenkel und in den Bauch. Aber dann hab ich mich plötzlich mit dem Kissen zwischen den Beinen gesehen und musste sofort aufhören. Das ist doch nicht normal, sich an seinem Kissen zu reiben. Lina, die Kissenvergewaltigerin.

Aber sobald ich an Ivar denke, kommt jedes Mal dieses Kribbeln, so stark, dass ich mir das mit dem Kissen glatt nochmal überlegen könnte.

Morgen hab ich mein Date mit Danne. Null Kribbeln, was das angeht. Aber was nicht ist, kann ja noch werden.

25. September

Jetzt habe ich also «Fürsten der Dunkelheit» gesehen. Zumindest Teile davon.

Danne und ich haben uns vorm Kino getroffen, zehn Minuten bevor der Film losging.

Genau die richtige Zeit für ein bisschen Smalltalk. Eine intensive Unterhaltung hatte ich auch gar nicht erwartet. Wir wussten beide nicht, ob wir uns zur Begrüßung umarmen sollten oder nicht. Im gleichen Moment, als ich meine Hand ausstreckte, um ihm über den Arm zu streichen, breitete er die Arme aus, um mich zu umarmen. Unsere Arme kamen sich in die Quere, und die Umarmung blieb irgendwie unentschlossen und unnatürlich. Kein gutes Zeichen, wenn das erste Date mit so einer Umarmung beginnt.

Danne: «Und, alles im grünen Bereich?»

Ich: «Ja.»

D: «Schon geboxt heute?»

I: «?»

Ich hatte völlig vergessen, dass ich ja eine Boxerin mit sexy verschwitztem Shirt und Killerblick war.

I: «Nein, heute noch nicht. Hatte keine Zeit. Aber du warst beim Hockey, wie ich sehe.»

Zwischen Dannes Füßen stand eine große Tasche.

D: «Ja, ich komme direkt vom Training, aber ich kenn die Kassiererin und kann die Tasche so lange bei ihr unterstellen.»

I: «Mmh, wie praktisch.»
Schweigen.
D: «Magst du Popcorn?»
I: «Ja, gerne!»
Endlich ein Gesprächsthema. Popcorn! In solchen Situationen darf man nicht wählerisch sein. Ich würde das Popcornthema auswalzen, bis die Werbung anfing. Wir nahmen eine Maxiportion mit zwei Cola XXL. Als wir auf unseren Plätzen saßen, kabbelten wir aus Spaß, wer die Popcornschachtel halten sollte. Danne kleckerte Cola auf seine Jeans, und ich verstreute überall Popcorn. Das ist übrigens ein guter Eisbrecher. Man kann rumalbern und muss nicht so viel reden.

Auf die Beschreibung des Films verzichte ich, der war echt widerlich. Was bei dem Genre wahrscheinlich bedeutet, dass er gut war. Ich hab fast die ganze Zeit mit zugekniffenen Augen dagesessen. Nicht so auffällig, von wegen Hände vor den Augen und hysterisch kreischend, sondern eher still und leise. Sobald ich das Gefühl hatte, dass was Schreckliches passieren könnte, hab ich die Augen zugemacht. Danne hat, glaube ich, nichts gemerkt.

Wieder draußen in der Fußgängerzone, war es schweinekalt. Wir standen mit roten Nasen und auf der Stelle tretend voreinander. Ich fragte mich, wie es wohl weitergehen würde. Wir hätten, zum Beispiel, über den Film reden können, oder vielmehr, Danne hätte über den Film reden können, ich hatte ja nicht besonders viel gesehen, nur gehört.

Ich konnte die Lage nicht einschätzen. Sollten wir noch zusammen irgendwo hingehen? Oder sollte ich mich besser verabschieden? War er in mich verknallt? Oder hatte ich ihn endgültig davon überzeugt, dass ich eine Idiotin war?

Das Problem löste sich schließlich von ganz allein. Danne hatte sich mit ein paar Kumpels zum Videospielen verabredet. Er fragte mich anstandshalber, ob ich mitkommen wollte, aber mein Verstand sagte mir laut und deutlich, dass ich nach Hause gehen sollte, ohne den Umweg über ein Videospiel. Die Abschiedsumarmung fiel schon etwas weniger linkisch aus.

D: «Was machst du nächste Woche? Wollen wir uns treffen?»

Danne hielt mich anscheinend doch nicht für eine Idiotin.

I: «Klar.»

D: «Wann?»

I: «Jederzeit.»

Jederzeit? So eine saubescheuerte Antwort. Wieso nicht gleich zugeben, dass ich ein uninteressantes Leben führte und sowieso alle Verabredungen für ein Date mit einem Jungen verschieben würde, wenn ich denn irgendwelche Verabredungen hätte.

D: «Hast du Lust auf Flipper in der Spielhalle? Dienstag, vielleicht? So gegen sechs?»

I: «Ja, klar.»

An dieser Stelle folgte eine weitere unsichere Umarmung, bevor Danne Richtung Marktplatz davonwatschelte. Ehrlich, Danne watschelt. Er schlappt bei jedem Schritt so komisch mit den Füßen, das sieht echt bescheuert aus. Da finde ich Schlurfen eindeutig sexier, so wie bei Ivar. Watscheln ist so … watschelig. Besonders mit hochgezogenen Schultern, den Händen in den Hosentaschen und nach außen gedrehten Füßen! Jetzt weiß ich, was mich schon beim ersten Treffen an Danne gestört hat.

Dreh ich auch die Füße nach außen?

Für wen halte ich mich eigentlich, so über ihn zu urteilen? Ich sollte froh und dankbar sein, dass ein Junge mich für nächsten Dienstag zum Flipperspielen eingeladen hat. Obendrein noch ein Junge, der ein Jahr älter ist als ich. Ich darf mich überhaupt nicht beschweren. Ein Junge, der ein Jahr älter ist, darf die Füße so weit nach außen drehen, wie er will. Er darf gehen, wie er will, Hauptsache, er geht in meine Richtung. Und das scheint Danne ja offensichtlich zu tun.

27. September

Zehn Gründe, wieso ich eine Versagerin bin:

1. Weil ich einen kleinen Scheißer aus der Siebten anhimmele.
2. Weil sich meine Freundinnen in den Kopf gesetzt ha-

ben, diesen kleinen Scheißer aus der Siebten zu traktieren, und ich schweigend daneben sitze.

3. Weil das mit dem Boxen eine glatte Lüge ist.
4. Weil ich mir alle möglichen Lügen ausdenke.
5. Weil ich nur einem einzigen Menschen gegenüber ehrlich bin – mir selbst.
6. Weil ich eigentlich nicht mal mir selbst gegenüber ehrlich bin. Ich mache mir was vor, bilde mir ein, jemand zu sein, der ich nicht bin, und tue so, als fände ich Dinge gut, die ich in Wirklichkeit doof finde.
7. Weil ich noch immer ungeküsst bin.
8. Vielleicht nicht mehr lange, aber ich werde auch noch geküsst eine Versagerin sein.
9. Allein die Tatsache, dass ich so darauf fixiert bin, endlich geküsst zu werden, ist ein weiterer Beweis für mein Versagen.
10. Außerdem bin ich eine blöde Kuh, weil ich mich um sechs mit Danne verabredet habe, obwohl wir immer um sechs essen. Gleichzeitig essen und Danne treffen geht nicht. Wenn ich Mama und Papa sage, dass ich verabredet bin, wollen sie bestimmt wissen, mit wem, und dann werde ich garantiert rot, und alle lachen mich aus, so nach dem Motto: «Lasst Lina in Ruhe, sie hat einen Jungen kennen gelernt!» Wieso mache ich mir eigentlich so viele Gedanken darüber? Ich schmiere mir einfach ein Brot und sage, dass ich mit Thea verabredet bin. Mein Gott, Lina, jetzt reiß dich aber mal zusammen.

28. September

Ivar war beim Friseur.

11. Oktober

Jetzt weiß ich es. Jetzt gehöre ich auch zu den geküssten Menschen.

Danne und ich haben uns in letzter Zeit ziemlich häufig getroffen. Ich bin zwar nicht ganz sicher, ob wir zusammen sind, aber weit davon entfernt ist es jedenfalls nicht mehr.

Freitag war Fete bei Lillis. Seine Eltern waren zum Golfspielen auf Zypern, er hatte also sturmfreie Bude. Thea und ich sind zusammen gegangen. Nüchtern. Thea trinkt ja nicht, und mir war ganz und gar noch nicht wieder nach einem Rausch und neuen Peinlichkeiten. Wir hatten uns beide in Schale geworfen. Thea hatte mir ihre tolle enge Hose geliehen, und die stand mir richtig gut.

Lillis wohnt am See in einer riesigen eingeschossigen Villa aus weißem Klinker. Ich hätte mich nicht gewundert, wenn Barbie und Ken uns die Tür aufgemacht hätten. Im Garten standen Betonhirsche und ein rosa Plastikflamingo! Ein fucking Flamingo in Todköping! Kitschiger geht's wohl kaum. Einen Swimmingpool haben sie natürlich auch, der um diese Jahreszeit ohne Wasser ist, dafür voller Blätter. Allerdings ist er ein bisschen mickrig. Zu flach zum Tauchen und zu klein, um ordentlich zu schwimmen. Wozu legt man sich so was zu? Zum Angeben wahrscheinlich: «Wir haben einen Pool. Es gibt nichts Herrlicheres als ein Bad vor dem Frühstück.» Das Bad in der Kaffeetasse. Stellt euch doch eine Badewanne auf den Rasen und spart 'ne Stange Geld!

Thea und ich hatten beschlossen, später zu kommen, um uns den nüchternen und verkrampften Einstieg zu ersparen, wenn keiner weiß, worüber er reden soll, und alle nur darauf warten, sich so schnell wie möglich betrinken zu können. Wir wollten erst dann aufkreuzen, wenn die Bierkästen fast leer und der Weinvorrat wenigstens halb niedergemacht war. Da würde es keinem mehr auffallen, dass wir nüchtern waren.

Danne war schon da, als wir kamen. Die Begrüßungsumarmung fiel herzlicher aus als gewöhnlich, was heißen musste, dass er nicht mehr ganz nüchtern war. Und da wusste ich, dass er mich noch vor Ende des Abends küssen würde, wenn ich mitspielte. Danne hatte sich zu viel Gel ins Haar geschmiert und duftete, als hätte er in Rasierwasser gebadet. Nach der Umarmung roch ich selbst nach Hugo Boss. Aber er trug einen schönen neuen Rollkragenpullover, obwohl es höllisch warm war in dem überfüllten, überheizten Partyhaus. Aber wen kümmert es schon, ob ein Pullover zu warm oder unpraktisch ist, wenn er gut aussieht?

Thea und ich kannten kaum jemanden, die meisten kamen vom Gymnasium und waren älter als wir. Ich kam mir ziemlich verloren vor. Die Einzigen, die ich kannte, waren Thea und Danne. Aber Danne war nicht unbedingt ein Typ zum Anlehnen, und Thea und Lillis schienen nicht scharf darauf zu sein, dass ich mich in ihr intimes Geplänkel einklinkte. Ich hatte gar nicht mitbekommen, dass Thea und Lillis inzwischen so eng miteinander waren, und begann zu argwöhnen, dass die Verkupplungsversuche von Danne und mir nur der vorgeschobene Grund waren, damit die beiden sich ganz entspannt treffen konnten. So eine Lachnummer.

Ich machte es mir neben den beiden auf dem kornblumenblauen Sofa mit weichen, großen Papageienkissen bequem, das in jeder amerikanischen Fernsehsoap-Villa hätte stehen können. Das ganze Haus hatte was von einer amerikanischen Protzvilla. Ich sah Lillis' Mutter vor mir, wie sie diskret die Papageienkissen ausschüttelte, während der werte Gatte im Büro seine Sekretärin pimperte.

Danne schwirrte hin und her. Tanzte. Trank. Ging nach draußen und pinkelte gegen den rosa Flamingo. Tanzte wieder, oder hüpfte vielmehr, mit gesenktem Kopf auf der Stelle. Nüchtern hätte Danne nicht getanzt, nie im Leben. Darum war es auch ziemlich komisch, wie er tanzte, irgendwie so fremd. Er spielte einen coolen Typen auf einer coolen Party. Ich drückte mir ein Papageienkissen auf den Bauch und lehnte mich zu Thea rüber, die ihrerseits an Lillis lehnte.

Dann fingen die beiden ganz unvermittelt an zu knutschen. Zunächst bekam ich gar nichts davon mit, erst als Thea halb auf Lillis lag. Ich konnte nicht genau sehen, was sie machten, nur dass Lillis eine Hand unter Theas Angorapulli schob. Er hatte abgeknabberte Fingernägel. Seine Hände glitten an ihr herunter und legten sich in einem festen Griff um ihre Pobacken. Über der Hose. Thea richtete sich auf und hockte sich rittlings auf Lillis' Schoß. Seine Hände zogen sie noch dichter zu sich ran. Ich konnte sehen, wie sie ihren Schritt gegen seinen Pimmel presste, der bestimmt hart war, so wie sie auf ihm hockte, ihn am Ohrläppchen knabberte und ihn küsste.

Ich klammerte mich an mein Papageienkissen, als Danne sich neben mich aufs Sofa fallen ließ. So nah waren wir uns den ganzen Abend noch nicht gewesen. Ich war nicht ganz sicher, ob er mir aus dem Weg ging oder ob er einfach nur schüchtern war, weil er wie ich wusste, dass dies so ein Abend war, an dem es passieren könnte. Dass man weitergeht. Offenbar hatte er sich mit ein paar Bieren und dem klebrigen Cognac, den Lillis in dem nussbraunen American-way-of-life-Barfach gefunden hatte, genug Mut angetrunken.

Danne: «Du siehst klasse aus.»

Ich: «Danke. Du auch.»

D: «Du bist echt total süß. Findest du, dass ich besoffen wirke? Ich hab mindestens zehn Bier getrunken.»

Nun wusste ich also, wie viel er getrunken hatte. Hoffentlich reichte es, dass er sich traute. Es war nämlich ziem-

lich nervig, neben einem wild knutschenden Pärchen zu sitzen und selbst leer auszugehen.
D: «Wie viel hast du getrunken?»
I: «Ungefähr eine Flasche Wein.»
Ich wusste genau, dass er nichts machen würde, wenn er mitkriegte, dass ich nüchtern war. Eine Flasche Wein schien mir genau die richtige Menge. Und siehe da, einen Augenblick später fing Danne auch schon an, meinen Hals zu streicheln. Er fuhr mit seinen Fingern durch mein Haar, blieb hängen und musste sich erst mal wieder befreien. Wir sagten nichts. Ich hörte seinen berauschten Atem, wie tiefe Seufzer, die beim Ausatmen nach Bier rochen. Ich war schrecklich angespannt, wusste nicht, wohin mit dem Kaugummi in meinem Mund, also schluckte ich es runter. Jetzt konnte er jeden Augenblick kommen, der Kuss, es war höchstens noch eine Frage von Sekunden.

Da lachte Danne plötzlich los.
D: «Man, bei denen geht ja die Post ab.»
Wir schauten zu Thea und Lillis. Er hatte seine Hände inzwischen in Theas Jeans geschoben. Wo Thea ihre Hände hatte, wusste nur Lillis. Wir konnten sie nicht sehen. Da spürte ich Dannes Hände um meine Taille. Ich schnappte nach Luft, als er mich energisch an sich zog. Wie durch ein Vergrößerungsglas sah ich Dannes Mund auf mich zukommen. Näher. Immer näher! Und dann fühlte ich seine Lippen. Mitten auf meinen. Er küsste mich. Mit geöffnetem Mund. Aber ohne Zunge.

Ich hatte nicht den blassesten Schimmer, was man in so einer Situation machen musste. Wir küssten uns. Weich. Schön. Es war gut, obwohl es eigentlich ekelig schmeckte, nach Bier und Kautabak. Und dann kam seine Zungenspitze. Sie schob sich vorsichtig in meinen Mund, und ich kam ihr tastend mit meiner Zunge entgegen. Was für ein eigenartiges Gefühl! Die Zunge eines anderen fühlt sich so … so groß an. Kühl und zugleich warm. Wir öffneten unsere Münder ein wenig weiter, und plötzlich hatte ich viel mehr Zunge in meinem Mund. Wenn ich meine ausstreckte, konnte ich sie ein wenig zurückschieben und hatte wieder mehr Platz. Küsse ohne Zunge gefielen mir irgendwie besser.

Danne drückte sich an mich. Mein Mund war weit geöffnet. Ich lag unter ihm, den Kopf gegen Thea und Lillis gedrückt, die immer heftiger zur Sache gingen. Ich konnte gar nicht richtig genießen, was ich gerade erlebte, weil ich die ganze Zeit daran denken musste, dass jetzt endlich passierte, wonach ich mich so lange gesehnt hatte. Ich knutschte mit einem Typen! Danne lag schwer auf mir, aber seine Hände waren zärtlich. Er drückte mich mit seinem Gewicht zwischen die Papageien. Ich spürte seinen steifen Schwanz. Schrecklich deutlich. Wie ein länglicher Stein an meinem Oberschenkel. Ich hatte nicht das geringste Bedürfnis, mich an Danne zu reiben, wie ich mich an meinen Kissen gerieben hatte. Aber dass er aufhörte, wollte ich auch nicht. Irgendwie machte es mich auch ein bisschen stolz,

VON LILLIS' FEST!
THEA UND LILLIS (LÄSSIG, GUT AUSSEHEND, WITZIG)
WEISS NICHT WER
DANNE UND ICH (STEIF, VERHUSCHT UND ÖDE)

dass Danne meinetwegen (!) einen Ständer hatte. Das konnte doch nur bedeuten, dass er scharf auf mich war. Wahnsinn. Er leckte mir über den Hals. Iih, das war schlabberig. Dann bearbeitete er meine Ohren mit der Zunge. Und dann wimmerte er plötzlich wie ein kleiner Hund. Presste seinen Ständer fester gegen mein Bein. Ich erwiderte den Druck vorsichtig, indem ich mein Knie zwischen seine Beine schob. Aber nur ganz leicht. Worauf Danne mein Bein umfasste und es härter gegen sich drückte, während wir uns weiter intensiv küssten.

«SCHEISSE!»

Danne und ich schreckten hoch. Lillis stand mitten im Zimmer und brüllte in einer Tour «Scheiße, Scheiße, Scheiße!», weil irgendein Idiot ins Barfach gekotzt hatte, über alle Flaschen. Und danach hatte er den restlichen Magen-/Darm-/Alkohol-/Kühlschrankinhalt auf den garantiert sündhaft teuren Teppich entleert.

Lillis: «Verdammte Scheiße. Welcher Arsch war das? Reiher gefälligst ins Klo, du Idiot!»

Das war das Ende meiner ersten Knutscherei. Lillis schickte alle nach Hause. Danne übernachtete bei Lillis und half ihm, das Barfach zu schrubben. Thea und ich verzogen uns auch. Wir hatten keine Lust, tiefer in das Barfach mit voll gekotzten Likörflaschen einzutauchen.

15. Oktober

Ich sitze schon ewig vor meinem Spiegel und suche nach Anzeichen von Veränderung. Denn verändert hab ich mich. Ich habe geknutscht. Jetzt weiß ich endlich, wie es ist, die Zunge eines anderen Menschen im Mund zu haben. Und ich weiß, wie hart ein Ständer sein kann.

Ich habe meinen kleinen Spiegel so an mein großes rosa Kunstpelzkissen gelehnt, dass ich mich fast komplett sehen kann, bis kurz unterhalb der Knie. Das reicht, ich sehe das Wichtigste. Dieser Körper hat Danne angeturnt. Mein Körper. Er hatte einen Riesenständer, als er neben mir auf dem Sofa lag. Und diesen Ständer hatte er meinetwegen. Dann bin ich vielleicht doch nicht so hässlich. Ich drehe mich ins Profil, strecke den Rücken und schiebe die Brüste vor. Dann lege ich die Hände über meine Brüste und öffne die Lippen, schiebe die Zungenspitze raus, was sexy aussehen soll. Ich wackele mit der Zunge, lüstern, und gucke mit verschleiertem Blick. Aber das sieht einfach nur dämlich aus! Mein wahres langweiliges Ich lässt sich nicht verleugnen. Überhaupt, wahrscheinlich lässt Danne sich von allem aufgeilen, was zwei Titten hat. Bestimmt ist er gar nicht speziell auf mich scharf oder in mich verliebt. Ich bin austauschbar. Er hat sich nur in mich verliebt, weil ich zufällig in greifbarer Nähe war. Besser mit mir rummachen als gar nicht. Glaube ich das wirklich? Was empfinde ich eigentlich? Bin ich in Danne verknallt? Ich weiß es nicht …

Keine Ahnung, wie es sich anfühlt, wenn man verliebt ist. Vielleicht ist es ja genau so? Also, ich fand es nicht schrecklich, dass er mich geküsst hat. Es war sogar schön, nicht unangenehm ... Aber angeturnt hat es mich auch nicht direkt ... Was ist das für ein Gefühl, angeturnt zu sein? Vielleicht merkt man es ja gar nicht? Oder es stellt sich mit der Zeit ein. Vielleicht bin ich ja geil und weiß es gar nicht. Vielleicht hatte ich ja einen Orgasmus, ohne es zu merken ... Das mit dem Feuerwerk und dem Bombeneinschlag ist vielleicht eine Übertreibung? Bin ich zu anspruchsvoll? Paranoid? Naiv? Frigide?

17. Oktober

Heute haben Danne und ich wieder geknutscht. Wir waren zum Videogucken bei Thea gewesen. Hinterher bin ich mit ihm zur Bushaltestelle gegangen. Wir setzten uns auf die Bank im Wartehäuschen, wo vor uns sicher schon unendlich viele Pärchen geknutscht hatten. Jetzt saßen wir dort. Ein irres Gefühl.

Wir hatten noch zehn Minuten Zeit, bis Dannes Bus kam. Er legte sofort los. Leicht gehetzt. Trotzdem fühlte es sich schon besser an. Vielleicht, weil ich wusste, dass uns nur zehn Minuten blieben, bevor er in den Bus steigen und abfahren würde. Das Zeitlimit kickte etwas in mir an. Ich setzte mich rittlings auf Dannes Schoß, so wie ich es bei Thea und Lillis gesehen hatte. (Wenn ich ehrlich sein soll, war nicht ich diejenige, die die Initiative ergriff, Danne zog mich einfach auf seinen Schoß.) Wir waren ein Knäuel aus Daunenjacken, Schals und warmen Atemwolken. Die Küsse schmeckten diesmal auch besser, nicht nach Alkohol. Ein wenig nach Kautabak, aber mehr nach Pfefferminz. Es war fast ein bisschen kribbelig. Aber nur fast. Wenn ich bloß wüsste, ob wir jetzt zusammen sind. Ihn zu fragen, trau ich mich nicht, das wäre mir dann doch zu peinlich!

«Sind wir jetzt zusammen?», «Willst du mit mir gehen?»

Woher soll man das wissen, wenn man so gut wie nicht miteinander redet. Nicht direkt, jedenfalls. Wir gucken Videos und unterhalten uns mit Thea und Lillis, aber nicht miteinander. Und wir haben gerade zweimal geknutscht. Vielleicht muss man mindestens zehnmal knutschen, bevor man zusammen ist. Will ich überhaupt mit Danne zusammen sein? Ich weiß es nicht. Wenn er will, meinetwegen.

Ich denke ziemlich viel an Ivar. Was es wohl für ein Gefühl wäre, ihn zu küssen und mit ihm zehn Minuten im Bushäuschen zu sitzen, bis der Bus kommt? Was würden wir wohl in dem Wartehäuschen machen? Würde ich auch rittlings auf seinem Schoß sitzen? Wüsste ich genauer, was ich wollte, wenn Ivar anstelle von Danne die Rolle des Traumprinzen spielen würde? Würden Ivar und ich im Hafen auf einer Decke liegen, die Sterne angucken und übers Leben philosophieren? Oder würden wir auch bei Thea Videos gucken?

Ich stellte mir vor, Ivar zu küssen. Seine Küsse schmeckten bestimmt nicht nach Kautabak ... Sie schmeckten wahrscheinlich nach ... Wald. Ja, bestimmt schmeckten sie nach Wald. Nach von Tannennadeln duftendem Waldboden, moosig, frisch!

Ab damit, ich werde Ivar niemals küssen. Es sprechen mehr als genügend Gründe dagegen. Die Wahrscheinlichkeit, dass wir jemals in einer Kusssituation landen, ist gleich null.

Nein, ich sollte mich lieber auf Danne konzentrieren! Jetzt ist Danne dran.

Danne, Danne, Danne!

(Ivar, Ivar, Ivar ...)

25. Oktober

Das Telefongespräch zwischen Thea und mir vor etwa einer halben Stunde.

Thea: «Und, wie läuft es mit Danne?»

Ich: «Weiß nicht so genau ...»

T: «Was soll das heißen?»

I: «Ich weiß es eben nicht. Ich weiß nicht genau, was er will.»

T : «Und was willst du?»

I: «Das weiß ich auch nicht.»

T: «Lillis sagt, dass Danne total in dich verknallt ist.»

I: «Sagt er das? Und was sagt er sonst noch?»

T: «Na ja … Dass Danne scharf auf dich ist. Dass er mehr will. Dass er dich nett findet.»

I: «Was heißt das, dass er mehr will?»

T: «Dass er mehr will, eben! Habt ihr euch schon mal allein getroffen, nur ihr zwei?»

I: «Wir waren Billard spielen und …»

T: «Ich meine allein, hinter verschlossener Tür?»

I: «Nein!»

T: «Und wieso nicht?»

I: «Wo sollten wir denn da hingehen?»

T: «Zu dir oder zu Danne. Dannes Mutter ist doch nie zu Hause, da wärt ihr ganz ungestört, hähä.»

I: «Na ja … Und wie läuft es mit dir und Lillis? Seid ihr zusammen?»

T: «Noch nicht richtig … Aber wenn ich ihn mit einer anderen sehe, bring ich ihn um!»

I: «Willst du mit ihm zusammenkommen?»

T: «Ich denke schon. Er ist echt der weltbeste Küsser! Ich habe noch nie jemanden erlebt, der so gut küssen kann. Er weiß genau, wie er es machen muss. In puncto Küssen sind Jungs ja meist ziemlich unbrauchbar, Mädchen haben da echt mehr drauf. Aber Lillis küsst wie ein Mädchen, zärtlich, nicht so fordernd und einfach nur drauflos. Kann Danne gut küssen?»

I: «Ich glaube schon.»

T: «Was heißt das? Ist er genial, gut oder bescheiden?»

I: «Gut …»

T: «Möchtest du mehr mit ihm machen?»

I: «Weiß nicht …»

T: «Was heißt hier … ‹Weiß nicht›? Das musst du doch wissen!»

I: «Vielleicht.»

T: «Er ist doch wohl nicht der Erste, den du geküsst hast? Hast du nicht gesagt, du hättest in den Ferien mit einem Typen rumgeknutscht?»

I: «Ja, schon. Aber Danne war der Erste … der mir einen Zungenkuss gegeben hat.»

T: «Und wie fühlst du dich? Lillis macht mich völlig verrückt! Ich würde ihm am liebsten die Kleider vom Leib reißen und ihn auf der Stelle auffressen. Seine Küsse hauen mich total um.»

I: «Und woran merkt man, dass einen jemand verrückt macht?»

T: «Was heißt hier merken, das fühlt man doch! Plötzlich hält man es kaum noch aus, angezogen nebeneinander zu liegen, man will irgendwie … nackt sein.»

I: «Aha. Und warum tut ihr es dann nicht?»

T: «Miteinander schlafen?»

I: «Ja.»

T: «Da muss alles stimmen. Wenn ich mir einfach so die

Kleider runterreiße, hält er mich womöglich für eine Schlampe. Ich hab mir vorgenommen, mich noch ein wenig zu beherrschen. Ihn richtig anzuheizen. Er soll total wild auf mich sein. Er wird sich schon noch ein bisschen gedulden müssen.»

I: «Aber so weit kommen wird es?»

T: «Ja, ich denke schon.»

I: «Hat Lillis es schon versucht?»

T: «Klar, ständig. Aber ich tu so, als ob ich nicht will.»

I: «Obwohl du eigentlich willst?»

T: «Ja.»

I: «...»

T: «Lillis' Eltern sind nächstes Wochenende weg, wollen wir was zu viert unternehmen?»

I: «Meinetwegen.»

T: «Wir können Videos gucken. Lillis hat das reinste Heimkino! Mit einer Leinwand, die man von der Decke ziehen kann, und jeder Menge Lautsprecher. Fragst du Danne?»

I: «Kann Lillis das nicht machen?»

T: «Wieso das denn? Traust du dich nicht, Danne anzurufen?»

I: «Natürlich traue ich mich! Ich ruf ihn an, okay?»

Das Telefongespräch zwischen Danne und mir vor ungefähr fünf Minuten:

Danne: «Ja, hallo?»

Ich: «Hallo, Lina hier.»

D: «Ach, hi!»

I: «Was machst du gerade?»

D: «Nichts Besonderes. Ich gucke einen Film. Da wollen zwei Frauen einen Typen umbringen, mit dem sie beide zusammen waren … glaube ich.»

I: «Ist der Film gut?»

D: «Weiß nicht so genau. Eigentlich nicht. Warte, ich stelle den Ton nur eben leiser … Und was machst du so?»

I: «Ich habe gerade mit Thea telefoniert. Sie und Lillis wollen am Samstag einen Heimkinoabend machen und fragen, ob wir auch kommen wollen.»

D: «Meinetwegen gern. Oder, was sagst du?»

I: «Ja, ist okay.»

D: «Ich bin übrigens allein zu Hause … Ich meine ja nur, falls du Lust hast vorbeizukommen.»

I: «Es ist schon so spät …»

D: «Quatsch, es ist doch erst halb acht! Mit dem Bus könntest du … vor acht Uhr hier sein. Um halb zehn fährt einer zurück … Aber ich kann auch zu dir kommen, wenn dir das lieber ist.»

I: «Nein, das ist keine gute Idee. Hier sind alle zu Hause, und ich kann mein Zimmer nicht abschließen und … Das ist mir zu stressig.»

D: «Dann komm halt hierher!»

I: «Ich glaube nicht, dass Mama das erlaubt. Sie kriegt jedes Mal eine Krise, wenn ich abends noch wegwill.»

D: «Aber du bist doch spätestens um zehn wieder zu

Hause! Das heißt, du kannst noch vor elf im Bett sein. Was sollte sie dagegen haben?»

I: «Du kennst meine Mutter nicht.»

D: «Kann es sein, dass du nicht willst? Keine Angst, ich hab nicht vor, dich zu vergewaltigen, haha.»

I: «Okay, ich komme.»

D: «Super! Aspvägen 23, das rote Backsteingebäude gleich hinter der Tankstelle, du weißt schon. Dritter Stock. An der Tür steht Birgit Stenberg. Das ist meine Mutter.»

I: «Bis gleich dann.»

D: «Ja, tschüs.»

Scheiße, Scheiße, Scheiße. Warum mache ich so was? Ich habe überhaupt keinen Bock, jetzt noch mit dem Bus irgendwohin zu fahren! Außerdem fragen Mama und Papa mir garantiert Löcher in den Bauch! Was soll ich denen erzählen? Am besten, ich sage, dass ich noch kurz zu Thea will. Genau, so mache ich es! Und was erwartet mich bei Danne? Ohne wachsame Eltern oder Freunde in der Nähe? Ich will nicht! Das merke ich jetzt ganz deutlich. Nein. Nicht. No, no.

Also gut, ich fahre hin. Vielleicht reden wir ja nur. Irgendwas wird mir ja wohl einfallen.

Hilfe.

25. Oktober

Abends, fünf vor zwölf.

Danne wohnt in einem dreistöckigen Backsteingebäude zwischen lauter anderen dreistöckigen Backsteingebäuden. Mittendrin ein kleiner, trister Spielplatz, den die Häuser wie eine Mauer einrahmen. Praktisch, da müssen die Mütter nur auf den Balkon gehen, um ihre Kinder zu rufen. Die Gegend sieht aus wie in einem Dokumentarfilm aus den Siebzigern.

Die Wohnung von Danne und seiner Mutter hat auch was von einem Dokumentarfilm über allein erziehende Mütter und ihre pubertierenden Söhne. Sie haben ziemlich scheußliche Möbel. Im Wohnzimmer steht eine ochsenblutrote Ledergarnitur, davor ein Kieferntisch mit Häkeldeckchen und zwei kitschigen Kerzenständern mit lila Kerzen, die garantiert nicht angezündet werden dürfen. An den Wänden hängen Bilder eines nicht sonderlich begabten Künstlers, und in den Regalen stehen meterweise Sidney-Sheldon-Bücher. Und ein Lexikon, in dem garantiert noch nie jemand geblättert hat. Die Küche ist klinisch steril. Kieferntisch, vier Kiefernstühle, Häkeldecke, zwei Kerzen. Plastikblumen im Fenster, ein Päckchen Blend neben der Abzugshaube. Die Tür vom Schlafzimmer seiner Mutter ist geschlossen. Und so sieht Dannes Zimmer aus: breites Bett, ungemacht, grüne, ziemlich hässliche Bettwäsche. Der Schreibtisch leer gefegt, dafür ein paar «Playboy»-Ausgaben, Fantasybücher

SKIZZE VON DANNES ZIMMER

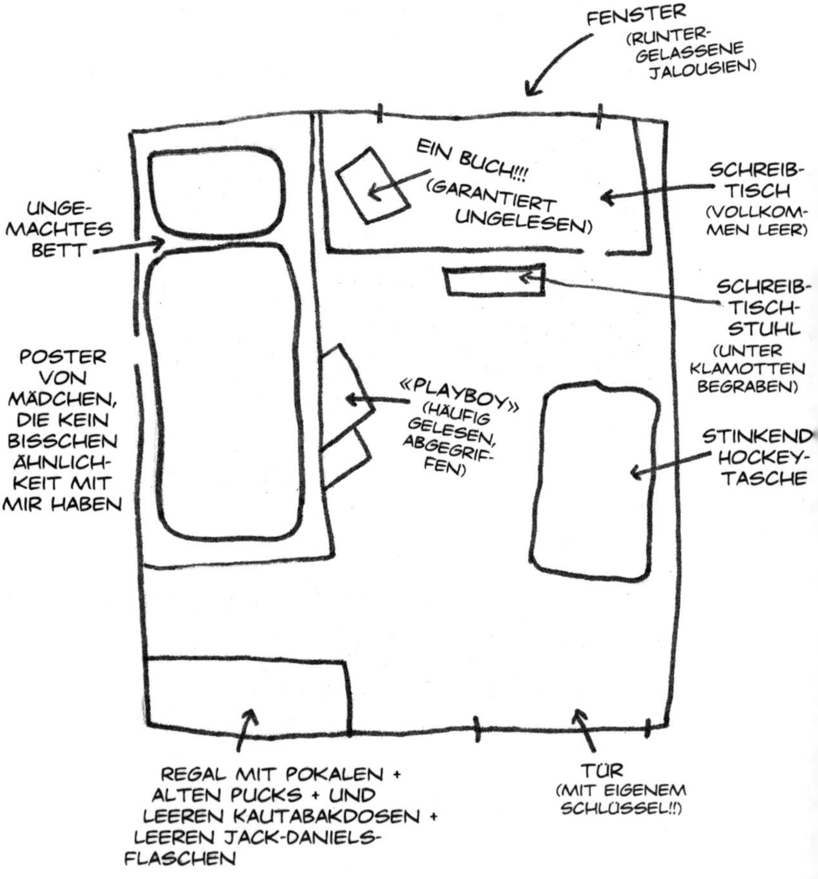

und Hockeyzeitschriften über den Boden verstreut. Hockeyshirts an der Wand. Ein paar Pin-up-Girls über dem Bett. Überall Klamotten. Unterm Fenster die Hockeytasche, die einen leicht muffigen Geruch ausströmt. Ein Regal voller Pokale: Staffellauf, Sprint, Hockey, Fußball und was weiß ich noch alles, wo er gewonnen hat oder zumindest Zweiter geworden ist.

Danne warf sich aufs Bett.
Danne: «Hier wohne ich! Komm!»
Ich setzte mich auf die Bettkante, so linkisch, wie ein lebendes Wesen sich nur setzen kann.
D: «Und, was hat deine Mutter gesagt? War sie sauer?»
Ich: «Nö. Ich hab gesagt, dass ich zu Thea will.»
D: «Der Pullover steht dir gut. Ist der neu?»
I: «Nein, der gehört Malin, ist nur geliehen.»
D: «Trotzdem schön. Komm, leg dich zu mir!»
I: «Okay …»
Und da lagen wir dann dicht nebeneinander auf seiner grünen Bettdecke. Danne legte seine Arme um mich und zog mich näher an sich heran, aber ich sträubte mich. Keine Ahnung, was mich störte, aber ich hatte das starke Bedürfnis, mich zu sträuben.
I: «Erzähl was von dir … Wie warst du als kleiner Junge?»
D: «Als kleiner Junge? Als Baby, oder was meinst du?»
I: «Na ja, wieso haben deine Eltern sich scheiden lassen, zum Beispiel?»
D: «Mama hatte irgendwie die Nase voll. Papa war nicht

unbedingt ein Arsch, aber ein Vorzeigevater war er auch nicht. Er hat ziemlich viel gesoffen. War nie zu Hause. Und als er was mit einer anderen Frau angefangen hat, hat Mama ihn rausgeworfen. Da war ich in der Fünften. Mmh, dein Haar duftet so gut! Was nimmst du für Shampoo?»

I: «Keine Ahnung … Meldet sich dein Vater ab und zu bei dir?»

D: «Selten … Höchstens zu Weihnachten oder zum Geburtstag … Komm her …»

Ich wollte nicht! Ich gab mir alle Mühe, das Gespräch in Gang zu halten. Ich hatte keine Lust, in einer sturmfreien Bude mit ihm auf dem Bett zu liegen und zu schmusen, ich fühlte mich unwohl. In einer sturmfreien Bude mit ihm auf dem Bett zu liegen und zu reden wäre hingegen völlig in Ordnung gewesen.

I: «Willst du gar nichts über mich wissen? Du kannst fragen, was du willst!»

D: «Was ich will? Okay … Willst du nicht ein bisschen näher rücken?»

I: «Hä?»

D: «Na ja, das ist meine Frage. Willst du ein bisschen näher rücken? Vergiss es, war bloß ein Scherz. Also gut, dann will ich mir mal eine gute Frage einfallen lassen … eine gute Frage … Mit wie vielen Jungs hast du schon geschlafen?»

I: «…»

D: «Sag schon! Du hast gesagt, ich kann fragen, was ich

will! Oder ist dir das peinlich? Na gut, keine Antwort ist auch 'ne Antwort. Entweder hast du noch mit keinem geschlafen oder mit vielen, warum sonst sollte es dir peinlich sein?»

I: «Das ist mir nicht peinlich.»

D: «Dann kannst du ja antworten!»

Danne lachte und legte seinen Kopf auf meine Schulter. Spielte mit meinem Haar und wartete, dass ich antwortete.

I: «Mit einem.»

D: «Mit wem?»

I: «Du kennst ihn nicht. In den Ferien, mit einem Jungen auf dem Land. Magnus.»

D: «Aha. Und wie oft habt ihr es gemacht, du und dieser Magnus?»

I: «Halt. Jetzt bin ich dran mit Fragen. Mit wie vielen hast du schon geschlafen?»

D: «Mal überlegen. Drei. Oder vier. Kommt drauf an, ob das letzte Mal zählt. Zählt es, wenn man miteinander schläft, ohne dass der Junge kommt?»

I: «Na ja, ich denke schon.»

D: «Gut, dann hab ich bisher mit vier Mädchen geschlafen! Jetzt bin ich wieder dran. Wie hübsch findest du mich auf einer Skala von 1 bis 10?»

I: «Mmh … neun, vielleicht.»

D: «Das sagst du nur, weil du gut erzogen bist. Sei ehrlich.»

I: «Okay, sieben.»

D: «Was, nur eine Sieben? Wieso das denn?»

I: «Was heißt hier: nur eine Sieben! Wenn fünf der Durchschnitt ist, liegst du gut überm Durchschnitt. Das ist doch nicht schlecht.»

D: «Sag mir trotzdem, wieso du mir nur eine Sieben gibst. Was gefällt dir am besten an mir und was am wenigsten?»

I: «Am besten gefällt mir deine Zahnlücke, und deine Augen … Mir fällt nichts ein, was ich an dir nicht mag.»

D: «Das glaube ich dir nicht! Sag schon!»

I: «Dass du die Füße beim Gehen nach außen drehst …»

D: «Tue ich das?»

I: «Ist doch egal. Irgendwas musste ich doch sagen! Und nun sag du, wo auf einer Skala zwischen 1 und 10 ich liege?»

D: «Eine glatte Zehn!»

I: «Lüge.»

D: «Dann eben eine Eins.»

I: «…»

D: «Hey, verstehst du keinen Spaß, oder was? Nein, du bist eine typische … eine typische … na ja, eine Sechs, würde ich sagen. Mehr kann ich dir nicht geben, weil ich natürlich besser aussehe. Hahaha. Aber im Ernst. Du bist … eine Fünf, die eine Acht sein könnte.»

I: «…»

D: «Du siehst nämlich eigentlich richtig gut aus, hast eine gute Figur, ein hübsches Gesicht und so weiter. Wenn du dich schminken würdest wie die anderen

Mädchen, könntest du glatt eine Zehn sein. Und mit einer engen Hose oder einem engen Top sähst du echt geil aus. Aber du schminkst dich ja nicht.»

I: «Doch, tu ich.»

D: «Davon merkt man aber nichts. Trotzdem, du bist echt total süß, Lina! Wirklich! Nicht gerade eine Sexbombe, aber so viele Sexbomben gibt es eh nicht, höchstens Thea und Julia.»

I: «Thea ist doch wohl keine Sexbombe?! Sie hat ja nun wirklich nichts von einer Playmate mit Riesenbrüsten und langen blonden Haaren. Und sie schminkt sich auch kaum.»

D: «Stimmt, aber sie schlägt trotzdem ein wie eine Bombe. Bei manchen ist das einfach so. Sie hat das gewisse ETWAS, könnte ohne weiteres eine Hollywoodkarriere machen oder was auch immer. Aber du bist auch süß, Lina. Bist du jetzt sauer?»

I: «Nein, wieso sollte ich?»

Danne beugte sich über mich, sah mir in die Augen und drückte seine Lippen auf meine. Ich wollte ihn jetzt nicht küssen. Der Kerl hatte doch einen Sockenschuss! Und ich war hässlich! Das perfekte Paar. Der Vollidiot und das Monster. Aber ich traute mich nicht, nein zu sagen, aus Angst, er könnte denken, ich wäre doch sauer, und das würde alles noch viel komplizierter machen, als es ohnehin schon war. Danne küsste mich zärtlich, und ich erwiderte seine Küsse. Er legte sich auf mich. Er war schwer. Ich bekam Atemprobleme. Danne auch. Aber nicht aus dem gleichen Grund, befürchte ich. Seine Hände auf meinen Brüsten, ziemlich energisch. Sein Oberschenkel zwischen meinen Beinen. Seine Hand griff nach meiner Hand und führte sie nach unten. Zu seinem ... zu seinem Schwanz! Er war hart, hammerhart. Ich konnte es durch den Jeansstoff fühlen. Danne ließ meine Hand los. Ich wusste nicht, was er von mir erwartete. Eigentlich wollte ich auch gar nichts machen. Also ließ ich die Hand reglos auf der harten Beule liegen. Dannes Hand kam wieder nach unten gewandert, legte sich über meine und drückte sie gegen die Beule. Er sagte, ich solle meine Hand in seine Hose schieben. Aber das wollte ich auf keinen Fall. Ich wollte einfach nur nach Hause. Er knetete meine Brüste. Bei einem kurzen Blick zur Seite sah ich, dass es schon zehn nach neun war! In zwanzig Minuten ging mein Bus! Genial!

I: «Ich muss jetzt gehen ...»

D: «Wie bitte ...»

I: «Ich muss los, tut mir leid.»

D: «Dann bleib doch einfach, wenn's dir leid tut. Um halb elf geht auch noch ein Bus.»

I: «Nein, ich muss den hier kriegen.»

D: «O neeeeiiiin ... du kannst doch jetzt nicht einfach gehen. Warum übernachtest du nicht hier?»

I: «Das geht doch nicht. Ich muss jetzt wirklich los.»

Ich drückte Danne zum Abschied einen entschiedenen Kuss auf den Mund. Wir hatten beide geschwollene Lippen. Mit verschwommenem Blick versuchte

Danne, mich wieder aufs Bett zu ziehen, während ich seinen Versuch halbherzig mit einem Lachen abtat und mich erhob, den Pullover runterzog, die Jeans zurechtrückte und meine geschwollenen Kusslippen mit Lypsyl einschmierte.

D: «Heißt das, wir sehen uns erst am Samstag bei Lillis wieder?»

I: «Ja.»

D: «Kannst du nicht morgen wieder hierher kommen?»

I: «Nein, ich schreibe am Donnerstag einen Test.»

D: «Na, dann muss ich wohl Lena anrufen. Irgendjemand muss mir ja helfen, den Ständer wieder loszuwerden!»

I: «Welche Lena?»

D: «Luder-Lena.»

I: «Ja, ruf sie an. Ich kann jedenfalls nicht kommen.»

D: «Hallo, das war ein Witz! Ich werde mich bis Samstag gedulden!»

Bis Samstag gedulden!? Was meinte er damit? Samstag waren wir bei Lillis eingeladen, da würden wir ja wohl kaum was machen können?

Er findet mich also hässlich. Habe ich es doch geahnt. Ich sehe ungeschminkt aus, trotz Mascara, Rouge und Selbstbräunungscreme. Ich sehe aus wie die blasse Kopie eines Nobody. Thea braucht noch nicht mal Schminke, sie hat das gewisse Etwas. Ich habe nichts. Doch, meine Figur ist «okay». Wer will schon okay sein, und was heißt okay? Dass man sich nicht übergeben muss, wenn man mich sieht? Aber Jubelschreie löse ich auch nicht aus. Als ob Danne so toll aussähe. Warum habe ich gesagt, dass er eine Sieben ist? Er ist keine Sieben, er ist höchstens eine Drei, verdammt nochmal! Höchstens! Ich wollte nur nicht unhöflich sein. Er sieht total langweilig aus. Null Ausstrahlung, null Charme, die Klamotten gehen ja noch einigermaßen und gleichen das Schlimmste aus, aber ansonsten … Nein danke!

Ivar kriegt eine Zehn von mir. Locker.

27. Oktober

Ich fühle mich total hässlich, kann gar nichts dagegen machen. Und Thea schwebt durch die Gegend und hat das gewisse Etwas.

Ich hab keinen Bock auf Thea, Lillis und Danne am Samstag. Ich will nicht, will nicht, will nicht. Ich will nichts mit Leuten unternehmen, die mich hässlich und langweilig finden. Und ich will nichts mit Leuten zu tun haben, für die das Aussehen das Wichtigste ist.

Dabei bin ich auch aufs Äußere fixiert. Mein ganzes Leben dreht sich darum, was andere von mir denken oder wie ich aussehe. Findet mich jemand hässlich, bricht meine Welt zusammen. Findet mich jemand hübsch, küsse ich ihm die Füße.

Was will ich eigentlich?

1. Schönere Brüste, zumindest welche, die gleich groß sind.
2. Das gewisse Etwas.
3. Einen schlankeren, sexy Körper.
4. Ein neues, intelligenteres und mutigeres Hirn.

Die Zähne können so bleiben, die finde ich ganz in Ordnung. Aber sonst: alles verschrotten und nochmal was ganz Neues entwerfen.

Ich muss Mama davon überzeugen, dass ich unbedingt Geld für eine Schönheitsoperation brauche.

28. Oktober

Heute haben wir im Speisesaal am selben Tisch wie Ivar gesessen!!!

Er saß mit einem Mädchen am Fenster und wir am anderen Ende des Tisches. Wir haben natürlich nicht miteinander gesprochen, aber ich habe ein paar Fetzen aufgeschnappt, worüber er und das Mädchen sich unterhalten haben.

Ivar: «Du musst mit ihm reden.»
Das Mädchen: «Aber wie? Was soll ich ihm denn sagen?»
Iv: «Sag einfach, wie es ist.»
M: «Aber ich weiß doch gar nicht genau, was Sache ist.»
Iv: «Doch, das weißt du. Du weißt, dass du es nicht weißt.
Du weißt nicht, ob du verliebt bist, du weißt nicht, ob

ihr zusammen seid, du weißt nicht, ob du mit ihm zusammen sein willst. Sag ihm genau das.»

M: «Würdest du das machen?»

Iv: «Klar. Er mag dich doch und möchte, dass es zwischen euch was wird. Bestimmt freut er sich, wenn du offen zu ihm bist und sagst, wie du dich fühlst. Dann weiß er wenigstens, woran er ist, und das ist doch schön.»

M: «Und was ist mit dir? Wie läuft es mit Signe?»

Iv: «Ich weiß nicht. Ich glaube nicht, dass sie in mich verliebt ist. Aber ich mag sie. Oder, nein. Eigentlich hab ich längst aufgegeben. Ist schon okay. Wir sind befreundet, das ist auch gut.»

M: «Du bist also immer noch ungeküsst?»

Iv: «Ja, da werde ich mich wohl noch etwas gedulden müssen.»

Danach kriegte ich nichts mehr mit, weil Caro und Malin lauthals diskutierten, ob das heutige Schulessen dick macht oder nicht – es gab Fisch mit Mandelkruste.

Ivar ist also noch ungeküsst. Und er scheint deswegen gar nicht verzweifelt zu sein. Ist er nicht normal? Und wer ist Signe?

Ich bringe sie um. Oder so was in der Art. Zumindest muss ich rausfinden, wer das ist. Signe … affiger Name.

Signe und Ivar. Mist, das passt sogar. Aber sie will ihn nicht. Was ist das für eine blöde Kuh? Ivar hat gesagt, dass man miteinander reden muss, ehrlich sein muss.

Wenn ich nun seinen Rat befolge und Danne gegenüber ehrlich bin? Haha, der Witz des Jahrhunderts.

Aber wie kann ich mit Ivar in Kontakt kommen, ohne dass Caro, Malin und Thea es spitzkriegen? Oder bin ich mit Danne zusammen? Dödel-Danne. Ist er mein Freund? Habe ich einen Freund? Darf ich dann überhaupt an Ivar denken? Oder bin ich damit eigentlich schon untreu?

Wie egal ist es mir auf einer Skala von 1 bis 10, ob ich Danne untreu bin? 120!

2. November

Saturday night live. Ein ereignisreicher Samstag, das kann man wohl sagen. Wir hatten uns zum Videogucken verabredet und haben nicht eine Sekunde hingeguckt. Weil wir auf dem Sofa gelegen und geknutscht haben. Alle vier.

Thea und Lillis auf der einen Seite, Danne und ich auf der anderen. Die Papageienkissen waren auf den Boden gerutscht. Im Nachhinein habe ich den starken Verdacht, dass Danne und Lillis im Voraus geplant haben, dass das gar kein Filmabend wird, sondern ein Schmuseabend. Kaum lief der Vorspann, fiel Lillis über Thea her. Danne und ich saßen am anderen Ende des Sofas, was sollten wir denn machen? Dabei hatte ich mir fest vorgenommen, nie wieder mit Danne zu knutschen, um so einen gut aussehenden Kerl wie ihn nicht mit einer hässlichen Schrippe wie mir zu belästigen. (Achtung: Ironie lässt grüßen!)

Aber es kam alles anders. Es ist schon ziemlich schräg, mit einem Jungen rumzuknutschen, während einem ein anderer Junge seine besockten Füße in die Achselhöhle schiebt und die Freundin einem ihren Hintern entgegenstreckt.

Ich fand das Ganze sogar ein bisschen aufregend. Mit Thea in greifbarer Nähe fühlte ich mich irgendwie sicher. Und außerdem hatten wir unseren Eltern versprochen, vor zwölf Uhr zu Hause zu sein. Wir hatten also ein Zeitlimit und waren nicht allein. Das war ein gutes Gefühl. Thea schien es überhaupt sehr gut zu gehen. Sie stöhnte wohlig, obwohl ich nicht sehen konnte, ob Lillis seine Hände unter ihren Klamotten hatte! Sollte ich es auch mal mit Stöhnen versuchen? Vielleicht mochte Danne das ja. Ich hätte eine Krise gekriegt, wenn er angefangen hätte zu stöhnen, und garantiert losgeprustet.

Ich möchte ja mal wissen, wie Danne mich gern hätte? Schlampig? Unschuldsvoll? Ruhig? Wild? Hysterisch? Nein, hysterisch sicher nicht.

Wenn ich schon selbst keinen Spaß habe, kann ich ja wenigstens versuchen, dass Danne seinen Spaß hat. Vielleicht schiebe ich ihm nächstes Mal einfach die Hand in die Hose, wenn er es unbedingt will …

4. November

Ich habe mich entschieden, Danne eine Chance zu geben. Ich kann ihn schließlich nicht ewig hinhalten. Und Ivar, mein Gott, keine Ahnung, wieso ich die ganze Zeit an ihn denke. Dieser Softie. Der obendrein in eine blöde Schnepfe namens Signe verknallt ist! Wir passen überhaupt nicht zusammen. Wie komme ich bloß darauf? Worüber sollten wir uns wohl unterhalten? Er passt nicht mit meinen Freundinnen zusammen. Und ein bisschen seltsam scheint er auch zu sein, wenn er im Speisesaal ganz offen darüber redet, dass er noch ungeküsst ist. Ist ihm das gar nicht peinlich? Nein, da ziehe ich doch Danne vor. Danne und Lillis sind Freunde. Thea und ich sind Freundinnen. So können wir zu viert was unternehmen. Danne ist ein richtiger Junge. Er macht Sport, mag

DANNES MUTTER, ZU DEM ZEITPUNKT 19 JAHRE

DANNE, 2 JAHRE

HAT DANNE MIR GESCHENKT.
ER IST SCHON SÜSS, ODER?!

hübsche Mädchen, redet nichts tot, ein richtiger Junge eben. Bei ihm weiß ich wenigstens, woran ich bin. Und das ist schließlich nicht unwichtig, oder? Oder?

Deshalb lautet meine Entscheidung: Ich bin nicht in Ivar verliebt. Ich bin in Danne verliebt. Und wenn Danne bestimmte Dinge mit mir machen will, dann mache ich sie mit ihm. Irgendwann muss ja das erste Mal sein, und da kann es genauso gut mit Danne sein wie mit irgendjemand anders.

(Danne + Lina = okay)

Lina, was zögerst du noch? Du hast dich entschieden, und das ist gut so!!!

7. November

Mit einem Mal sehe ich Ivar mit ganz anderen Augen. Jetzt, wo ich mich entschieden habe, dass er ein Softie ist und Danne mein Freund, in den ich verliebt bin.

Heute, zum Beispiel. Ivar saß auf dem Boden vor seinem Spind und las ein Buch. Ich konnte nicht erkennen, was für ein Buch, wahrscheinlich so einen staubtrockenen Text, der niemanden interessiert. Ivar ist ein echter Streber, eindeutig. Er hält sich für was Besseres. Warum sonst sollte er auf dem Boden vor seinem Schrank hocken und lesen?

Und dann diese Frisur, was fand ich an der eigentlich

toll? Das sieht echt komisch aus, als wäre es eine Perücke! Und mit seinen Schlabberklamotten kann er auch keinen Blumentopf gewinnen. Haben seine Eltern kein Geld? Kommt er aus einer sozial schwachen Familie, oder was?

Ich hab gehört, dass Ivars Familie auf einem Boot lebt! Die scheinen alle so komisch drauf zu sein in seiner Familie und wollen um jeden Preis auffallen. Wieso wohnen sie nicht in einem Reihenhaus oder einem Einfamilienhaus wie alle anderen? Nein, Familie Sonderbar wohnt auf einem Boot!

Danne wohnt wenigstens in einer richtigen Wohnung. Und er versucht wirklich nicht, mehr zu sein, als er ist. Danne würde niemals ein Buch lesen. Nicht mal ein Bilderbuch, wenn es nicht von Hockey oder Pin-ups handelt, oder noch besser von Hockey spielenden Pin-ups, die nur mit Helmen bekleidet sind. Na, wo ist das Mädchen, Danne? Genau, das ist das Mädchen! Und wo hat das Mädchen seine Titten? Ja, genau, da sind sie! Tüchtiger Danne! Und was hält das Mädchen in der Hand? Genau, einen Schläger, einen Hockeyschläger. (Tut mir leid, das ist ungerecht. Danne ist eigentlich ganz nett und süß.)

Morgen Abend gehe ich zu Danne. Er ist allein zu Hause. Ich habe mir vorgenommen, nicht länger so ein Feigling zu sein. Morgen traue ich mich. Wenigstens bis unter den Hosenbund. Ich will schließlich nicht, dass Danne die Schnauze voll von mir hat, bevor wir über-

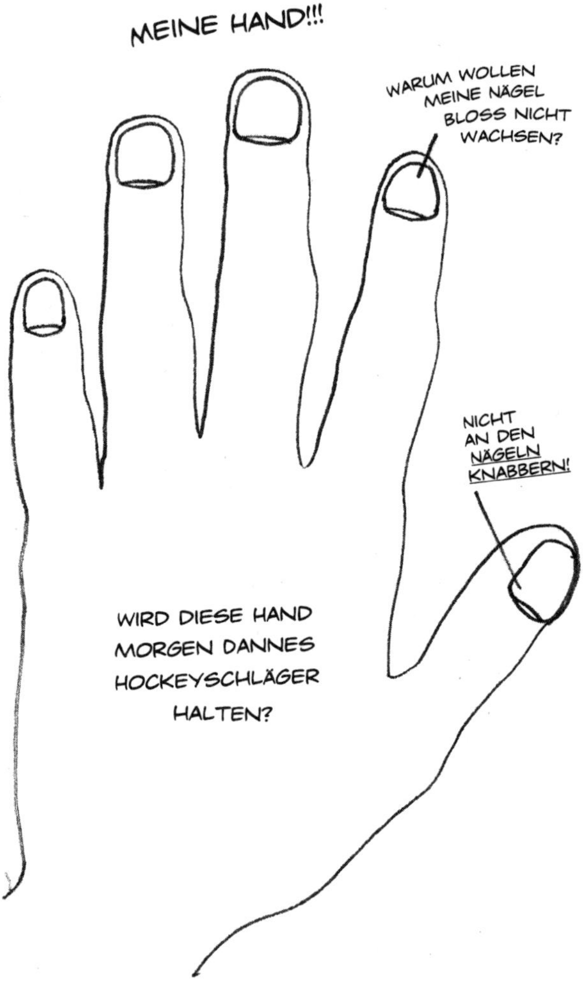
MEINE HAND!!!
WARUM WOLLEN MEINE NÄGEL BLOSS NICHT WACHSEN?
NICHT AN DEN NÄGELN KNABBERN!
WIRD DIESE HAND MORGEN DANNES HOCKEYSCHLÄGER HALTEN?

haupt richtig zusammen sind. Das ist in Beziehungen eben so, ein ständiges Geben und Nehmen. Das hat Malin jedenfalls gesagt. Okay, dann gebe ich Danne eben meine Hände. So schlimm wird's schon nicht werden. Sind ja nur ein Paar Hände. Meine Hände.

18. November

Ich schnuppere an meinen Fingern. Sie riechen ... irgendwie nach Mungobohnenkeimlingen! Die Dinger, die wie Spermien aussehen. Die Mütter und Haushaltslehrerinnen einem aufs Knäckebrot schaufeln, weil sie so gesund sind.

Meine Finger riechen, als hätte ich sie in eine Schale mit Mungobohnenkeimlingen gesteckt. Aber das habe ich nicht. Ich habe sie in Dannes Hose gesteckt.

Ich war bei ihm. Ohne Eltern. Auf seinem ungemachten Bett. Ich hatte mir geschworen, kein Feigling mehr zu sein. Und das habe ich auch eingehalten. Jedenfalls war ich nicht so feige wie sonst, aber wirklich mutig war ich auch nicht.

Danne wollte, dass ich ihm einen runterhole. Und das habe ich gemacht.

Es war irgendwie seltsam, ich wusste überhaupt nicht, was ich machen sollte. Es war viel zu eng in seiner Jeans, ich konnte die Hand kaum bewegen, und ganz abgesehen davon hätte ich auch gar nicht gewusst, was ich machen sollte, wenn ich sie hätte bewegen können. Und dann hat Danne ihn rausgeholt. Seinen Schläger. O Gott! Ich hatte so ein Teil noch nie live gesehen, wenn es aufgerichtet war. Der war riesig! Ein unglaublicher Anblick. Ich hab fast Panik gekriegt. Danne nahm meine Hand, legte meine Finger um seinen Ständer und sagte, ich solle sie auf und ab bewegen. Auf und ab. Ich hab wohl zu fest zugegriffen, jedenfalls schrie er auf. Danach war ich anscheinend zu locker, aber es hat trotzdem geklappt. Mann, war mir das alles peinlich. Ich wusste nicht, wo ich hingucken sollte. Danne lag mit geschlossenen Augen auf dem Rücken, den Körper unter Hochspannung. Ich machte weiter mit dem Auf und Ab und guckte die meiste Zeit an die Decke. Hätte ich den Schläger angeguckt, wäre ich wahrscheinlich ausgerissen. Und so lag ich da und starrte an die Decke, während meine Hand sich auf und ab bewegte und ich versuchte, an was anderes zu denken, als Danne plötzlich ganz eigenartige Gurgellaute ausstieß und was Warmes, Nasses über meine Hand lief. Weißer, zäher Schleim! Sperma! Spermien! Danne schob meine Hand weg und wischte seinen Bauch mit der Bettdecke ab. Dann drehte er sich zu mir.

Danne: «O Mann, war das schön. WAR DAS SCHÖN!»

Ich: «Ah ja? Freut mich.»

D: «Und jetzt zeig ich dir, wie schön das ist. Los, zieh deine Hose aus.»

Die Hose ausziehen? Ich wollte meine Hose nicht ausziehen, mit meiner Hose passierte hier gar nichts, die würde schön bleiben, wo sie war. Für mich würde ohne Hose nichts schöner sein. Die Situation war so schon peinlich genug.

Danne versuchte seine Hand in meine Jeans zu schieben, während ich versuchte, ihn lachend abzuwehren. Dann hörte ich mich sagen, dass ich meine Tage hätte. Was für ein genialer Einfall. Ich habe meine Tage!!! Manchmal bin ich richtig stolz auf mich. Welcher normale Junge hatte schon Lust, in Blutpampe rumzufummeln. Und richtig, Danne machte keine Ausnahme. Stattdessen schlug er vor, nochmal das Auf-und-Ab-Spiel zu spielen. Ich tat ihm den Gefallen. Auf und ab, auf und ab, bis meine Hand wieder klebrig wurde (bäh, dieser Schlabber ist echt ekelig!). Danach knutschten wir noch ein bisschen rum. Ich bin mit dem Bus um halb zehn nach Hause gefahren.

Tja, was soll ich sagen. Von dem Schlabber mal abgesehen, ist es ja wohl ganz gut gelaufen. Ich war zufrieden, weil ich meine Hose anbehalten konnte, und Danne war mehr als zufrieden, als ich gegangen bin.

Im Großen und Ganzen ein gelungener Abend. Gute Nacht.

22. November

Allmählich gehen die Luciavorbereitungen los. Wer wird die Schullucia, wer singt im Chor mit, wie viele Unterrichtsstunden verpassen die, die mitmachen? Die Lehrer behaupten, wer im Chor mitsingt, würde nicht weniger Stunden in der Schule verbringen, sondern eher noch einige Abende dranhängen müssen. Sie lassen nichts unversucht, um schulmüde angehende Sternsänger abzuschrecken. Aber uns können sie nichts vormachen. Das weiß doch jeder, dass man einen Haufen Unterrichtsstunden versäumt, und der einzige Abend, an dem sich der Chor außerhalb der Schulzeit trifft, ist der Abend vor Lucia, an dem die Generalprobe stattfindet, aber mehr als eine Stunde dauert die auch nicht.

Ich will unbedingt in den Chor. Als unauffälliges Sternchen zwischen lauter anderen Sternchen, mit leiser Stimme, die zwischen all den anderen Stimmen kaum zu hören ist, das fände ich okay. Ich hätte keinen Bock, die Lucia zu sein und alberne Gedichte aus dem Mittelalter vortragen zu müssen, während mir Kerzenwachs aus dem Lichterkranz in die Haare tropft. Sicher, es ist ein Beliebtheitsbeweis, zur Lucia gewählt zu werden. Aber nachdem letztes Jahr Helena Sander zur Lucia gewählt wurde, sind die Aktien für die Lucia drastisch gesunken. Davor wurde immer das hübscheste Mädchen der Schule zur Lucia gewählt, aber letztes Jahr schienen alle gleichzeitig vom schlechten Gewissen befallen worden zu sein und haben eine Antilucia gewählt. Na ja, wenigstens eine schöne Singstimme hatte sie.

Thea hat einen Höllenschiss, dass sie dieses Jahr gewählt wird. Ich brauche mir keine Sorgen zu machen. Die Chance/das Risiko, dass ich gewählt werde, ist minimal.

Aber ich habe mich für den Chor angemeldet. Caro, Malin und Thea auch.

24. November

Heute war das erste Treffen mit allen, die sich angemeldet haben. Hasse, der Chorleiter, war Feuer und Flamme. Und ratet mal, wer noch beim Chor mitmacht?

IVAR! Mit ihm zusammen waren fünf Jungen da. Die vier anderen sind aus der Neunten. Und garantiert nur dabei, um den Unterricht zu schwänzen. Ivar hatte seine gestreifte Latzhose an, ein ausgewaschenes graues Langarmshirt und seine ausgelatschten Joggingschuhe. Obwohl er gar nicht mein Typ ist und ich ihn für einen Softie halte, hat es mir einen ziemlichen Schock versetzt, ihn dort zu sehen. Er war erstaunlich gelassen. Saß einfach da, zwischen all den schulfaulen Neuntklässlern, einigen Schülern aus der Achten und ein paar verschüchterten Mädchen aus der Siebten. Er saß nicht weit von mir entfernt, und mir fiel auf, was für lange Finger er hatte. Vielleicht spielt er ja Klavier! Ich konnte mir Ivar gut an einem Flügel vorstellen. Im Hintergrund weiße, bauschende Vorhänge, während er mit eleganten Bewegungen über die Tastatur fährt, das Haar ein wenig feucht vom Schweiß, während unter seinen Fingern eine Melodie entsteht. Wer weiß, vielleicht ist er ja tatsächlich ein talentierter Pianist.

Nein, er ist ein Softie, ein arroganter kleiner Scheißer, der auf dem Boden hockt, seltsame Bücher liest und sich im Chor anmeldet! Und außerdem ist er noch ungeküsst. Was man von mir nicht behaupten kann! Ich weiß jetzt, wie man küsst! Ich weiß sogar, wie man einem Jungen einen runterholt! Das habe ich Ivar garantiert voraus! Na ja, Letzteres weiß er vermutlich schon, aber bis in die Unterhose eines Mädchens ist er jedenfalls noch nicht vorgedrungen. Wenn er wüsste, was ich neulich gemacht habe, würde er nicht so cool dasitzen. Ich habe meinem Freund einen runtergeholt (MEINEM FREUND!!!). Zweimal nacheinander. An einem Abend! Ich bin nicht mehr irgendwer. Ich bin Dannes Freundin. Die Frage wäre damit geklärt. Wenn man so was gemacht hat wie Danne und ich und außerdem fast jeden Abend telefoniert, dann ist man zusammen. Thea hat auch gesagt, dass wir zusammen sind, und die kennt sich mit so was schließlich aus. Lillis und sie sind auch zusammen. Und neulich Abend haben sie es fast gemacht. «Er hat ganz kurz reingeschaut», hat Thea gesagt. Aber weil er kein Kondom dabeihatte, wurde nicht mehr daraus.

Wann Danne wohl «reinschauen» will? Ich finde es ganz in Ordnung, wie es ist. Wir treffen uns in seinem Zimmer, ich hole ihm einen runter, habe meine Tage und fahre mit dem Bus um halb zehn nach Hause. Ich weiß noch nicht, womit ich mich rausreden soll, wenn er «reinschauen» will. Ich kann schließlich nicht ewig meine Tage haben. (Obwohl, es gibt auch Mädchen, die dauernd ihr Tage haben.)

26. November

Heute war die erste Chorprobe. Ivar stand direkt hinter mir und sang so laut, dass ich meine eigene Stimme nicht mehr hören konnte. Was nicht weiter verwunderlich ist, da ich bloß ganz leise singe und meistens sogar eh nur so tue als ob. Aber ich bin ja auch nicht im Chor, um zu singen, sondern um mich vor Mathe zu drücken. Ivar jedoch sang, als müsse er bald sterben. Was ich vor Scham tun würde, wenn ich so laut singen würde wie er. Keiner aus dem Chor singt so, die meisten summen nur. Irgendwer machte den Vorschlag, dass Ivar als Lucia gehen sollte, worauf Chorleiter-Hasse erklärte, Ivar sänge seit seinem fünften Lebensjahr im Adamschor. Danach musste er erst einmal erklären, dass der Adamschor in Göteborg ist und dass er vor zweihundert Jahren zu Lucia vorm König auftreten durfte. Damit war allen klar, dass es offensichtlich was Besonderes war, im Adamschor zu singen. Ivar äußerte sich nicht dazu. Wir sangen weiter. Meine Haare wurden regelrecht nach vorne geblasen von Ivars Stimme, die aus den tiefsten Tiefen seines Körpers zu kommen schien. Sein Atem roch nach Apfel. Caro und Malin fingen jedes Mal hysterisch an zu kichern, sobald Ivar einsetzte, verdrehten die Augen und zischten ihm zu, dass er nicht im Adamschor wäre und dass sie noch taub würden, wenn er weiter so laut sänge. Ivar tat, als hörte er sie nicht. Was sogar stimmen könnte. Entweder weil er so verdammt laut sang oder weil er völlig in seinen Gesang versunken war.

Nach der Chorstunde verdrückten sich alle so schnell wie möglich nach draußen, nur Ivar ging zu Hasse. Sie unterhielten sich und lachten über irgendwas, keine Ahnung, worüber. Und es ist mir auch egal. Es würde mich ja mal interessieren, ob Ivar überhaupt weiß, dass ich existiere. Wahrscheinlich nicht. Bestimmt bin ich ihm noch gar nicht aufgefallen. Komischer Gedanke, dass ich so genau weiß, wer er ist und was er macht, während er vielleicht noch nicht mal registriert hat, dass es mich überhaupt gibt. Wenn wir uns an irgendeinem abgelegenen Platz auf der Welt begegnen würden, Tibet zum Beispiel, auf dem Gipfel eines hohen Berges, würde er mich wahrscheinlich nicht einmal erkennen, wenn ich direkt vor seiner Nase stünde. In seinen Augen könnte ich genauso gut eine australische Touristin sein wie Lina von der Rödköpingschule.

Er muss erfahren, dass es mich gibt. Er muss mich ja nicht mögen, aber er soll wenigstens wissen, dass ich existiere. Ich muss ihm ein Zeichen geben, wie auch immer. Lieber «Schwuli» hinter ihm herrufen, als gar nicht von ihm wahrgenommen zu werden.

29. November

Gestern war es verflixt nervig bei Danne. Er hat es geschafft, dass ich mich wie eine hässliche, fette Idiotin fühle. Zwischendurch bin ich mir zwar nicht ganz sicher, ob ich mich idiotisch benommen habe oder er, aber ich habe den starken Verdacht, dass ich die Idiotin bin.

Danne hatte plötzlich die Idee, dass ich für ihn strippen sollte, aber ich habe mich strikt geweigert. Keine Chance, ums Verrecken nicht. Ich ziehe mich doch nicht zu irgendwelcher bekloppter Musik aus. So was kann ich nicht! Das bin nicht ich! Ich käme mir total bescheuert vor. Das gibt mir das Gefühl, völlig unsexy zu sein.

Wenn ich schon keinen Striptease machen wollte, meinte Danne, könnte ich mich doch wenigstens ausziehen, das wäre ja nun wirklich nicht zu viel verlangt. Ich wusste überhaupt nicht, was ich davon halten sollte. Ich fand das alles einfach nur schrecklich. Und habe es trotzdem gemacht.

Ich saß auf seiner verdammten Bettkante, während er

ausgestreckt neben mir lag. Ich wollte mich nicht ausziehen. WOLLTE NICHT!

Danne: «Komm schon, knöpf die Bluse auf. Für mich! Ich tu dir doch nichts! Das ist doch witzig. Alle Mädchen, die ich kenne, finden das toll!»

Mit zittrigen Fingern knöpfte ich die babyrosa Bluse auf, die ich von Thea geliehen hatte. Tausendmal lieber wäre ich in diesem Augenblick ein Baby gewesen, Mamas kleines Baby in einem bequemen Nickistrampler mit albernem Teddymuster. Alles lieber, als in diesem Moment auf Dannes Bettkante zu sitzen.

Danne: «O ja, knöpf alle auf! So, ja ... Zieh die Bluse aus. Einfach ausziehen. Mach den Rücken doch nicht so krumm, das ist total unsexy! Streck den Oberkörper. Zieh den BH auch aus ...»

Ich: «Ich will aber nicht ...»

D: «Wieso denn nicht? Was hast du denn? Ich bin's doch nur! Ich hab deine Brüste doch schon gesehen. Na ja, fast. Zumindest angefasst hab ich sie schon! Komm schon, zieh den BH aus, das ist doch geil. Du darfst das nicht so ernst nehmen, sonst macht es keinen Spaß.»

Ich zog also meinen BH aus. Versuchte, den Rücken ein wenig zu strecken, weil ich nicht wollte, dass Danne sich vor mir ekelte. Aber ich ekelte mich vor mir selber. Ich hätte heulen können. Oder kotzen. Oder beides zusammen. Danne streichelte meine Brüste. Mir war immer mehr zum Heulen. Ich saß auf der Bettkante, unfähig, mich zu rühren, und zu feige, was zu sagen, aus Angst, dass dann alles zusammenbrach. Warum war das so fürchterlich? Eigentlich sollte es doch Spaß machen, sich vor seinem Freund die Bluse und den BH auszuziehen.

D: «Und jetzt zieh deine Hose aus. O Mann, bist du sexy!»

Mir war inzwischen alles egal. Ich schaltete komplett ab. Ich sah Danne nicht mehr, sah mich selber nicht mehr, sah gar nichts mehr. Ich zog meine Jeans aus und ließ mich auf die Bettkante fallen, jetzt nur noch mit Slip und Strümpfen bekleidet. Und mit einem dicken Kloß im Hals. Danne nahm meine Hand und legt sie über seinen Ständer.

D: «Setz dich auf meine Oberschenkel, damit ich dich angucken kann, wenn du mir einen runterholst.»

Ich tat, was er sagte, und machte, was ich in letzter Zeit immer machte, wenn wir uns bei ihm trafen. Danne schloss die Augen, und ich heulte still vor mich hin, bis meine Hand wieder schmierig war.

D: «Lina, warum weinst du denn? Bist du traurig?»

I: «Nein, bin ich nicht. Hab was ins Auge gekriegt.»

D: «Sperma wahrscheinlich! Haha!»

Danne zog mich zu sich aufs Bett. Ich lag steif neben ihm wie ein Brett und merkte plötzlich, wie er seine Hand in meinen Slip schob. Ich hatte keine Kraft, mich zu wehren. Schaffte es nicht mal, meine Tage vorzuschieben. Ich war zu gar nichts in der Lage. Seine Hände tasteten sich vor, streichelten mich. Es war mir unangenehm, obwohl er ganz vorsichtig war. Er schob einen Finger in mich rein. Das tat weh. Er bewegte den Finger in mir hin und her. Ich fühlte nichts. Null Kribbeln. Trotzdem wurde meine Muschi feucht. Ohne meinen Willen und nicht, weil ich es schön fand. Vielleicht, damit es aufhörte wehzutun. Danne nahm das als ein Zeichen meiner Geilheit und machte weiter mit seinem verdammten Finger. Da fiel mir plötzlich etwas ein, das Thea mal gesagt hat. Dass sie einen Orgasmus vortäuschte, wenn ein Junge sie nervte, dann hörte er meist auf, und man hatte seine Ruhe. War dies eine Situation für einen vorgetäuschten Orgasmus? Aber wie täuscht man einen Orgasmus vor? Ich weiß ja noch nicht mal, wie man überhaupt einen kriegt, geschweige denn, wie man einen spielt. Ich versuchte mich zu erinnern, wie die Mädchen in den Filmen ausgesehen hatten, die ich gesehen hatte. Sie bogen den Oberkörper nach hinten, stießen heisere Schreie aus und warfen den Kopf hin und her.

Also gut. Dannes Finger kämpfte verbissen. Ich beugte mich in einem unnatürlichen Bogen nach hinten, schüttelte den Kopf und stieß kurze Schreie aus. Danne muss völlig verwirrt gewesen sein. Vom heulenden Elend, steif wie ein Brett, zum ekstatischen Bogen. Scheißegal. Der Bogen zeigte Erfolg. Danne war begeistert, richtig happy.

D: «Hattest du einen Orgasmus?»

I: «Mmm.»

D: «Wahnsinn! Das hätte ich nicht gedacht, dass du so loslassen kannst. Mann, war das geil!»

I: «Danke …»

Danke!!! Danke wofür? Wie eine Schauspielerin, die sich nach einer gelungenen Vorstellung vor dem applaudierenden Publikum verbeugt. Tausend Dank für deine verpisste Fingervorstellung, Danne, die so saumäßig war, dass ich einen Orgasmus vortäuschen musste, um meine Ruhe zu haben. Danke!

1. Dezember

Ich bin ja so unglücklich. Frustriert. Wertlos. Nutzlos. Hässlich. Ekelig. Dumm. Unsexy. Bla und blä.

Ich bin ein total wertloser Mensch. Was für einen Wert habe ich schon? Was erfülle ich für eine Funktion? Überhaupt keine. Ich fülle eine Lücke in der Klasse, damit wir genügend Schüler sind. Ich erfülle die Versagerquote in der Clique, damit die anderen noch toller dastehen. Ich spiele meinem Freund Theater vor, indem ich einen Orgasmus vortäusche, obwohl ich ätzend finde, was wir machen. Ich hatte noch nie einen Orgasmus, und wahrscheinlich werde ich auch nie einen haben. Ich bin 15 Jahre alt und ohne Zukunftsperspektive. Ich bin nicht besonders smart, habe keine besonders guten Noten, traue mich nicht, im Chor laut zu singen. Und am allerwenigsten traue ich mich, anderen die Wahrheit über mich zu sagen. Was hab ich schon für Aussichten? Wie soll es weitergehen? Was für einen Beruf werde ich mal ausüben, hohl, wie ich bin? Werde ich jemals glücklich sein? Wahrscheinlich ende ich als Ehefrau eines langweiligen Mannes, der seinen Finger in mir hin und her bewegt, bis ich einen Bogen vortäusche. Rosige Aussichten.

2. Dezember

Danne und ich sehen uns ziemlich häufig. Immer in seinem Zimmer. Und wir machen immer dasselbe. Unterhalten tun wir uns nie. Manchmal albern wir ein bisschen rum oder gehen in die Küche, um was zu essen. Oder wir gucken fern. Aber meistens sind wir in seinem Zimmer. Ich mit meiner Hand um seinen Schaumschläger, er mit seinem Finger in meiner mausetoten Muschi. Und dann – mein Bogen. Schnaaaaarch. Ich kann mir nicht vorstellen, wie das weitergehen soll.

Thea und Lillis haben es inzwischen gemacht. Schon mehrmals. Thea meinte, dass es ziemlich schön war. Ich habe das ungute Gefühl, dass ich auch bald mit Danne schlafen muss. Da führt wahrscheinlich kein Weg dran vorbei. Bei den vielen Orgasmen, die ich «habe», muss er ja glauben, ich wäre superhorny und würde mir nichts sehnlicher wünschen, als mit ihm zu schlafen. Er zumindest wünscht sich nichts sehnlicher. Immerhin haben wir jetzt was, worüber wir reden können: wann wir das erste Mal miteinander schlafen wollen. Toll! Danne findet, dass wir es so schnell wie möglich machen sollten. Ich würde es am liebsten gar nicht machen. Aber das traue ich mich nicht laut zu sagen, sonst macht er noch Schluss. Und das wäre doch peinlich. Also habe ich vorgeschlagen, dass wir es ja am Luciatag machen können. Damit scheint er sich zufrieden zu geben. Das heißt, ich habe noch zwei Wochen Zeit. Wie ich diese zwei Wochen nutzen will oder was ich mir von ihnen erhoffe, weiß ich nicht genau. Aber es ist ein beruhigendes Gefühl, noch etwas Zeit zu haben. Danne hat versprochen, dass er sich um die Kondome kümmert. Ich hätte keine Lust, in Rödköping Kondome zu kaufen, weil hier jeder jeden kennt. Wenn Danne zum Kiosk geht, um Präser zu kaufen, weiß eine Stunde später der ganze Ort, was wir vorhaben. Aber nächstes Wochenende hat Danne ein Hockeyspiel in Brålanda, da will er welche besorgen, hat er gesagt.

Ist mir doch scheißegal, wo er sie kauft. Mir ist sowieso alles scheißegal. Ich muss Thea fragen, wie man aussieht, wenn man beim richtigen Sex einen Orgasmus hat, damit ich das Ganze notfalls schnell über die Bühne bringe, falls es wehtut oder so. Wie ich das sehe, werde ich mich in den nächsten zwei Wochen wohl der Perfektionierung meines Schauspieltalentes widmen.

3. Dezember

Heute Nachmittag war Chorprobe. Ivar war auch da. Wie erwartet.

Keine Ahnung, wieso ich mir einen Kopf darüber mache, ob er da ist oder nicht. Ich muss endlich aufhören, in diesen Bahnen zu denken. Aber vorher muss ich ihn noch dazu bringen, dass er mich wahrnimmt und weiß, wer ich bin.

Hmmmm.

4. Dezember

Ich habe heute mit Ivar gesprochen!!! Jetzt weiß er, wer ich bin. Es war zwar das totale Pillepallegespräch, aber besser als nichts. Ich hab es ziemlich unauffällig eingefädelt, er scheint jedenfalls nichts zu ahnen. Was sollte er auch ahnen?

Thea, Caro, Malin und ich saßen unten im Aufenthaltsraum. Ich bin dann mal kurz auf die Toilette, und als ich wieder rauskam, saß Ivar auf dem Flur. Mit seinem Buch, auf dem Boden. Keine Ahnung, woher ich den Mut genommen habe, wo ich doch sonst so feige bin, aber ich habe es einfach getan. Ohne darüber nachzudenken. Ja, wirklich. Ich hab es getan, ohne vorher darüber nachzudenken. Sehr merkwürdig …

Ich ging einfach zu Ivar und sagte ihm, dass mir seine Stimme gefällt. Kaum zu glauben, aber ich kann durchaus nett sein, wenn Thea, Caro und Malin nicht in der Nähe sind.

Ich: «Hi. Ich wollte dir nur sagen, dass du eine richtig schöne Stimme hast. Ich singe auch im Chor.»

Ivar: «Ich weiß. Danke. Freut mich.»

I: «Singst du viel?»

Aua, was für eine intelligente Frage. Singst du viel. Wie viel? Sieben Kilo, oder was?

Iv: «Na ja, geht so. Einmal in der Woche singe ich im Adamschor, und dann noch im Schulchor. Ansonsten spiele ich Cello.»

I: «Cello?»

Iv: «Ja, du weißt schon, so eine Art große Geige. Die auf dem Boden steht. Hast du noch nie ein Cello gesehen?»

I: «Doch … Ich habe bis zur Sechsten Klavier gespielt.»

Iv: «Und wieso hast du aufgehört?»

I: «Weiß nicht. Das wurde irgendwie so anstrengend. Die Noten waren so schwierig, und wir sollten in einer Gruppe spielen. Es hat mir einfach keinen Spaß mehr gemacht. Wie lange spielst du schon Cello?»

Iv: «Seit der dritten Klasse. Mir gefällt es immer noch. Aber ich weiß nicht, vielleicht setze ich eine Weile aus, um was Neues zu probieren. Theater, mal sehen. Warst du schon mal in einer Theatergruppe?»

I: «Nein. Aber in der Siebten hatten wir ein paar Monate Dramaturgieunterricht, als Experiment. Das war echt toll, hat mir richtig Spaß gemacht. Aber wir haben nichts aufgeführt, nur Übungen gemacht.»

Iv: «Auffang- und Umarmungsübungen?»

I: «Ja, haha, so was in der Art. Aber es hat wirklich Spaß gemacht.»

Iv: «Das kann ich mir vorstellen.»

In dem Moment sah ich Caro, Malin und Thea die Treppe hochkommen. Ich wurde fast panisch. Was sollte ich sagen, wenn sie mich mit Ivar reden sahen, einem Softie aus der Siebten, der auch noch Cello spielt. Sie steuerten auf die Toilette zu, ohne mich zu sehen. Sie hatten ja auch keinen Grund, in diese Richtung zu blicken.

Ich lachte verlegen und sagte, dass ich gehen müsste, weil ich gleich Französisch hätte. Ivar lächelte zurück, hob kurz die Hand und sagte «Bis Dienstag». Bis Dienstag … Das klang, als hätten wir am Dienstag eine Verabredung, nur wir zwei. Aber am Dienstag ist Chorprobe. Wie locker man sich mit ihm unterhalten konnte. Das floss nur so dahin. Ich hatte das Gefühl, wir hätten uns noch ewig weiterunterhalten können. Ich hätte ihn gern mehr über sein Cello ausgefragt, das wäre bestimmt interessant gewesen! Und er hat mich die ganze Zeit mit seinen merkwürdig gelben Augen angesehen. Als ich versuchte, sie mir ins Gedächtnis zu rufen, fiel mir auf, dass sie gar nicht richtig gelb sind. Eher braungelb. Ein bisschen wie Bernstein … Und sein Haar sieht überhaupt nicht aus wie eine Perücke. Es ist dick und gelockt und ungekämmt. Schön. Das passt zu ihm.

Okay, das reicht. Jetzt weiß Ivar, wer ich bin. Gut. Damit wäre das also erledigt. Am Luciatag schlafe ich mit Danne. Basta. Versprochen ist versprochen.

6. Dezember

Eigentlich mag ich diese Jahreszeit. Mama hat die komplette Wohnung mit Weihnachtssternen und Lichterbogen geschmückt. Sie hat sogar einen leuchtenden Weihnachtsmann für die Außentreppe besorgt (von Papas Schwester, die gleich mehrere Exemplare davon besitzt). So was würde besser vor ein malerisches Holzhaus im verschneiten Dalarna passen, aber nicht auf unsere Minitreppe in der grottenhässlichen Reihenhaussiedlung.

Der Weihnachtsmann leuchtet, was das Zeug hält. Trotzdem kommt bei mir keine rechte Weihnachtsstimmung auf. Ich bin eben kein Kind mehr. Letztes Jahr war ich noch ein Kind, ungeküsst, unwissend, naiv. Mamas und Papas kleiner Liebling. Jetzt weiß ich nicht genau, wessen Liebling ich bin. Ich fühle mich irgendwie fremd zwischen all den Adventssternen.

Noch sieben Tage bis Lucia. Santa Lucia. Santa fucking Lucia.

8. Dezember

Danne ist gerade gegangen!!! Er stand einfach vor der Tür. Ohne vorher anzurufen. Woher weiß er, wo ich wohne!? Ich habe es ihm nie gesagt.

Um sechs Uhr klingelte es an der Tür. Mama machte auf und rief nach mir. Peinlich, Mama weiß ja noch nicht einmal von Dannes Existenz. Als Danne bei uns im Flur stand, in seiner Schlabberjeans und mit nach außen gerichteten Füßen, wurde das Ganze plötzlich so wirklich. Als hätte er bis dahin nur in meiner Phantasie existiert und nicht wirklich. Sein Zimmer war nicht wirklich. Das, was wir dort machten, war nicht wirklich. Ich war nicht ich. Hier zu Hause bin ich Lina. Danne passt nicht hierher. Ich wünschte mir nichts sehnlicher, als dass er ging.

Mama: «Hallo, ich bin Kristina, Linas Mutter …»

Danne: «Danne.»

Danne streckte die Hand aus und Mama schüttelte sie. Albern.

M: «Komm doch rein, Danne. Lina, willst du Danne nicht reinbitten?»

Ich: «Ja, klar … Komm doch rein.»

Danne und ich sehen uns an. Keine Umarmung. Kein Kuss. Nur ein verlegenes Schaben der Sohlen über den Boden, als Danne seine Schuhe auszieht. Wir sehen beide gleich verwirrt aus.

M: «Danne, wir wollten gerade essen. Magst du auch was?»

D: «Nein danke.»

M: «Aber du isst doch was, Lina? Es gibt Steckrübenpüree und gebratene Fleischwurst, das magst du doch so gern.»

Holt mich hier raus. HOLT MICH HIER RAUS! Mein Freund besucht mich zum ersten Mal, und meine Mutter posaunt heraus, dass ich gebratene Fleischwurst und Steckrübenpüree liebe. Warum musste es ausgerechnet heute das peinlichste Essen geben? Warum hatte Mama keinen frischen Salat gemacht oder Pasta, alles, nur kein Steckrübenpüree!

I: «Nein, ich habe keinen Hunger.»

M: «Nicht? Dann lassen wir dir für später was übrig.»

I: «Meinetwegen. Komm, Danne, wir gehen in mein Zimmer.»

Und da saßen wir dann. In meinem Zimmer. Danne machte es sich mit einem meiner Plüschtiere im Arm auf meinem Bett gemütlich und grinste mich an. Ich hatte mich an meinen Schreibtisch gesetzt, weil ich keinen Schlüssel für mein Zimmer habe und nicht vorhatte, mit Danne auf meinem Bett erwischt zu werden, wenn ein Mitglied meiner neugierigen Familie die Tür aufriss.

D: «Hi, Süße!»

I: «Selber hi.»

Danne lachte. Ich musste auch lachen. Irgendwie war die Situation ja auch echt komisch, selbst wenn es anstrengend war.

D: «Ich hätte auch Fleischwurst anzubieten, falls du Hunger hast.»

I: «Nein danke, ich hab keinen Hunger.»

D: «Ich wollte mal sehen, wie du wohnst. Lillis wollte zu Thea, also bin ich mit, um einen kurzen Besuch bei dir zu machen. Ich brauche übrigens keine Kondome zu kaufen. Lillis hat mir welche gegeben. Wir bräuchten also nicht bis Lucia zu warten.»

I: «...»

D: «Lillis und Thea hat es ja wohl voll erwischt.»

I: «Ja, wirklich.»

D: «...»

I: «...»

D: «Bist du auch in mich verliebt?»

PENG! Was jetzt? Danne hatte mich etwas gefragt. Etwas, das nichts damit zu tun hatte, dass ich mich ausziehen oder vor Lucia mit ihm schlafen sollte. Wieso fragte er, ob ich in ihn verliebt bin? Was soll man auf so etwas antworten? Was weiß ich denn schon von Liebe? Vielleicht bin ich ja in Danne verliebt und habe es nur noch nicht gemerkt. Aber vielleicht bin ich auch nicht in ihn verliebt. Was für eine Antwort will er hören? Fühlt er sich «bedroht», wenn ich sage, dass ich in ihn verliebt bin? Oder ist er unglücklich, wenn ich es nicht bin? Was will er von mir hören?

I: «Ja.»

D: «Richtig heftig?»

I: «Und du, bist du in mich verliebt?»

D: «Klar. Aber wie sehr liebst du mich?»

I: «Das lässt sich schwer sagen, wie sehr man jemanden liebt … Ich bin verliebt. Reicht das nicht?»

D: «Was heißt das? Bist du so verliebt, dass du die ganze Zeit an mich denken musst?»

I: «Nein, nicht die ganze Zeit. Aber ich denke schon viel an dich.»

D: «Ich denke dauernd an dich. Du bist so toll! Ich könnte den ganzen Tag mit dir auf meinem Bett liegen, so verliebt bin ich in dich.»

I: «Mmmmm.»

D: «Müssen wir bis Lucia warten?»

I: «Ja, ich glaube schon.»

D: «Aber warum? Du willst es doch auch, oder? Wieso sollen wir da warten?»

I: «Vorfreude ist die beste Freude …»

Danach saßen wir noch eine Weile rum, Danne auf meinem Bett, ich auf der Schreibtischkante. Wir redeten, auch wenn die Unterhaltung etwas zäh lief. Über lauter unwichtige Dinge. Niemand riss die Tür auf. Mama erwähnte die Fleischwurst mit keiner weiteren Silbe. Wir küssten uns kurz zum Abschied, bevor Danne ging. Es war relativ schmerzfrei, aber verflucht anstrengend.

Danach gab es natürlich ein Kreuzverhör.

Mama: «Ist Danne derjenige, bei dem du in letzter Zeit deine Abende verbringst?»

I: «Ja, manchmal.»

Papa: «Der sieht doch ganz nett aus. Nach dem wenigen

zu urteilen, was ich von ihm gesehen habe. Er hatte es ja sehr eilig wegzukommen. Ist er schüchtern?»

I: «Keine Ahnung.»

P: «Keine Ahnung?»

I: «Ja, woher soll ich das wissen?»

M: «Seid ihr zusammen?»

I: «Nein!»

M: «Also nicht. Aha. Woher kennt ihr euch?»

I: «Er ist auf unsere Schule gegangen. Macht euch keine Gedanken. Wir sind nicht zusammen. Und wir werden auch nie zusammenkommen. Kein Grund zur Sorge. Ihr müsst ihn euch nicht merken.»

P: «Dann also nicht, na ja. Kristina, hast du auch Lust auf einen Kaffee?»

Bla, bla, bla.

Noch fünf Tage bis Lucia.

10. Dezember

Heute ist endlich der Schulkatalog gekommen!!! Ich bin ziemlich gut getroffen. Mein bestes Bild bis jetzt, ein bisschen krummrückig, aber dafür kommt das Grübchen wunderbar zur Geltung! Als wäre im richtigen Moment ein himmlischer Schatten darauf gefallen, der es viel größer aussehen lässt, als es ist. Im Großen und Ganzen bin ich sehr zufrieden. Aber den anderen gegenüber habe ich natürlich so getan, als fände ich mich total hässlich. Worauf alle meinten, dass ich überhaupt nicht hässlich wäre, sondern total hübsch, und da hab ich dramatisch geseufzt und die Unglückliche gespielt. Thea hingegen ... Haha! Arme Thea! Sie hatte die Augen zugekniffen! I love it! Ich hatte eigentlich damit gerechnet, dass Thea losheult, wenn sie das sieht. In die neunte Klasse zu gehen, zum letzten Mal im Schulkatalog abgebildet zu sein und die Augen zuzukneifen (!), kommt sozusagen einer Naturkatastrophe gleich. 11,9 auf der Richterskala.

Ivar sieht super aus. Er sitzt ganz vorn. Lässig nach hinten gelehnt. Ohne eine Miene zu verziehen. Er lacht nicht, macht sich nicht lustig. Sitzt einfach da und schaut direkt in die Kamera. Mir ist vorher noch nie aufgefallen, was für dichte Augenbrauen er hat. Die verleihen ihm fast was Grimmiges. Wie zwei Schnurrbärte über den Augen. Derbschön.

Wir grüßen uns jetzt jeden Tag. Wir bleiben nicht stehen und unterhalten uns, aber wir grüßen uns. Schon irre. Obwohl, das mit dem irre nehme ich zurück. Ivar geht in die Siebte, ich in die Neunte. Er sollte stolz darauf sein, dass ich ihn grüße. In diesem Fall scheint es aber genau umgekehrt. Er bleibt cool, und ich freue mir beim leisesten Wink seiner Schnurrbartaugenbrauen ein Loch in den Bauch.

Der Chor singt, was das Zeug hält. Nein, wieder falsch. Ivar singt für ganz Todköping, und wir anderen mimen, summen oder bewegen uns einfach nur im Takt.

MEINE KLASSE

OBERE REIHE VON LINKS:

1. BERIT, UNSERE KLASSENLEHRERIN
2. ICH!
3. SCHWEISS-CARINA!
4. MAX, EIN WIDERLICHER SNOB
5. ALLESSIA. HORMONSCHLEUDER. VEGANERIN DEMONSTRIERT GEGEN QUASI ALLES.
6. ANIDA. IST SEIT DER FÜNFTEN BEI UNS. ISST KEIN SCHWEINEFLEISCH. ZIEMLICH LANGWEILIG.

MITTLERE REIHE VON LINKS:

1. MALIN
2. PHILIP, GUT AUSSEHENDER SNOB. GIBT SICH NUR MIT ÄLTEREN AB. HAT SCHON MAL HASCH GERAUCHT.
3. FABIAN. GANZ NETT. SPIELT THEATER UND MACHT LIVE-ROLLENSPIELE IM SOMMER.
4. SIRI. DAS SÜSSESTE MÄDCHEN AUS DER KLASSE, BIS ZUR SIEBTEN. SEITDEM IST SIE MIT JERKER ZUSAMMEN UND WEG VOM FENSTER.
5. SABIL, EINE LAUTE NERVENSÄGE. IN DER ZWEITEN WAREN WIR DREI STUNDEN LANG ZUSAMMEN.
6. FELICIA. WAR BLOND UND BELIEBT, BIS SIE IN DER ACHTEN IHREN STIL GEÄNDERT HAT, TYP GOTHIC. JETZT IST SIE SCHWARZ UND NUR NOCH MÄSSIG BELIEBT.

UNTERE REIHE VON LINKS:

1. JENS. DER LOSER DER KLASSE. SAGT KEINEN MUCKS, SITZT IM SPEISESAAL IMMER ALLEIN AM TISCH.
2. KEVIN. BESTER FREUND VON SABIL. KINDISCH!
3. CARO
4. NETTIE. VOR IHREN TRITTEN IST KEINER SICHER. AN DER LETZTEN SCHULE HAT SIE SOGAR MAL EINEN LEHRER GETRETEN.
5. MARKUS. SEXMANIAC. POPPEN IST SEIN EINZIGES THEMA, DABEI HAT ER ES BESTIMMT NOCH NICHT GEMACHT.
6. FREJA, GLÄUBIGE CHRISTIN. KÖNNTE SAUHÜBSCH AUSSEHEN, WENN SIE SICH EIN BISSCHEN MÜHE GEBEN WÜRDE.

LIEGEND:

THEA! MIT GESCHLOSSENEN AUGEN! HA!

KLASSENFOTO

Mette aus der 9g ist die Lucia, was keine umwerfende Sensation ist. Aber Mette scheint sich zu freuen. Sie und Ivar sollen einen Psalm im Duett singen, den Chorleiter-Hasse ausgesucht hat. Dafür müssen sie extra üben. Ich bin fast ein bisschen eifersüchtig ... Caro, Malin und Thea wissen von nichts. Sie glauben, ich wäre bis über beide Ohren in Danne verschossen. Und über Lillis haben sie erfahren, dass wir Lucia miteinander schlafen wollen. Sie können sich nicht vorstellen, was für eine große Sache das für mich ist, weil sie denken, ich hätte es schon mal gemacht. Sie haben ja keine Ahnung, dass ich abgesehen von dem Zeigefingerwalzer, den Danne zwischendurch tanzt, noch eine 100-prozentige Jungfrau bin. Alle glauben, ich wüsste, wie man's macht. Dabei weiß ich nada.

Ich hab ein bisschen in einem Buch geblättert, das Mama und Papa in ihrem Schlafzimmer rumliegen haben, halb versteckt, in Mamas Nachtschrank. Die Freuden des Sex, Teil 2. Die Freuden des Sex Teil 1 wären mir lieber, aber ich werde mich wohl mit Band 2 begnügen müssen. In dem Buch sind Zeichnungen von einem Kerl mit Bart und einer Frau mit Hängetitten in allen möglichen Stellungen. Auf einem Bild reitet die Frau auf dem Alten, im geöffneten Bademantel. Der Bademantelgürtel schlängelte sich von ihrem Hintern über seinen Hodensack. Soll wahrscheinlich sexy aussehen, aber ich finde so was nur pervers.

Wann Danne ihn wohl in mich reinsteckt? Ob wir erst

das machen, was wir immer machen? Ein bisschen rubbeln und fingern und dann ein Kondom drüberziehen und ihn … einfach reinstecken und so lange drinlassen, bis es Danne kommt, und das war's? So geht das doch, oder? Liege ich unten? Ich weigere mich, mich auf ihn zu setzen wie die Alte mit dem Gürtel zwischen den Pobacken! Außerdem ist mir schleierhaft, wie Dannes Riesending in mich reinpassen soll. Sein Finger tut ja schon weh. Aber vielleicht muss ja gar nicht der ganze Schwanz rein, vielleicht reicht die Hälfte ja auch. Mehr auf keinen Fall. Das wäre doch Wahnsinn.

Wir haben abgemacht, es bei Danne zu Hause zu machen. Seine Mutter hat Nachtdienst, wir sind also ganz allein.

Noch drei Tage …

11. Dezember

Noch zwei Tage. Morgen ist erst mal Riesenparty in der Bürgerhalle. Garantiert alkoholfreie Zone. Natürlich besaufen sich trotzdem alle. Caro und Malin haben beschlossen, keinen Wein, sondern was Härteres zu trinken. Danne und Lillis kommen auch, und das garantiert nicht nüchtern. Thea trinkt nichts. Ich habe Caro und Malin gesagt, dass ich mich vielleicht an ihrem Zeug beteilige. Caro hat 0,75l Wodka in ihrem Spind, den wir uns teilen wollen. Wie gesagt, ich weiß es noch nicht. Das letzte Mal war ja ein ziemliches Desaster. Obwohl Malin sagt, reiner Alkohol wäre besser. Von Wein müsse man immer irgendwann kotzen, aber von Wodka wird man nur lustig. Und wenn man ihn mit Cola mischt, schmeckt er gar nicht mehr so schlimm. Wir haben uns zum Aufwärmen bei Danne verabredet, weil er ganz in der Nähe der Bürgerhalle wohnt. Danne glaubt, ich wäre schon öfter besoffen gewesen, dabei habe ich nur so getan (außer an dem Chili-con-Carne-Abend …). Danne glaubt eine Menge Dinge von mir. Zum Beispiel, dass ich schon mit einem Jungen geschlafen habe, dass ich auf Feten grundsätzlich was trinke, dass ich Orgasmen habe, dass ich in ihn verliebt bin, dass wir gut zusammenpassen. Ich glaube, dass ich in zwei Tagen meine Unschuld verliere und dass es nicht die Bohne schön sein wird. Und ich glaube, dass ich in einen kleinen Scheißer aus der Siebten verliebt bin, und weiß, dass nie was daraus werden wird. Darum strenge ich mich auch wirklich an, mich in Danne zu verlieben.

13. Dezember

Luciamorgen. Gestern war die große Party. Und ich hab doch was getrunken. Obwohl der Wodka auch mit Cola gemischt scheußlich schmeckte, habe ich das Zeug runtergeschüttet. Mir war einfach danach. Ich wollte dem ganzen Mist wenigstens für diesen Abend entfliehen, vergessen, was mir bevorstand und dass ich nicht in Danne verliebt bin. Ich wollte mich glücklich feiern, was mir sogar gelungen ist.

Ich war glücklich. Überglücklich. Und ich war verliebt. In Danne. Wie durch ein Wunder. Um es gleich vorwegzunehmen, das magische Gefühl ist inzwischen wieder verpufft, die gute Fee hat die verzauberten Kürbisse zurückverwandelt, ich bin wieder ich selbst, und Danne ist kein Prinz mehr. Aber gestern Abend war er einer. Da war er mein Prinz. Und ich seine Prinzessin.

Wir trafen uns also bei Danne. Thea, Caro, Malin, Lillis und ich. Der Couchtisch stand voller Colaflaschen, Fantaflaschen und einem supersauren Grapefruitgetränk. Die Stimmung war bombig. Danne hatte den CD-Spieler mit CDs gefüttert und die Lautstärke voll aufgedreht. Wir konnten uns nur schreiend unterhalten wie in einer Kneipe. Wir schrien, mischten uns unsere Drinks, schrien noch lauter, mischten immer weniger Cola in den Explorer, sangen, tanzten, tranken den Wodka direkt aus der Flasche und tobten wie die Irren durch die Wohnung. Alle waren total aufgeputscht. Wir lagen uns in den Armen. Ich habe sogar einen Kuss von Lillis bekommen, mit Zunge und allem. Thea hat nichts mitgekriegt. Malin hat er, glaube ich, auch geküsst. Ich weiß nicht mehr so genau. Es war alles so herrlich verschwommen. Danne sah klasse aus (!). Obwohl ich seinen

Tanzstil normalerweise eher panne finde, durch den verklärenden Wodkaschimmer kriegte er was Supercooles. Und da stellte es sich plötzlich ein, das lang ersehnte Kribbeln. Keine Ahnung, was mich überkam, aber ich wollte auf der Stelle mit ihm knutschen. Ich zog Danne hinter mir her in die Küche, und wir landeten unterm Küchentisch. Caro und Malin standen vor der Dunstabzugshaube und rauchten. Wir knutschten wie die Wahnsinnigen. Meine Hand in seiner Hose, seine in meiner. Alle konnten es sehen, aber das war uns egal. Die anderen riefen, dass sie aufbrechen wollten, aber wir achteten gar nicht auf sie, blieben einfach unter dem Küchentisch liegen. Die anderen gingen. Dannes Finger tief in mir drin. Es war nicht unbedingt das ultimative Erlebnis, aber es war absolut nicht schrecklich. Ich zog Dannes Hose bis zu den Knien runter und zog meinen Pullover aus. Dannes Hände auf meinen Brüsten. Und als ich mich zu ihm runterbeugte, um ihn zu küssen ... kotzte Danne. Glücklicherweise nicht auf mich, sondern auf den Küchenboden.

Die folgenden zwei Stunden hing er über der Kloschüssel. Mir war auch speiübel, aber irgendwie schaffte ich es, mich zu beherrschen. Ich machte die Schweinerei sauber, die Danne hinterlassen hatte, hielt seinen Kopf mit meiner Hand, wischte ihm mit einem feuchten Handtuch den Mund ab, während sich um mich herum alles drehte. Irgendwann schlief Danne ein. Tief und fest. Ich bin mit dem Nachtbus nach Hause gefahren. Das

Kribbeln war weg. Keine Ahnung, wo es so plötzlich hergekommen war. Vielleicht muss ich ja besoffen sein, um Lust zu kriegen. Heißt das, ich sollte Alkoholikerin werden, um ein befriedigendes Sexleben zu haben?

Luciamorgen. Heute Abend verliere ich meine Unschuld, mit oder ohne Kribbeln.

13. Dezember

Nachmittags.

Unser Chorauftritt war richtig gut. Obwohl fast alle einen Kater hatten. Jedenfalls alle aus der Neunten. Ich hatte zwar keinen richtigen Kater, tat aber so. Die Mädchen mussten sich unten im Abstellraum umziehen, die Jungs oben im Aufenthaltsraum.

Ich: «O Mann, hab ich einen Kater.»

Caro: «Was war das denn gestern mit dir und Danne? Konntet ihr es nicht mehr bis Lucia aushalten?»

I: «Was aushalten?»

C: «Dreimal darfst du raten. Habt ihr's gemacht?»

I: «Nein. Vorher ist bei Danne das Licht ausgegangen, und das war's dann ...»

C: «So ein Pech! Im Bürgerhaus ging übrigens echt der Punk ab! Alle waren da, aus der Vidarschule und von hier. Thea und Lillis haben sich voll in die Wolle gekriegt.»

I: «Wieso das denn?»

C: «Irgendeine Verflossene von Lillis aus der Vidarschule war auch da und hat ihn angebaggert. Ganz sicher bin ich nicht, aber ich glaube, ich habe sie bei der Garderobe knutschen sehen. Sag bloß Thea nichts davon. Das hat bestimmt nichts zu bedeuten, er war einfach voll. Aber Thea war auch so schon sauer auf Lillis und hat aus Rache mit Kristopher getanzt, du weißt schon, Krille Lundgren. Und du weißt ja, wie Thea sein kann, wenn sie wütend ist. Beim nächsten langsamen Stück hat sie die reinste Verführungsnummer mit Krille hingelegt, worauf Lillis ausgerastet ist. Am Ende sind sie aber doch zusammen nach Hause gefahren. Das Problem scheint sich also gelöst zu haben.»

I: «Gut. Und du, warst du voll?»

C: «Sturzbesoffen! Ich bin hinter einem Stuhlstapel eingepennt. Bescheuert. Aber bis dahin war alles super. Ich bin dann später mit Malin nach Hause gegangen.»

Da tauchten Thea und Malin auf. Wir zogen unsere weißen Kleider über, zündeten die Kerzen an, übten noch ein letztes Mal und schlichen auf Socken zur Aula.

Ich kann es nicht ändern, aber ich mag Lucia. Die Stimmung in der Schule morgens hat was ganz Spezielles. Alle sind da, selbst die, die nach der Party kein Auge zugemacht haben. Es ist dunkel. Der Chor singt. Wie Lucia wohl ist, wenn man nicht mehr in die Schule geht?

Ivar sang wie ein Gott. Er sang so schön, dass mir die Tränen kamen. Peinlich!

LUCIAMORGEN!

FOTO: MAMA! PEINLICH!
SIE KOMMT JEDES JAHR,
UM SICH DEN LUCIAUMZUG
ANZUGUCKEN. KEINE ANDERE
MUTTER MACHT DAS.

Mit gestrecktem Rücken und frisch gewaschenen Haaren, einem total albernen Spitzhut auf dem Kopf und einem Stern in der Hand sang er. Solo. Von einem Licht, das nie aufhört zu brennen. Ich dachte daran, dass in mir auch ein Licht brennt. Wirklich, solche philosophischen Gedanken kamen mir. Es brennt für Ivar, dachte ich. Ich würde alles dafür geben, in seiner Nähe sein zu können. Alles, außer dabei ertappt zu werden, dass ich mit ihm zusammen sein will. Ja, ich brenne für ihn, verdammt nochmal! Für diesen Softie aus der Siebten, der in einem Schwulenchor singt und Cordhosen trägt, gelbe Augen hat und schöne Hände. Er ist es, mit dem ich zusammen sein will. Wenn er derjenige wäre, der mich heute entjungfert, fände ich es gar nicht schlimm, eher wie ein Abenteuer. Mit Danne ist es kein Abenteuer, sondern eine vorhersagbare Vormittagssoap. Für Danne brenne ich nicht, nicht mal auf Sparflamme.

All das ging mir durch den Kopf, während mir die Tränen über die Wangen liefen. Zum Glück war es dunkel in der Aula und keiner sah, dass ich heulte. Aber als Ivar den letzten Ton gesungen hatte, trafen sich unsere Blicke. Ich glaube, er hat es gesehen. Dass ich ihn liebe. Dass ich mit ihm zusammen sein will. Aber vielleicht bilde ich mir das auch nur ein. Mal ehrlich, warum sollte er in meinen Kopf gucken können? In mein korruptes Hirn, aus dem kein Fitzelchen Wahrheit nach außen dringt und das keinen Scheiß an sich ranlässt. Doch, Scheiß ist genau das, was es von sich gibt und aufsaugt. Mein Ge-

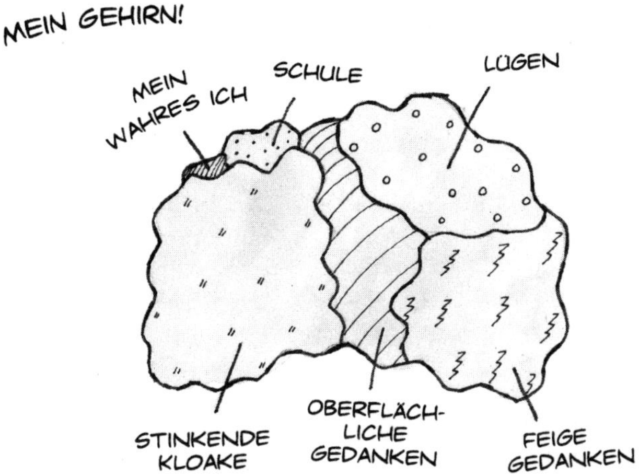

hirn ist nämlich gar kein Gehirn. Es ist ein Müllhaufen, ein Platz, an dem jeder seinen Müll ablädt. Aber es kommt nie jemand, um den Müllhaufen mal zu entsorgen, weil der Gestank unerträglich ist. Ich – ein Müllhaufen. Ein Müllhaufen, der in wenigen Stunden seine Unschuld verliert. So ein Müll aber auch!

13. Dezember

Später Abend.

Ich bin immer noch Jungfrau. Danne war immer noch so übel vom Vorabend, dass er sich nicht rühren, geschweige denn jemanden entjungfern konnte. Wir haben das Ganze auf morgen verschoben.

Ich hatte plötzlich schreckliche Sehnsucht nach Mama, obwohl sie unten in der Küche stand und das Abendessen vorbereitete. Ich wünschte mir, dass sie sich auf meine Bettkante setzte, mir übers Haar streichelte und mir eine Geschichte vorlas. Als hätte sie meine Gedanken gelesen, klopfte es an der Tür, und sie brachte mir eine Tasse Tee ans Bett. Das muss Telepathie gewesen sein, sie hat mir bestimmt seit einem Jahr keinen Tee mehr ans Bett gebracht. Sie sah gleich, dass ich geweint hatte.

Mama: «Was ist denn los, meine Kleine, bist du traurig?»

Ich: «Ja, nein, ich weiß nicht.»

M: «Worüber bist du denn traurig?»

I: «Das weiß ich eben nicht ...» (Lüge. Mich machte im Moment so ziemlich alles traurig. Und am traurigsten machte es mich, dass ich Dinge tat, die ich eigentlich nicht wollte. Aber wie will man so was seiner Mutter erklären, ohne dass sie komplett zusammenbricht?)

M: «Hat es was mit Danne zu tun?»

I: «Kann sein ... Ich bin einfach nur traurig. Kannst du mir nicht was vorlesen?»

M: «Was vorlesen soll ich dir?»

I: «Ja.»

M: «Und was willst du hören?»

I: «Weiß nicht ... Brüder Löwenherz vielleicht ... Das steht drüben bei Alex.»

Mama ging lachend in das Zimmer meines Bruders. Ich

hörte sie leise miteinander reden, gleich darauf kamen sie zu zweit in mein Zimmer.
M: «Alex will auch zuhören. Ist das in Ordnung?»
I: «Klar.»
Alex legte sich zwischen mich und die Wand, dicht an mich geschmiegt. (In dem Moment kam er mir gar nicht mehr wie der kleine Idiot vor, ich mochte ihn richtig gern …) Mama setzte sich auf die Bettkante. Sie strich Alex übers Haar, dann mir, und einen Augenblick sah es fast so aus, als würde sie auch losheulen. Aber das tat sie nicht. Sie fing an zu lesen. Von Jonathan und Krümel, die alles füreinander taten, die füreinander da waren bis in den Tod und darüber hinaus. Das war wahre Liebe. Liebe, so wie sie sein sollte.

Ich fühlte mich so wohl wie schon lange nicht mehr zwischen Mama und meinem kleinen Bruder, wie ein kleines Kind, das nichts entscheiden musste, außer ob es lieber malen oder mit Barbiepuppen spielen wollte. Es gab noch keine existenziellen Fragen, etwa, mit wem man schlafen wollte und warum.

Ich wollte nicht erwachsen werden. Ich wollte wieder ein Kind sein. Wie immer ich mir das auch vorstellte.

14. Dezember

Caro, Malin und Thea sind mir ganz schön auf den Senkel gegangen heute. Sie wollten natürlich wissen, wie es war, weil sie wussten, dass Danne und ich gestern vorgehabt hatten, miteinander zu schlafen. Was dann ja aber nicht der Fall war. Thea und Lillis hingegen sind inzwischen voll auf den Geschmack gekommen.

Thea: «Dann schlaft ihr also heute Abend zusammen? Viel Spaß ...»

Caro: «Ach, ihr seid schon Glückspilze, dass ihr jemanden habt, mit dem ihr solche Sachen machen könnt. Ich muss mich mit mir und meinem Mittelfinger begnügen.»

Ich: «Mittelfinger?»

C: «Ja, welchen Finger nimmst du denn?»

I: «Ich weiß nicht ... Kommt drauf an ...»

C: «Ich hab es mal mit einer Gurke probiert ... Don't try that at home, girls. Das war überhaupt nicht schön. Nein, der Mittelfinger ist doch immer noch am besten.»

T: «Lillis und ich brauchen keine Finger, wir machen es jetzt richtig. Oft. Er will ständig!»

C: «Du nicht?»

T: «Schon, aber nicht ganz so oft. So wie gestern, da wollte er nach dem ersten Mal gleich nochmal.»

I: «Echt?»

C: «Klingt doch super, wenn ihr mich fragt.»

T: «Viermal hab ich mitgemacht.»

I: «Viermal!??»

T: «Lillis hätte wahrscheinlich noch ein paar Runden gekonnt, aber bei mir war Sense. Es war schon nach dem zweiten Mal nicht mehr wirklich schön, aber was sollte ich machen, Lillis war derart scharf. Habt ihr gesehen, wie ich heute Morgen gegangen bin, wie ein Cowboy! Das brennt ganz schön heftig.»

C: «O Lina, heute Abend machst du es. Freust du dich?»

I: «Doch, ich glaube schon.»

C: «Komisch eigentlich, dass du so wenig von Danne erzählst. Du magst ihn doch, oder?»

I: «Doch, schon, aber ich weiß nicht ...»

C: «Hat er einen Großen?»

I: «Ziemlich.»

C: «Glückwunsch, Kleine taugen nichts, oder?»

T: «Zu groß finde ich aber auch nicht gut. Mittel ist am besten. Lillis' ist genau richtig.»

C: «Und, was ziehst du heute Abend drunter an?»

I: «Das Übliche, dachte ich. Oder was meint ihr?»

T: «Ich ziehe auch an, was ich immer anhabe, frisch gewaschene weiße Strings. Wartet mal! Ooooh, Lillis hat eine SMS geschrieben. Er fragt, ob ich noch laufen kann ... Scherzkeks!»

C: «Der ist echt süß!»

Caro kann über alles reden, ihr ist nichts peinlich. So wie sie da auf dem Schulkorridor über ihren Mittelfinger sprach. Damit gab sie sozusagen offiziell zu, dass sie onaniert! Als ob man so was an die große Glocke hängt. Ich hab noch nie onaniert, verstehe nicht, was so toll daran sein soll, allein auf dem Bett zu liegen und an sich rumzufummeln.

Neulich, als ich in meinem Abendbuch rumgeblättert habe, bin ich auf das Foto von Ivar gestoßen. Ich hab es mir ewig lange angeschaut, bis meine Phantasie sich verselbständigte. Ich stellte mir vor, wie wir uns küssten. Und da setzte wieder dieses Kribbeln ein. Da hatte ich sogar Lust, mich zu streicheln. Aber mich an meinem Kissen zu reiben war mir dann doch zu blöd, und wie man das mit den Fingern macht, weiß ich überhaupt nicht. Wo sind die richtigen Punkte? Und woher weiß Caro das eigentlich alles? Auf die Idee mit der Gurke kann auch nur sie kommen?! Pervers!

Caro sagt, dass sie immer einen Orgasmus kriegt, wenn sie onaniert. Immer. Sie weiß genau, was sie mit den Fingern machen muss. Und dabei denkt sie an Jungs, die sie mag, und manchmal auch an Mädchen, sagt sie.

Caro steht auf Jungs und Mädchen, glaube ich. Oder sie steht auf alles, was mit Sex zu tun hat. Wenn man schon auf Gurken abfährt … Und ich fahr noch nicht einmal auf meinen Freund ab. Mann, bin ich eine Niete. Vielleicht sollte ich dem Gemüse eine Chance geben und es mit einem sexy Blumenkohl oder einer hübsch gebogenen Aubergine probieren?

Der Einzige, der das Kribbeln in mir auslöst, ist Ivar.

Oder wenn ich an Riesenbrüste denke. Das würde ich niemals jemandem erzählen, dass Riesenbrüste das Kribbeln in mir auslösen. Keine Ahnung, wieso, vielleicht bin ich ja lesbisch. Obwohl, das kann ich mir nicht vorstellen. Schließlich habe ich nicht das Bedürfnis, die Brüste anzufassen. Aber wenn ich zufällig im Fernsehen oder in einer Zeitschrift solche Dinger sehe, werde ich ganz kribbelig.

Ich geh jetzt zur Bushaltestelle und fahre zu Danne.

Später mehr!

15. Dezember

Aha. Das war's also. Wir haben es hinter uns gebracht. Ich bin keine Jungfrau mehr. Bin ich jetzt eine Altfrau? Oder was ist man danach? Ich habe mit einem Jungen geschlafen. Ich habe gepoppt. Ich hatte einen Schwanz in mir. Ich kann noch nicht mal sagen, ob es so war, wie ich es mir vorgestellt hatte, weil ich mich nicht getraut habe, mir vorzustellen, wie es sein könnte.

Ich kam bei Danne an. Er war frisch geduscht. Fast peinlich frisch geduscht. Das machte so offensichtlich, wieso ich gekommen war und was wir vorhatten. Er trug ein T-Shirt und eine Unterhose, mehr nicht. Ich war schrecklich verlegen, fühlte mich gar nicht wohl in meiner Haut und brachte kaum einen Ton heraus. Danne versuchte, die Stimmung durch ein paar coole Sprüche aufzulockern, aber wenn ich gelacht hätte, hätte ich mich wahrscheinlich übergeben. Gut, dass er nicht allzu witzig ist.

In Dannes Zimmer hing ein orange leuchtender Adventsstern. Außer dem Stern brannte kein Licht. Zur Feier des Tages hatte Danne sogar das Bett frisch bezogen und gemacht. Kleine Blümchen. Wahrscheinlich glaubt Danne, das Mädchen so was mögen.

Ich: «Gemütlich … das mit dem Adventsstern. Schönes Licht.»

Danne: «Den hat Mama aufgehängt. Zwei Wochen später als der Rest der Welt, aber was soll's.»

I: «Ist dir noch schlecht?»

D: «Ach Quatsch. Aber gestern der Tag war echt übel. Mannomann, ich musste mich noch bis fünf Uhr nachmittags übergeben. Was haben wir eigentlich getrunken? So viel war das doch eigentlich gar nicht. Das muss eine verdammte Überreaktion gewesen sein. Normalerweise vertrage ich eine ganze Menge. Aber, that's life. Komm, Süße …»

Ich legte mich neben ihn. Ich bin zwar sonst auch nicht gerade anschmiegsam und hingebungsvoll, aber jetzt war ich steif wie ein Brett.

D. «Du siehst klasse aus. Richtig klasse …»

Danne wollte keine Sekunde verlieren. Er küsste mich bereits, bevor mein Kopf das Kissen berührte. Er gab sich wirklich Mühe, um es für uns beide zu einem schönen und phantastischen Erlebnis zu machen. Wir küssten uns lange, viel länger als sonst, bevor ich seine Keule in die Hand nahm oder er seinen Finger zwischen meine Beine schob. Jetzt küsste er mich einfach. Aber ich konnte es gar nicht richtig genießen, weil ich in Gedanken schon ein paar Schritte weiter war. Ich wollte es hinter mich bringen. Da ich eh nichts davon haben würde, konnten wir es auch gleich machen!

Ich zog Danne die Unterhose runter, einfach so. Ich hatte keine Lust, ewig rumzuknutschen, das Theater ging mir auf die Nerven. Für ihn war das garantiert auch Theater. Die lange Knutscherei, das tat er doch nur meinetwegen. Und ich wollte es nicht, wozu also lange fackeln?

Danne schien meinen Überfall als Geilheit zu interpretieren und schob seinen Mittelfinger in mich rein. Ich legte meine Hand um seinen Ständer, der mir härter vorkam als je zuvor.

D: «Warte … warte, nicht so schnell, sonst komme ich gleich.»

Ist doch gut, dachte ich. Dann haben wir diese Kasperkacke wenigstens hinter uns. Ich rubbelte schneller, damit er abspritzte und ich nach Haus gehen konnte. Aber Danne zog meine Hand weg! Er zog einfach meine Hand weg! Das war noch nie vorgekommen. Fuck!

D: «Ich zieh nur schnell das Kondom über … Warte. Bleib liegen.»

Danne zog ein Kondom unter der Matratze hervor. Er riss

das Päckchen mit den Zähnen auf und rollte das Gummi erstaunlich routiniert über seinen Ständer. Jetzt war sein Pimmel nicht mehr rosa, sondern schwarz. Das sah vielleicht merkwürdig aus, und wenn überhaupt möglich, sogar noch unappetitlicher.

Danne legte sich wieder hin, streichelte meine mausetote Muschi, und ich stöhnte ein wenig, um meine Leichenstarre zu überspielen.

D: «Ist das okay? Ist es okay, wenn ich ihn jetzt in dich reinstecke?»

Mein Gott, dachte ich. Jetzt ist es so weit. Jetzt steckt er gleich dieses monströse schwarze Teil in mich rein. Das wird nie was. Niemals! Nein, das ist nicht okay! Das ist so weit entfernt von okay, wie es nur sein kann. Das ist inakzeptabel!

I: «Klar.»

Danne rollte sich auf mich. Ich hatte noch immer meinen Pullover an, aber keine Hose und keinen Slip mehr. Danne war ganz nackt. Sein Atem ging schwer. Wir küssten uns, während er sein Ding in mich reinzustopfen versuchte. Es ging schwer. Extrem schwer. Ich war staubtrocken. Ich verkrampfte mich. Ich wollte nicht.

D: «Tut das weh?»

I: «Nein.»

D: «Ist es schön?»

I: «. . . »

Meine Muschi entschied sich für den «Rette-dich-selbst»-Effekt und wurde feucht.

Und im nächsten Moment merkte ich, wie etwas mich ausfüllte. Es tat nicht direkt weh, fühlte sich eher … völlig verkehrt an. Für Danne fühlte es sich aber offenbar sehr, sehr richtig an. Keine Ahnung, wie viel von ihm in mir drin war. Aber ich hatte das Gefühl, sein Schwanz reichte bis in meine Speiseröhre. Danne schob ihn rein und raus. Rein und raus. Es tat weh, wenn er ihn tief reinstieß. Genau wie bei seinem Finger, aber diesmal steckte sein ganzer Schwanz in mir. Ich weiß nicht, wie lange er rumstößelte. Eine Minute? Fünfzehn? Keine Ahnung. Ich schloss die Augen. Schloss die Augen und spürte die Stöße tief in mir drin. Und dann war es plötzlich vorbei. Danne lag reglos auf mir. Schwer und still.

D: «O Gott, war das schön. Das ist irre!»

I: «…»

D: «Ich konnte mich nicht länger halten.»

I: «Ist schon okay.»

D: «War es schön für dich?»

I: «Ja.»

Jetzt hatte ich also meine Unschuld verloren. Und keiner wusste es, außer mir. Danne schien keinen Verdacht geschöpft zu haben.

D: «Hattest du auch einen Orgasmus?»

I: «Äh, nein. Aber es war trotzdem schön, echt.»

D: «Wir können es gern nochmal machen, wenn du willst. Gib mir fünf Minuten. Oder nein, eine Minute reicht auch. Ich brauche nur dran zu denken und könnte schon wieder.»

I: «Nein, nicht nötig. Das war super, alles in Ordnung. Wirklich.»

Danne wälzte sich neben mich. *Schluuuppp*, machte es, als sein Schwanz aus mir rausflutschte. Das war vielleicht ein komisches Gefühl, wie ein Sog. Der Feind zog sich zurück. Ich war wieder allein. Die Okkupation war beendet. Aber es fühlte sich an, als hätte ich einen Riesentunnel da unten. Mit einem festen Griff um den vorderen Zipfel zog Danne das Kondom ab. *Schluuuppp*, machte es wieder. Sein Schwanz war jetzt ganz klein und schrumpelig. Und das Kondom war noch schrumpeliger, ein kleiner schwarzer Beutel mit einem Schuss Dickmilch in der Spitze. Ich war unfähig, mich zu bewegen. Da schoss mir durch den Kopf, dass Blut aufs Laken gekleckert sein könnte!!! Ich warf einen Blick nach unten. Weiß, vollkommen weiß. Kein Blut. Ein Glück.

Ich spürte Dannes Küsse auf meinen nackten Armen. Wusste, dass er mich ansah. Aber ich war nicht in der Lage, seinen Blick zu erwidern. Wollte ihm nicht in die Augen schauen. Wollte kein Nachspiel. Wollte nicht, dass er wieder einen Ständer kriegte. Wollte nicht mehr.

D: «Woran denkst du?»

I: «An nichts Bestimmtes. Und du? Woran denkst du?»

D: «Dass ich dich mag. Und dass du absolut perfekt warst, nein, bist. Körperlich, meine ich. Nicht zu eng und nicht zu weit. Am Anfang war es schon ein wenig eng, das tat fast ein bisschen weh. Aber danach war es perfekt. Wie war ich?»

I: «Gut. Nicht zu groß und nicht zu klein.»

D: «Ist meiner größer als der von dem Typen, mit dem du im Sommer geschlafen hast?»

I: «Ja, ich glaube schon.»

D: «Yes! Na ja, bisher hat sich auch noch niemand beschwert.»

I: «Du, ich muss jetzt nach Hause.»

D: «Schon? Du bist doch höchstens seit einer Stunde hier. Bleib doch noch. Wir können es uns gemütlich machen. Ich koche auch einen Tee!»

Einen Tee kochen? Manche Jungs halten uns anscheinend für völlig einfältig. Hören wir das Wort Tee, bleiben wir.

I: «Nein, ich muss nach Hause. Ich soll heute auf meinen Bruder aufpassen.»

D: «Ist der nicht schon zwölf? Braucht der noch einen Babysitter?»

I: «Einen Babysitter nicht direkt, aber ich soll aufpassen, dass er keinen Blödsinn macht.»

D: «Soll ich mitkommen?»

I: «Nein! Das wäre keine gute Idee.»

D: «Dann sehen wir uns Freitag auf der Fete, oder?»

I: «Was für eine Fete?»

D: «Caros Fete!»

Mist, ich war so auf dieses Ereignis konzentriert gewesen, dass ich Caros Fete völlig vergessen hatte. Ihre erste elternfreie Party. Sie hat außer den totalen Losern mehr oder weniger die ganze Klasse eingeladen. Natürlich würde ich da sein. Wie konnte ich das bloß vergessen? Caros großer Tag. Caros große Party. Aber was ist eine Party im Vergleich dazu, seine Unschuld zu verlieren? Sein erstes *Schluuuppp* zu hören?

Danne. Ich mag Danne nicht wirklich. Manchmal hasse ich ihn fast. Weil er mich zwingt, Dinge zu tun, die ich nicht will. Gleichzeitig tut er mir aber auch leid. Eigentlich zwingt er mich ja zu nichts. Nicht wirklich. Ich zwinge mich selber. Er würde mich wohl kaum vergewaltigen, wenn ich nein sagen würde. Er hat mich eben ja auch nicht vergewaltigt. Auch wenn es sich fast so anfühlt. Aber wie sollte Danne wissen, dass ich nicht wollte, wenn ich es nicht laut sage, dass ich nicht will. Er kann nichts dafür. Aber ich hasse ihn trotzdem. Weil er auf so erniedrigende Art über mich redet. «Nicht zu eng, nicht zu weit.» Wer hat ihn gefragt, verdammt nochmal? Ich habe ihn nicht gebeten, einen Kommentar zu meinem Unterleib abzugeben. Ich scheiß drauf, ob er mir fünf Sterne oder fünf Zitronen gibt.

Ich fuhr mit dem Bus nach Hause. Mir war während der gesamten Fahrt zum Heulen zumute. Danne freute sich wahrscheinlich vor lauter Seligkeit ein Loch in den Bauch. Vielleicht sind wir ja doch füreinander geschaffen? Zumindest decken wir jeden Zentimeter auf einer Gefühlsskala ab. Er ist geil, ich bin trocken. Er ist glücklich, ich bin traurig. Ihm geht's spitze, ich bin am Boden. Er ist ehrlich, ich lüge. Er ist ein Junge, ich bin ein Mädchen. Gemeinsam decken wir alle Gefühle des Universums ab. Danne und Lina. Yin und Yang. Himmel, Arsch und Zwirn.

Wo liegt der Fehler? Ich verstehe das nicht. Meine Kindheit war nicht unglücklicher als bei anderen Kindern. Ich bin kein Inzestopfer. Niemand war brutal zu mir. Und trotzdem kann ich keinen Sex genießen. Warum nicht? Was mache ich falsch?

Warum lüge ich ständig? Bald weiß ich nicht mehr, wie man die Wahrheit sagt, weil es, verdammt nochmal, so viel leichter ist, zu lügen. Die Wahrheit ist verflixt anstrengend. Ivar ist verflixt anstrengend. Zu sagen, dass ich Sex hasse und Ivar liebe, ist Scheiße. Die Wahrheit ist Scheiße. Lügen sind Scheiße. Nichts ist, wie es sein sollte. Nichts. Rein gar nichts.

18. Dezember

Caros Party war eine Katastrophe mit fettem K. Langsam, aber sicher macht sich bei mir Weltuntergangsstimmung breit. Alles geht den Bach runter. Alles, was ich anfasse, geht schief. So wie Caros Fete.

Es waren viel zu viele Leute da.

Die viel zu viel Alkohol mitbrachten oder bereits intus hatten. (Ich habe diesmal nichts getrunken.)

Caro hatte ihre Hamster in die Badewanne gestellt, damit sie keinen Hörschaden bekamen. Aber dann hatten

Tim und Sebastian plötzlich die fixe Idee, ein Bad nehmen zu wollen. Also haben sie sich ein Bad einlaufen lassen und den Hamsterkäfig mit offener Tür auf den Boden gestellt.

Nach dem Bad waren die Hamster verschwunden. Spurlos verschwunden. Alle beteiligten sich an der Suche, aber die Hamster tauchten nicht wieder auf.

Thea meinte, dass die Hamster wahrscheinlich in den Hohlraum unter der Badewanne geklettert waren, wo das Wasser abfloss. Das heißt, die Hamster sind in das Loch geklettert und von dem abfließenden Badewasser in die Abwässerkanäle von Todköping gespült worden.

Darauf kriegte Caro die totale Psychose. Sie betrank sich sinnlos, heulte und kippte irgendwann aus den Latschen.

Die Party entgleiste dann vollkommen, als ein paar Jungs aus der Vidarschule auftauchten und die anderen aufmischten. Kurz darauf war die herrlichste Prügelei im Gange.

Danne schlug vor, in Caros Zimmer zu gehen und zu poppen. Aber ich weigerte mich, mit dem Argument, dass ich mich um Caro kümmern müsste, obwohl die überhaupt nichts mehr mitbekam. Da war Danne eingeschnappt.

Caros Hamster waren tot, irgendjemand hatte die Toilettentür zertrümmert, und vor drei Uhr machte niemand Anstalten, nach Hause zu gehen. Thea und ich blieben noch und versuchten, ein bisschen aufzuräumen.

Aber mit ein bisschen Aufräumen war da nicht viel zu machen, die Wohnung hätte eine Grundrenovierung nötig gehabt. Mindestens.

Ich fuhr mit dem Rad nach Hause.

19. Dezember

Caro hat Hausarrest und kriegt die nächsten zwei Monate kein Taschengeld. Wegen der Hamster und der Klotür. Arme Caro. Ich habe sofort bei ihr angerufen, als ich davon erfuhr, um sie zu trösten. Wir hatten ein richtig nettes Gespräch. Caro ist irgendwie so offen, kein bisschen hintenrum. Sie weint, wenn sie traurig ist, lacht, wenn sie sich freut, und knutscht rum, wenn ihr danach ist. Ehrlich eben. Keine Ausflüchte. Thea würde es GAR NICHT passen, wenn Caro und ich uns anfreunden würden. Manchmal komme ich mir vor, als wären Thea und ich ein altes Ehepaar, das sich eigentlich nicht mehr ausstehen kann. Aber wenn ich mehr mit Caro unternehmen würde, würde Thea das garantiert als Ehebruch betrachten. Es wird höchste Zeit, mich von Thea abzunabeln. Ich kann ja wohl befreundet sein, mit wem ich will.

20. Dezember

Der letzte Tag vor den Weihnachtsferien. Und schon wieder gab es eine Katastrophe. Oder genauer gesagt, eine Katastrophe und etwas, das gar nicht so katastrophal war. Im Gegenteil, eigentlich richtig gut!

Wie jedes Jahr machten wir am letzten Schultag vor den Ferien Julklapp. Vor zwei Wochen hatten wir ausgelost, wer wem etwas schenken sollte. Ich musste mir ein Geschenk für Felicia ausdenken. Das war einfach. Felicia ist der totale Kinofreak. Sie hat massenweise Videofilme zu Hause, ist Mitglied in einem Filmclub und chattet mit ein paar Leuten, die über nichts anderes als Filme reden. Also habe ich ihr einen Kinogutschein gekauft. Mir hat Felicia ein altes Filmplakat mit einem Weltraummonster geschenkt ... Nicht unbedingt mein Geschmack, aber in Ordnung. Nemas problemas.

Caro sollte sich was für Jens ausdenken und umgekehrt. Jens ist unsere Klassenniete. Er hatte sich richtig Gedanken gemacht. Leider! Ihm war eingefallen, dass Caro zwei Hamster hatte, und da Jens selber ein Tiernarr ist, hat er Hamsterfutter und Zubehör gekauft; Heu und diese Salzsteine, auf die die Hamster total abfahren. Ich dachte, Caro fällt in Ohnmacht, als sie das Päckchen aufmachte. Sie wurde kreidebleich und stürzte heulend aus der Klasse. Jens raffte gar nichts. Da er einer der wenigen war, die nicht auf Caros Party eingeladen waren, konnte er schließlich nicht wissen, dass Caros Hamster auf Nimmerwiedersehen in die Abwasserkanäle gespült worden waren.

Thea lief hinter Caro her, um sie zu trösten. Und ich saß wie gelähmt auf meinem Platz, als Malin und Nettie über Jens herfielen.

Malin: «Sag mal, spinnst du, du kannst doch nicht einfach Hamsterfutter kaufen, ohne dich vorher zu erkundigen. Bist du bescheuert, oder was?»

Nettie: «Dir ist ja wohl klar, was du Caro damit antust! Ihre Hamster sind tot. Tot! Kapierst du! Was glaubst du wohl, wie man sich fühlt, wenn man Hamsterfutter geschenkt kriegt, wenn die Hamster gerade gestorben sind?»

Malin und Nettie wollten sich gar nicht wieder beruhigen. Sie hackten wie die Aasgeier auf Jens ein. Als ob es seine Schuld wäre, dass Caros Hamster das Zeitliche gesegnet hatten. Jens versuchte zu erklären, dass er das nicht gewusst und nur gut gemeint hätte. Bestimmt könnte er das Futter gegen was anderes eintauschen. Es tat ihm wirklich schrecklich leid.

Aber Aasgeier-Malin und Aasgeier-Nettie hatten Blut gerochen und ließen das Lamm nicht mehr aus den Krallen. Sie hackten weiter auf ihm rum. Am Ende saß Caro heulend auf der Mädchentoilette und Jens flennend auf der Jungentoilette. Berit stand ratlos in der Klasse und versuchte zu begreifen, was eigentlich passiert war, während sie gleichzeitig versuchte, die Schüler zu beruhigen und dazu zu bringen, dass sie sich wieder auf ihre Plätze setzten. Aber niemand setzte sich hin, alle rannten wild durcheinander und nutzten die spontane Katastrophe.

Ich hatte keinen Nerv, mich einzumischen. Jens tat mir leid, aber da ich nun mal eine feige Socke bin, sagte ich nichts. Ich ging aus der Klasse und setzte mich auf eine Bank im Korridor, während meine Mitschüler wie aufgeregte Hühner an mir vorbeirannten, glücklich, dass endlich mal was passierte.

Da kam Ivar. Mein Ivar. Ich hatte in letzter Zeit kaum noch an ihn gedacht, weil ich viel zu sehr mit meiner Entjungferung und meinem Pissleben beschäftigt gewesen war. Und nun stand er plötzlich vor mir. Und setzte sich auch noch zu mir auf die Bank.

Ivar: «Was ist denn hier los?»

Ich: «Jens hat als Wichtelgeschenk für Caro Hamsterfutter gekauft, aber ihre Hamster sind vor ein paar Tagen abgenippelt. Jetzt drehen sie alle durch.»

Iv: «Auweia. Und wie geht es dir?»

I: «Na ja, ich weiß nicht, kann ich dir gar nicht so genau sagen. (Was? Sagte ich etwa gerade die Wahrheit?) Im Moment ist irgendwie alles ziemlich anstrengend.»

Iv: «Was zum Beispiel?»

I: «Frag lieber nicht weiter, sonst fang ich noch an zu heulen.» (Schon wieder die Wahrheit!!!)

Iv: «Na und? Fändest du das schlimm?»

Ivar und ich sahen uns an. Und dann lachten wir los. Ich kriegte mich gar nicht wieder ein. Ich lachte, bis mir die

Tränen kamen. Ivar lachte auch. Weil ich so lachen musste. Wieso ich so lachen musste, wusste ich nicht. Vielleicht lachte ich, um nicht weinen zu müssen. Oder weil es so schön war, mal nicht gelogen zu haben.

Iv: «Mir geht es auch nicht besonders.»

Ivar wischte sich die Lachtränen aus den Augen, seinen gelben, wunderschönen Augen.

I: «Nein?»

Iv: «Erstaunt dich das?»

I: «Was hast du denn für einen Grund, dich schlecht zu fühlen?»

Iv: «Und, hast du einen?»

I: «Und ob. Ich bin ja so eine …»

Caro kam schluchzend aus der Toilette, Malin und Thea im Schlepptau.

Malin: «Hey, Lina, was machst du da? Komm schon! Siehst du nicht, dass Caro völlig fertig ist?»

Thea: «Lass den Biologen in Ruhe und komm!»

Sie steckten die Köpfe zusammen und flüsterten miteinander. So laut, dass man jedes Wort verstehen konnte.

T: «Was will sie von diesem Softie?»

Caro: «Geht der nicht in die gleiche Klasse wie der Schwarze? Ein bisschen seltsam ist er schon.»

M: «Das ist doch der Brüllaffe aus dem Chor. Der ist garantiert schwul. Eine Opernschwuchtel. Haha!»

Meine Idiotenfreundinnen schlenderten Richtung Cafeteria davon.

Ivar sah mich an. Ich starrte auf den Boden. Wäre vor

Scham am liebsten in Grund und Boden versunken. Was hatte ich bloß für Freunde?

I: «Warum geht es dir nicht gut?»

Iv: «Was wolltest du sagen, was du bist?»

I: «Ach, ich weiß nicht … Eine Versagerin, wahrscheinlich.»

Iv: «Und wieso bist du eine Versagerin?»

I: «Na ja, weil ich ständig lüge. Ich tue Dinge, die ich nicht tun will, weil … Um es anderen recht zu machen.»

Iv: «Zum Beispiel?» (Zum Beispiel?! Ich schlafe mit einem Jungen, obwohl ich es schrecklich finde. Ich saufe, obwohl es mir keinen Spaß macht. Ich gebe mich mit Freunden ab, die ich eigentlich bescheuert finde. Ich bin mit einem Jungen zusammen, obwohl ich in einen anderen verliebt bin. Einen, den ich überhaupt nicht kenne.)

I: «Wo soll ich da anfangen? Am besten überspringe ich die Frage und erspare dir meine wertlosen Lügen.»

Iv: «Wieso lügst du?»

I: «Weil die Wahrheit anstrengend ist! Ist das so schwer zu verstehen! Sagst du immer die Wahrheit?»

Iv: «Nein. Aber wenn mir die Wahrheit zu anstrengend ist, halte ich lieber die Klappe.»

I: «Genau. Deswegen halte ich jetzt auch die Klappe. Und jetzt sag schon, weswegen du frustriert bist.»

Iv: «…»

I: «Hast du auch vor zu schweigen?»

Iv: «Was du kannst, kann ich schon lange.»

I: «Bist du eigentlich schwul?» (Mein Gott, wie kam ich denn jetzt darauf?)

Iv: «Wieso?»

I: «Na ja, es interessiert mich halt. Aber selbst wenn, ist doch egal.»

Iv: «Wem ist es egal?»

I: «Mir.»

Iv: «Ich lach mich schlapp. Natürlich ist es dir egal. Warum sollte es dir nicht egal sein. Aber deine Freundinnen scheint es ja sehr zu interessieren.»

I: «Ach, vergiss sie einfach.»

Iv: «Da kannst du sicher sein. Aber um deine Frage zu beantworten: Nein, ich bin nicht schwul. Und wenn ich es wäre, würde ich es dir ganz bestimmt nicht auf die Nase binden!»

I: «Wieso nicht?»

Iv: Überleg doch mal, weil dann innerhalb kürzester Zeit die ganze Schule wüsste, dass ich schwul bin. Ich kann mir nicht vorstellen, dass du es für dich behalten würdest. Oder doch?»

I: «Das ist auch so ein Punkt, weswegen ich traurig bin. Dass alle glauben, ich wäre genauso wie meine Freundinnen. Aber das bin ich nicht! Ich würde ihnen niemals sagen, dass du schwul bist. Aber das bist du ja nicht. Denn wenn du es wärst, würdest du es mir nicht sagen.»

Iv: «Yepp. Und da es dir ja sowieso egal ist, ob ich schwul

bin oder nicht, brauchst du es ja auch nicht zu wissen. Stimmt's?»

I: «Aber ich weiß, dass du nicht schwul bist.»

Iv: «Woher willst du das wissen?»

I: «Weil ich im Speisesaal gehört habe, wie du über ein Mädchen gesprochen hast, das du magst.»

Iv: «Belauschst du mich etwa?»

I: «Ja.»

Iv: «Na, so was. Jetzt muss ich aber los. Mama hat eine kleine Feier vorbereitet.»

I: «Und was gibt es zu feiern?»

Iv: «Dass ich die ersten Monate in der Siebten überlebt habe.»

I: «Na dann viel Spaß. Bei dem Fest und in den Weihnachtsferien.»

Iv: «Danke gleichfalls.»

I: «Mach's gut, tschüs.»

Iv: «Ja, tschüs.»

Ivar zog seine grüne Jacke an und setzte seine Mütze auf (eindeutig selbst gestrickt). Die Joggingschuhe waren durch alte Militärboots und Wollsocken ersetzt. Er drehte sich nicht noch einmal um. Ging einfach weg. Zu seiner Feier. Was Ivar wohl für Eltern hat? Wie es wohl bei ihnen zu Hause aussieht, auf ihrem Hausboot? Bestimmt wie in einer Einrichtungszeitschrift. Künstlerisch angehaucht. Echte Gemälde an den Wänden, edle Decken und Kissen, Räucherstäbchen. Ivar kann eigentlich nur coole Eltern haben. Die sind bestimmt Künstler.

Ivar würde sich wahrscheinlich kaputtlachen, wenn er mich in unserem abgewrackten Reihenhaus mit Mamas misslungenen Einrichtungsversuchen besuchen würde. Ihre selbst gestrichenen Küchenschränke in Griechischblau. Wenn es nach Mama ginge, würde sie alles griechischblau streichen, seit wir vor ein paar Jahren Urlaub in Griechenland gemacht haben. Aber Griechischblau in Kombination mit allem möglichen alten Ikea-Kram sieht einfach nur … daneben aus. Unser altes Sofa ist durch die blauen Decken und Kissen nicht weniger durchgesessen. Und der hässliche PVC-Belag lässt sich nicht unter den blauen Teppichen verbergen. Im nasskalten, tristgrauen Rödköping kann auch das strahlendste Griechischblau nicht helfen.

Mamas Einrichtungsstil scheint auf mich abgefärbt zu haben. Ich mache es schon genauso wie sie und übertünche mein seelisches PVC und meine hässlichen Seiten mit Farbe. Aber das Ich, das dabei herauskommt, ist falsch. Da bleibt mir wohl nur eins. Entweder reiße ich die PVC-Böden raus und ersetze sie durch stabile, schönere Holzbretter, oder ich bleibe ein PVC-Mensch. Aber dann, ohne mich zu schämen oder zu klagen.

31. Dezember

Heute ist Silvester. Weihnachten war wie jedes Jahr. Wir haben wie immer zu spät mit dem Essen angefangen und mussten am Ende schlingen, um den Anfang vom Weihnachtsdisney nicht zu verpassen. Obwohl seit fünfzehn Jahren das Gleiche, ist es ein absolutes Muss. Ohne Weihnachtsdisney keine richtige Weihnachtsstimmung.

Danach war die Bescherung. Alex übernahm das Austeilen, weil außer ihm keiner Lust dazu hatte. Es gab wieder jede Menge Geschenke. Jedenfalls für Alex und mich. Von Oma und Opa habe ich einen Gutschein für JC über 1000 Kronen bekommen, genial! Die schenken immer so tolle Sachen.

Ansonsten habe ich tonnenweise Nüsse gegessen und von Alex selbst gemachte Marzipankugeln. Mit Schokoglasur. Mir wird schon schlecht, wenn ich nur an Nüsse und Marzipan denke.

Heute ist, wie gesagt, Silvester. Ich habe mir mehrere Dinge fürs neue Jahr vorgenommen, die ich unbedingt umsetzen will. Es ist mir wirklich ernst damit. Wenn ich die Vorsätze nicht einhalte, ist Hopfen und Malz verloren. Dann kann ich mich gleich begraben lassen. Aber ich habe nicht vor, den Rest meines Lebens in einem ungemütlich kalten Grab zu verbringen.

Ich feiere mit Mama, Papa und Alex. Lillis gibt auch eine Fete, aber ich möchte lieber zu Hause bleiben. Papa hat Raketen gekauft, Mama Hummer. Alex Chinaböller. Und ich … ich hab nichts gekauft. Ich hab die Zeit genutzt, um an meinen Neujahrsvorsätzen zu feilen.

1. Januar

Das sind meine guten Vorsätze fürs neue Jahr:

1. Mit Danne Schluss machen.
2. Nicht mehr mit Danne schlafen, auch nicht aus Mit-

leid, wenn ich Schluss mache. Das eine Mal war einmal zu viel.

3. Ich will einen Orgasmus kriegen. Das muss doch zu schaffen sein. Ich muss mir was einfallen lassen.
4. Ivar sagen, dass ich ihn mag.
5. Nein, Feigling!!! Ivar sagen, dass ich in ihn verliebt bin. Basta. Keine Ausflüchte.
6. Mich informieren, welche Schulen auf die Ausbildung zum Veterinär vorbereiten, mich dort bewerben, angenommen werden und mich anstrengen, Tierärztin zu werden.

Die wichtigsten Punkte sind 1, 2 und 5. Da darf ich auf keinen Fall mogeln. Na gut, Punkt 2 könnte man noch abändern, wenn es unbedingt sein muss. Aber 1 und 5 müssen durchgezogen werden.

Egal, wie peinlich es wird, da muss ich durch.

8. Januar

Morgen geht die Schule wieder los. Das waren die langweiligsten Weihnachtsferien, die ich je hatte. Alle waren weg. Ich eingeschlossen. Ich war zwar nicht direkt physisch abwesend, aber mein Bewusstsein war definitiv an einem anderen Ort. Abgemeldet. Ich hab nichts auf die Reihe gekriegt, weil ich die ganze Zeit nur gegrübelt habe. Über alles Mögliche. Über mein Leben. Mein

Scheißleben. Ich konnte mich nicht aufraffen, in die Stadt zu gehen, hatte keine Lust, jemanden zu treffen, der mich womöglich fragt, wie es mir geht, wie es mit Danne läuft, wie mein Scheißleben allgemein so ist.

Apropos Danne ... Er hat ziemlich oft angerufen, weil er ein Weihnachtsgeschenk für mich hatte. Aber ich habe mich damit rausgeredet, dass ich krank wäre. Irgendwann ist er dann einfach unangemeldet vorbeigekommen, obwohl ich ihn gewarnt hatte, dass ich ansteckend wäre. Das konnte ihn aber nicht abschrecken. Er kam in einem neuen, ziemlich scheußlichen Weihnachtspullover, den seine Oma ihm gestrickt hatte.

Weihnachten ist die Zeit der hässlichen Geschenke von der buckligen Verwandtschaft. Aber in den Ferien ist es erlaubt, hässliche Klamotten mit merkwürdigen Mustern und Stickereien zu tragen, auf die in der Schule die Todesstrafe steht.

Ich erkannte schon an Mamas Stimme, dass Danne gekommen war. Sie lachte so aufgesetzt und albern. Das gab mir Zeit, mich vorzubereiten. Ich kroch unter meine Bettdecke und kniff mir in die Nase, damit ich erkältet aussah. Genau wie bei Dannes erstem Besuch kam es mir auch diesmal völlig verkehrt vor, dass er in mein Zimmer kam. Es ist okay, wenn ich auf seiner Bettkante sitze, aber er hat auf meiner nichts zu suchen. Aber genau dort saß er kurz darauf. Frisch geduscht mit seinem roten Weihnachtspullover und mit gebügelter Jeans. Auf seinem Schoß lag ein Päckchen.

Ich bekam prompt ein schlechtes Gewissen. Während ich Pläne schmiedete, mit ihm Schluss zu machen, kam er rausgeputzt mit einem Geschenk zu mir. Oh, oh, oh.

Danne wollte mich küssen. Das war schon etwas merkwürdig, mit jemandem auf dem Bett zu liegen und zu knutschen, mit dem man in Gedanken bereits Schluss gemacht hat. Aber da nur einer von uns beiden wusste, dass eigentlich Schluss war, und da ausgerechnet derjenige nichts ahnte, der das Weihnachtsgeschenk dabeihatte, blieb mir wohl nichts anderes übrig, als nachzugeben. Was soll's. Es war schließlich schon eine Weile her, dass Danne und ich uns getroffen hatten. Genau genommen waren wir seit dem 14. Dezember, dem Abend, an dem wir miteinander geschlafen hatten, nicht mehr allein gewesen. Es hatte sich einfach nicht ergeben (und ich hatte auch keinen gesteigerten Wert darauf gelegt und jede Menge Ausreden parat gehabt). Es war ein ganz neues Gefühl, Danne zu küssen. Als hätte ich ihn noch nie vorher geküsst. Gar nicht unangenehm. Wahrscheinlich, weil ich wusste, dass bald Schluss sein würde. Dass ICH Schluss machen würde, sobald sich eine passende Gelegenheit ergab. Danne wollte mehr, das merkte ich. Seine Zunge drängte. Aber ich verjagte sie mit ein paar dramatischen Hustern aus meinem Mund.

Danne: «Und, wie war dein Weihnachten?»

Ich: «Okay. Und bei dir?»

D: «Ging so. Mama kriegt Weihnachten immer Depressionen. Sie hockt nicht heulend in der Ecke oder so, aber ich merke es ihr trotzdem an. Sie weint heimlich, verdrückt sich ins Bad, schluchzt eine Weile und kommt dann wieder raus und spielt die Fröhliche. Aber was soll's, man gewöhnt sich daran.»

I: «Wie anstrengend …»

D: «Ach was. Guck mal, ich hab ein Geschenk für dich! Nichts Besonderes, aber, na ja, irgendwas muss man seiner Freundin doch schenken, oder?»

I: «Ich habe aber gar kein Geschenk für dich.»

D: «Du warst ja auch krank! Ich verzichte übrigens gern auf ein Geschenk und nehme dafür dich. Wenn du wieder gesund bist, natürlich!»

I: «Mmh.»

D: «Nun mach es schon auf!»

Es war ein kleines Päckchen. Von Åhléns. Da kamen nur zwei Dinge in Frage: eine Seife oder ein Slip.

I: «Oh, Badekugeln! Verschiedene. Danke!»

D: «Ananas, Birne und Minze. Da soll ein Zusatz drin sein, der die Haut besonders zart macht.»

I: «Aha.»

D: «Du kannst sie ja aufsparen, bis wir mal zusammen baden können. Wie wäre es mit einem Massageabend? Erst baden wir zusammen und dann massiere ich dich! Überall …»

I: «…»

D: «Schade, dass du krank bist! Es ist schon so lange her, dass wir uns gesehen haben. Darf ich ein bisschen zu dir unter die Decke kommen?»

I: «Okay. Aber mir geht's wirklich dreckig, also, selbst wenn ich wollte, ich kann nicht. Einfach nur nebeneinander liegen, mehr nicht.»

D: «Klar.»

Danne schlüpfte unter meine Decke. Wir lagen dicht nebeneinander. Ich war einigermaßen sicher, dass er mich in Ruhe lassen würde. Und so war es ganz okay. Danne entdeckte ein altes Donald-Duck-Heft neben meinem Bett und fing an, mir daraus vorzulesen. Ich legte meinen Kopf auf seine Schulter und einen Arm über seinen Brustkorb. Er machte das richtig gut. Ich lachte. Danne lachte. Wir lachten zusammen. Das war noch nicht so oft vorgekommen. Wir küssten uns. Ich spürte deutlich, dass Danne mehr wollte, aber er machte nichts. Dank meines vorgeschobenen Fiebers und meiner grässlichen Grippe (Yeah, right).

Doofes Gefühl, mit ihm Schluss zu machen. Aber was sollte ich denn tun? Wenn ich wenigstens wüsste, wie man das macht. Wie sagt man jemandem, dass er nicht der Richtige ist? Dass man nichts mehr von ihm will? Zwischendurch wünschte ich mir, wieder in der sechsten Klasse zu sein, wo man einfach eine Freundin mit einem Brief vorschickte, in dem man Schluss macht. Aber so was passt ja wohl kaum für eine Fünfzehnjährige, oder? Soll ich ihm einen Brief schreiben? Eine SMS? Eine Mail? Oder ihn lieber anrufen? Eigentlich sollte man so was unter vier Augen klären. Oder? Aber wie fängt man an? Was soll man sagen? Zu jemandem, der völlig unvorbereitet ist? Oder sollte man den Betreffenden vorher darauf vorbereiten? Indem man gemein zu ihm ist? Sich nicht mehr bei ihm meldet? Sich weigert, Händchen zu halten?

Morgen ist der erste Tag nach den Ferien. Morgen sehe ich Ivar wieder.

9. Januar

Thea und ich haben uns an der Bushaltestelle getroffen. Bei dem Schneematsch macht Fahrradfahren keinen Spaß. Ich hasse Schneematsch, da weichen die Joggingschuhe völlig auf. Aber ich weigere mich, die klobigen Winterstiefel anzuziehen, die Mama gekauft hat, ohne mich vorher zu fragen. Da nehme ich schon lieber Frostbeulen in Kauf. Bereits an der Bushaltestelle, morgens um Viertel vor acht, waren meine Socken an den Zehen nass. Thea hatte eine neue, superschöne Daunenjacke zu Weihnachten bekommen. Die hat mindestens 5000 Kronen gekostet. Und neue Stiefel hatte sie auch, wasserdicht und trotzdem schick.

Wir umarmten uns. Ich stellte fest, dass ich sie vermisst hatte.

Thea: «Und, was hast du so gemacht?»

Ich: «Ich war die ganze Zeit zu Hause. Wie war's in Frankreich?»

T: «Klasse. Und, irgendwas Besonderes passiert?»

I: «Nö, nichts Besonderes. Auf das Haus gegenüber ist eine Rakete geflogen. Es hat angefangen zu brennen, konnte aber schnell gelöscht werden. Das war alles.»

T: «Und, wie läuft es mit Danne?»

I: «Na ja … Wir haben uns nicht so oft gesehen. Ich weiß eigentlich nicht genau, wie es läuft. Und mit Lillis?»

T: «Ooooh, ich hatte ja solche Sehnsucht nach ihm. Dabei haben wir fast jeden Abend telefoniert. Zwischen uns läuft es echt gut im Moment. Ich bin total verliebt. Ja, wirklich. Ich hätte nie gedacht, dass er mein Traumprinz ist. Er war mir vorher eigentlich gar nicht aufgefallen. Aber es ist einfach toll. Am Wochenende übernachte ich bei ihm. Seine Eltern fliegen zum Golfspielen auf die Kanaren, wir haben also das ganze Wochenende für uns. Oh, da machen wir es uns so richtig gemütlich!»

I: «Erlauben deine Eltern, dass du bei ihm übernachtest?»

T: «Ja, sie haben Lillis inzwischen kennen gelernt und finden ihn in Ordnung, kein Problem. Außerdem hatten Mama und ich ein ernstes Frau-zu-Frau-Gespräch, nach dem Motto: ‹Thea, nun wo du einen Freund hast und ihr vielleicht miteinander ins Bett geht, bla, bla, bla…› Ich nehme jetzt die Pille, und sie ist beruhigt.»

I: «Was, du nimmst die Pille?»

T: «Ja, seit letzter Woche. Hoffentlich nehme ich davon nicht zu, bisher merke ich jedenfalls noch nichts. Glaube ich jedenfalls. Oder siehst du was?»

I: «Was? Nein!»

T: «Aber ich bin irgendwie viel gereizter als sonst. Als wenn ich meine Tage habe, ungefähr. Aber das ist es wert!»

I: «Wieso?»

T: «Wieso?! Was ist denn das für eine Frage! Weil wir so nicht mehr mit Kondomen rumhantieren müssen, natürlich! Das ist doch total nervig. Ich finde es viel schöner, wenn man es spontaner machen kann. Benutzt ihr Kondome?»

I: «... Ja ...»

T: «Na, dann weißt du ja, wie das ist. Wenn man einfach loslegen will und keinen Bock hat zu unterbrechen, gerade wenn es am schönsten ist, nur um dieses dämliche Gummiteil überzustreifen. Stimmt's?»

Zum Glück kam in diesem Moment der Bus und ersparte mir eine Fortsetzung von Theas Pillengelaber. Wir stiegen ein. Die Luft war feucht und die Scheiben beschlagen. Es roch nach feuchten Wollsocken. Alle schrien durcheinander und wollten wissen, wie die anderen die Ferien verbracht hatten. Thea schrie am lautesten. Alle waren von ihrer 5000-Kronen-Jacke begeistert.

In der Schule war auf traurige Weise alles wie gewohnt. Und es ging knallhart los mit einer Doppelstunde Mathe. Nach einem knappen «Hallo und willkommen» mussten wir gleich die Seite 146 aufschlagen. Deprimierend.

Alles wie gehabt. Thea schleimte sich ein, Caro und

Malin schickten Briefe hin und her, und ich starrte Löcher in die Luft. Starrte in mein Mathebuch, ohne etwas zu registrieren. Ich war mit den Gedanken woanders. Sollten sich doch die anderen den Kopf über Gleichungen zerbrechen. Welchen Nutzen hatten Gleichungen für die Lösung meiner Probleme?

Die Schule ödet mich an. Mein Freund ödet mich an. Meine Freundinnen öden mich an. Ich öde mich selber an. Ich war so schrecklich müde. Wie sollte ich bloß die Augen offen halten, damit ich nicht in einen tiefen, tiefen Dämmerzustand versank?

Ich starrte auf meine Gleichungen. Fing an zu träumen. Träumte, dass es an der Tür klopfte. Der Mathelehrer öffnete die Tür. Und in die Klasse tritt … ein bekannter amerikanischer Schauspieler. Der Schauspieler ist inzwischen Regisseur und macht eigene Filme. Er ist gekommen, weil er mich im Schulkatalog gesehen hat. «Ich suche Lina, geht sie in diese Klasse?» Er möchte mich für seine neue Hollywoodproduktion haben. Nein, kein Problem, dass mein Englisch nicht astrein ist, das ist doch charmant. Ich werfe meine Mathebücher in den Papierkorb, winke meinen mir dumm hinterherglotzenden Mitschülern ein letztes Mal zu und steige in die schwarze Limousine, die vor der Schule auf mich wartet, um mich von hier fortzu-bringen. Weit, weit fort. In eine Welt voll Glamour und hübscher Jungs, Stylisten und rauschender Partys. Ich manage das alles mit links, als hätte ich nie etwas anderes getan. Alle sind schwer beeindruckt, wie lässig ich mit meinen fünfzehn Jahren bin. Der Film wird ein sensationeller Erfolg. Und auf die Premiere begleitet mich, den Arm um meine Hüfte gelegt … Ivar. Ivar im Smoking. Ich in einem roten Designerfummel. Wir lachen in die Kameras. Blitzlichtgewitter. Wir sind nicht mehr 15, sondern 23 oder so. Und wohnen in einer traumhaften Dachwohnung mitten im Herzen von New York. Ivar ist ein berühmter Künstler und ich eine berühmte Filmschauspielerin. Wir sehen blendend aus und sind ja so erfolgreich …

«Lina! Hallo?»

Mein Mathelehrer.

Ich: «Was? Ja!»

Ml: «Wie lautet x? Für welche Zahl steht x?»

I: «Äääh … Weiß ich nicht.»

Ich wusste es nicht. Und ich wusste nicht, wo Ivar steckte. Hatte ihn den ganzen Tag noch nicht gesehen. Er hat doch hoffentlich nicht die Schule gewechselt? Oder ist umgezogen?

In der Mittagspause machte ich einen kleinen Umweg durch seinen Teil des Korridors. Er war nirgends zu sehen. Weder er noch seine grüne Jacke. Und es roch nicht nach Ivar. Doch, ich würde es riechen, wenn er da wäre. Es spüren. Aber heute war er nicht in der Schule. So viel war sicher.

ICH
IVAR
CAROL HART UND NEIL DIAMOND KAMEN GEMEINSAM
NEUER TEXT: LINA KAM MIT IHREM MANN IVAR. BIS ÜBER BEIDE OHREN VERLIEBT, WIE MAN SIE KENNT. IHREN OSCAR, DEN SIE LETZTE WOCHE GEWANN, HATTE SIE NICHT DABEI.

11. Januar

Noch immer kein Ivar in der Schule. Wo steckt er, verdammt nochmal? Ich will ihn doch nur kurz sehen. Sehen, dass er lebt. Wo ist Ivar?

12. Januar

Gestern hatten wir Weiberabend bei Thea zu Hause. Kein Alkohol, wir haben es uns einfach nur gemütlich gemacht. Schön. Ich habe mich in letzter Zeit ja immer häufiger gefragt, was ich eigentlich an Malin, Thea und Caro finde. Gestern war es mir wieder klar. Jedenfalls ein bisschen.

Thea hatte Klitschkuchen gebacken und ein Video ausgeliehen. Das wir dann gar nicht angeguckt haben. Wir saßen auf dem Bettsofa in ihrem kleinen Zimmer, mampften Klitschkuchen und redeten.

Malin: «Thea und Lina, erzählt doch mal, wie es ist, eine feste Beziehung zu haben!»

Thea: «Mir und Lillis geht es super. Da stimmt einfach alles. Ohne dass wir alles ausdiskutieren müssen.»

M: «Und wie ist es bei dir und Danne?»

Ich: «Wenn ich ehrlich sein soll – ich hab vor, Schluss zu machen.»

M, T und C: «WAS?»

I: «Ja … Ich bin nicht in Danne verliebt. Kein bisschen.»

T: «Halt mal?! Lillis sagt, euch ginge es supergut und ihr wärt das Traumpaar!»

I: «Ach, sagt Lillis das? Kann schon sein, dass Danne das denkt, mit ziemlicher Sicherheit sogar. Er scheint richtig in mich verknallt zu sein. Trotzdem. Ich muss Schluss machen.»

C: «Wieso? Bis du in einen anderen verliebt?»

I: «Nein, ich bin einfach nicht in ihn verliebt. Manchmal … manchmal ekele ich mich fast vor ihm.»

T: «Wann? Wenn ihr Sex habt?»

I: «Ja, dann auch. Wir reden so gut wie nie miteinander. Worüber redest du mit Lillis?»

T: «Puh, über alles Mögliche. Über … ach, ist doch egal. Was meinst du überhaupt mit reden? Man redet doch die ganze Zeit!? Über die Schule, die Eltern, Freunde, Sex …»

I: «Aber hast du das Gefühl, dass du Lillis kennst? Dass du wirklich weißt, was er denkt und so? Und bist du immer ehrlich zu ihm?»

T: «Hihi … Ich weiß schon, woran er die ganze Zeit denkt, aber was ich denke, weiß er wahrscheinlich nicht so genau.»

M: «Wieso?»

T: «Weil ich ihm nicht immer die Wahrheit sage. Seid ihr immer ehrlich?»

C: «Ja, warum sollte ich lügen? Was meinst du genau?»

T: «Na ja, beim Sex, zum Beispiel. Klar, es ist schön und

so, aber ich habe keinen Orgasmus mit ihm zusammen. Aber er glaubt das.»

C: «Echt? Täuschst du einen vor?»

T: «Ja! Macht ihr das nicht?»

C: «Nein, das würde ich niemals tun. Was für eine Verschwendung. Wenn ich mit einem Jungen so weit komme, möchte ich doch auch was davon haben. Man muss doch nur zeigen, wie man es haben will. So mache ich das jedenfalls. Und bisher hat sich noch niemand darüber beschwert!»

I: «Und wie zeigst du das? Das ist doch saupeinlich.»

C: «Na ja, zeigen eben. Mensch, Mädels, ihr habt euch doch wohl schon mal selbst befummelt! Und dann zeigt ihr ihm halt, wie er euch befummeln soll! Nehmt einfach seine Hand und zeigt es ihm. Feiglinge!»

T: «Das könnte ich nicht. Da käme ich mir saublöd vor. Okay, ich weiß, was mir gefällt, aber es jemand anderem zu zeigen … Nee, ganz bestimmt nicht!»

M: «Ich zeige auch, wie ich es haben will. Aber mehr so, dass ich mit dem Körper signalisiere, wenn ich etwas schön finde. Und wenn ich was nicht mag, liege ich da wie ein toter Fisch. Wie ist es bei dir, Lina? Wie machst du es mit Danne?»

I: «Oje. Ich weiß nicht. Ich gebe, glaube ich, keine speziellen Signale. Ich finde es weder schön noch schlimm. Höchstens okay.»

C: «Aber du weißt doch, wie du es gerne hättest?»

I: «Ich bin nicht sicher.»

C: «Wie bitte? Hast du dich noch nie selbst gestreichelt oder dich selbst befriedigt?»

I: «Nein, habe ich nicht.»

C: «Mein Gott, wie hältst du das bloß aus?»

I: «Wieso, ich bin doch wohl nicht die Einzige.»

C: «Nein, offensichtlich nicht! Verflixt, Lina, du solltest gleich heute Abend anfangen zu üben. Es gibt keinen besseren Zeitvertreib! Ich streichele mich immer vorm Einschlafen.»

I: «Echt??»

C: «Ja, klar!!! Aber wenn ich einen Freund hätte, würde ich das gern ihm überlassen!»

I: «O nein, bloß nicht!»

T: «Ich streichele mich auch manchmal selber. Aber da kommt nie was bei raus. Es kribbelt ein bisschen, aber irgendwann wird es langweilig.»

C: «Langweilig? Dann machst du irgendwas falsch! Oder du bist nicht geil. Vielleicht musst du dich einfach ein bisschen entspannen! Denk an irgendwelche schönen, unanständigen Sachen. Ich stelle mir immer vor, wie ich Jungs, die ich im richtigen Leben niemals kriegen würde, rumkriege und verführe. Zum Beispiel den schönen Rafael aus der 9f, mit dem mache ich richtig schmutzige Dinge. Ich stelle mir vor, dass wir es hier in der Schule treiben oder irgendwo im Freien. Ich male es mir aus, streichele mich, und dann kommt es mir. Ganz einfach. Ich verstehe gar nicht, wie ihr euch das bisher entgehen lassen konntet! Das ist doch echt ungerecht, dass ausgerechnet zwei frigide Bräute wie ihr unter der Haube seid. Eigentlich hätten Malin und ich es verdient, richtig durchzustarten.»

M: «Aber echt. Das Leben ist ungerecht.»

T: «Ich finde es trotzdem schön mit Lillis, nicht, dass ihr da was in den falschen Hals kriegt. Ich habe eben nur einfach keinen Orgasmus beim Sex. Aber deswegen kann es doch trotzdem schön sein. Ich schlafe mit ihm, weil ich es mag. Sag doch mal was, Lina?»

I: «Ähm.»

C: «Wir kommen etwas vom Thema ab. Lina hat gesagt, dass sie mit Danne Schluss machen will! Weiß er schon, was ihn erwartet? Oder glaubt er immer noch, ihr wärt das glücklichste Paar der Welt?»

I: «Ich glaube nicht, dass er was ahnt. Aber ich weiß nicht, wie ich es ihm sagen soll! Das ist ganz schön kompliziert. Und haut ihn bestimmt um.»

T: «Da muss er durch. Du kannst es ihm ja auf nette Art sagen. Dass du ihn magst und echt lieb findest, aber dass du im Moment ein bisschen Abstand brauchst.»

C: «O Mann, so eine pathetische Scheiße! Ich krieg das Kotzen! Mach einfach Schluss mit ihm. Sag, wie es ist. Ich bin nicht in dich verliebt, danke und tschüs. Sei ehrlich, damit er sich keine Hoffnungen mehr macht. Klar tut das weh, aber das geht auch wieder vorbei. Das ist wie mit einem Pflaster. Man muss das Ding mit einem Ruck abreißen. Nicht lange rumpulen, dann tut es nur weh.»

M: «Caro, the poet!»

C: «Meinetwegen, aber das ist die beste Art! So hab ich es mit Paolo gemacht. Okay, er hat geheult wie ein Schlosshund, aber nicht ewig. Und er hat begriffen, dass es keinen Sinn mehr machte.»

I: «Lässt sich das auch ohne Tränen über die Bühne bringen? Ich glaube, das könnte ich sonst nicht ertragen.»

T: «Sag ihm, dass du eine Pause brauchst oder dass du lernen musst oder was weiß ich. Wenn du dann nach der Pause Schluss machst, hat er sich vielleicht schon dran gewöhnt.»

C: «Buuuuuh! Das ist feige!»

I: «Ich bring das nicht. Könnt ihr das nicht für mich erledigen?»

M: «Warum hast du es eigentlich so eilig? Bleib doch noch ein bisschen mit ihm zusammen und warte ab, wie es sich entwickelt.»

C: «Lina ist in einen anderen verliebt. Garantiert!»

I: «Nein, bin ich nicht.»

C: «Warum dann diese Eile?»

I: «Weil ich mir mies vorkomme.»

T: «Darf ich Lillis erzählen, dass du nicht in Danne verliebt bist?»

I: «Auf keinen Fall!!! Wehe! Das würde es nur noch komplizierter machen, wenn Danne es über Lillis erfährt.»

C: «Egal, wie du dich entscheidest: kein Abschiedsfick, nachdem du Schluss gemacht hast! Das macht es nur schlimmer!»

14. Januar

Noch immer kein Ivar in der Schule. Wo, zum Teufel, steckt er? Ich vermisse ihn schrecklich. Unglaublich. Wenn jetzt sein Wuschelkopf bei den Schränken auftaucht, wäre mein Tag gerettet! Warum bin ich so blöd und steigere mich da rein, dass Ivar der tollste Typ auf der Welt ist? Vielleicht ist er ja ein Arsch, der Mädchen schlägt, alte Frauen vergewaltigt und Drogen an Kinder verkauft?

Quatsch mit Soße. Er ist toll. Davon konnte ich mich schließlich selbst schon überzeugen. Aber wo ist er?

15. Januar

Was, wenn er weggezogen ist? Oder sie Krebs bei ihm diagnostiziert haben? Womöglich liegt er im Krankenhaus und kämpft um sein Leben. Vielleicht ist er längst tot! Weihnachten haben sie einen Tumor in seiner linken Gehirnhälfte entdeckt, danach ging alles ganz schnell. Chemotherapie und Operation konnten ihn nicht mehr retten, der Krebs war schon zu weit fortgeschritten. Und jetzt sitzen seine Eltern auf dem Designer-Hausboot und heulen sich die Augen aus dem Kopf. O Mann, gleich fang ich auch an zu heulen. Höchste Zeit, dass er sich wieder blicken lässt!

NEIN. SCHLUSS JETZT
MIT DER SELBSTQUÄLEREI.
WAHRSCHEINLICH HAT ER
NUR HALSSCHMERZEN
(ODER EINE ANDERE
TÖDLICHE KRANKHEIT ...)

16. Januar

Jippie! Er lebt! Ich weiß jetzt, wo Ivar ist! Ich habe ein Gespräch zwischen meinem Musiklehrer und einer seiner Kolleginnen belauscht. Ivar ist mit seinem Adamschor auf Tournee. In Estland. Das ist so eine Art Austausch. Der schwedische Chor singt in Estland, dafür kommt der estländische Chor nach Schweden.

Er lebt! Er singt! Er ist auf Tournee. Okay, eine Chortournee ist keine coole Poptournee, aber trotzdem. Ich sehe ihn vor mir, wie er den Kopf hebt, andächtig die Augen schließt und tief Luft holt. Wie er mit einer Karte in der Hand alle möglichen Städte erkundet und sich jede Menge Kirchen und Sehenswürdigkeiten ansieht. Wie er …

Danne hat gestern angerufen. Wir haben uns für Freitag bei ihm zu Hause verabredet. Nur er und ich. Danne geht davon aus, dass wir uns treffen und Sex haben. Und mit diesen dämlichen Badekugeln baden.

Dabei will ich Schluss machen. Genauer gesagt, ich werde Schluss machen! Ich darf jetzt nicht kneifen.

Am Freitag mache ich Schluss mit Danne, komme, was wolle. Ab Samstag bin ich frei. So soll es sein. So muss es sein!

18. Januar

Ich hab darüber nachgedacht, was Caro gesagt hat. Übers Onanieren. Das ist echt ein schreckliches Wort, aber mir fällt auch nichts Besseres ein. Rubbeln, masturbieren, sich befriedigen, wichsen? Wenn Caro darüber redet, klingt es so locker und entspannt.

Ich habe es neulich Abend mal probiert. Nur ein bisschen. Ich lag auf meinem Bett und sah mir zum tausendsten Mal Ivars Bild an, das in meinem Abendbuch klebt. Seinen ruhigen, festen Blick. Die Hände auf seinen Knien. Er hat große Hände. Schlanke Finger. Schöne Hände. Und sein Mund. Seine kräftigen Lippen! Es muss ein irres Gefühl sein, sie zu küssen. Ich begann zu phantasieren, wie das wäre. Ivar zu küssen. Von seinen weichen Lippen aufgesaugt zu werden. Seine Zunge zu spüren. Seine Hände.

Ein wenig unentschlossen schob ich die Hand in meinen Slip. Stellte mir vor, es wäre Ivars Hand, die mich streichelte. Ich konzentrierte mich, mir nicht vorzustellen, wie ich mit der Hand in der Unterhose aussah, sondern mir Ivar und mich in einem Hotelzimmer in Estland zu denken, in einem schmalen Bett mit zerwühlten Laken. Seine Hand zwischen meinen Beinen, seine Zunge in meinem Mund. Meine Beine um seine Taille geschlungen. Sein Körper fest gegen meinen gepresst. Ich wurde feucht. Ich werde sonst nie feucht, aber jetzt war ich es. Seine Finger auf mir, in mir. Auf der Suche nach dem Knopf. Und Ivar wurde fündig. Und als er dort vorsichtig anfing zu streicheln, strahlte das Kribbeln in meine Oberschenkel aus. Über die Oberschenkel bis in ... die feuchte Grotte. Dort, genau dort. Das Kribbeln wurde stärker. Mehr davon. Es war kaum noch zu ertragen. Mehr Druck. Ein Finger in mir und einer auf dem Knopf. Die Muskeln um den Finger in mir zogen sich zusammen. Ich glühte. So fühlte sich das also an! Bloß nicht aufhören.

Es tat einen Schlag. Ich öffnete die Augen und stellte fest, dass ich mich keineswegs in einem Hotelzimmer in Estland befand. Und auch nicht Ivars Finger in mir war. Ich lag auf meinem hässlichen Bett mit meinen eigenen zittrigen Fingern in der Jeans. Und vor meiner Tür brüllte sich mein kleiner Bruder die Lunge aus dem Hals. Ihm war was runtergefallen, wahrscheinlich die Legokiste. Mama schrie, er brüllte, und mir war schlagartig schrecklich peinlich, was ich da tat. Ich weiß eigentlich gar nicht, warum. Aber ich kam mir blöd vor. Fühlte mich ertappt. Doch ein bisschen stolz war ich ehrlich gesagt auch! Es hatte gekribbelt! Vielleicht konnte ich es ja doch! Vielleicht war doch nichts verkehrt mit mir. Vielleicht wäre ja sogar was passiert, wenn ich weitergemacht hätte. Vielleicht hätte ich ja einen Orgasmus gekriegt? Eigentlich war ich ganz froh, dass es nicht geklappt hatte. Weiß ich denn, was mit einem passiert, wenn man seinen ersten Orgasmus hat? Womöglich hätte ich laut geschrien und meine neugierige Familie vor meine Tür gelockt. (Oder in mein Zimmer – Horror!) Oder ich wäre ohnmächtig geworden oder hätte mir in die Hose gepinkelt. Ich muss das ganz in Ruhe angehen und es ein andermal probieren, wenn ich allein zu Hause bin und es nichts ausmacht, wenn ich austicke.

20. Januar

Ivar ist wieder in der Schule. Wir haben uns gegrüßt, mehr nicht. Ich bin knallrot geworden, weil ich plötzlich das Gefühl hatte, man sähe es mir an, dass ich mich auf einem Hotelbett mit ihm gewälzt hatte. Wenn auch nur in meinen Träumen. Ich musste mir immer wieder in Erinnerung rufen, dass er das unmöglich wissen konnte!

Ich freute mich riesig, ihn zu sehen. Er sah aus wie vor

... IVAR ...
(ICH WEISS, ES IST EINE TODSÜNDE, IN EINEM NEUEN KATALOG RUMZUSCHNIPPELN, ABER AUF DER RÜCKSEITE WAREN NUR EIN PAAR KLEINE SCHEISSER AUS DER SIEBTEN.)

den Weihnachtsferien, außer dass seine Haare vielleicht ein bisschen länger waren. Wunderbar, so ist er noch leichter zu erkennen.

Ich hätte ihn zu gerne gefragt, wie es in Estland war. Aber dafür kennen wir uns zu wenig. Und wenn ich zugebe, dass ich von seiner Chortournee nach Estland weiß, kann ich ihm genauso gut gleich auf die Nase binden, dass ich in ihn verschossen bin. Und dann bildet er sich noch was darauf ein …

Hilfe, Notbremse. SCHLUSS JETZT, LINA! Genau das willst du doch. Ihm sagen, dass du ihn magst. Ob er sich was darauf einbildet oder nicht, ist doch scheißegal. Aber wann soll ich es ihm sagen? Wir gehen nicht auf die gleichen Partys; wir haben keine gemeinsamen Freunde, bei denen wir uns zufällig über den Weg laufen könnten; wir sehen uns quasi nur in den Pausen. Aber hier in der Schule – stocknüchtern, am helllichten Tag und vor allen anderen – würde ich lieber sterben, als Ivar zu gestehen, wie sehr ich ihn mag. Da lebe ich doch lieber bis ans Ende meiner Tage mit der Ungewissheit, was für Gefühle er wohl für mich hegt. Oder doch nicht? Wie wäre es bei der Schulabschlussfeier? Danach muss ich ihm und keinem der anderen jemals mehr unter die Augen treten. Ach Mist, dabei fällt mir ein, dass ich den Vertrauenslehrer fragen wollte, wo ich mich bewerben muss, wenn ich Tierärztin werden will.

Nicht vergessen!

1. Mit Danne Schluss machen.

2. Mich um die Veterinärausbildung kümmern.
3. Ivar meine innersten Gefühle gestehen.
4. Bei nächster Gelegenheit allein zu Hause probieren, ob ich einen Orgasmus kriegen kann.

Was für eine frustrierende Liste. Der einzige reizvolle Punkt scheint mir im Moment die Nummer vier.

21. Januar

Heute Abend ist der Abend. Heute Abend gehe ich zu Danne. Ich darf jetzt nicht kneifen.

Caro hat mir Mut gemacht. In der Mittagspause hatten wir ein langes Gespräch.

Caro: «Du musst ihm von Anfang an signalisieren, dass es ernst ist.»

Ich: «Und wie soll ich ihm das signalisieren?»

C: «Na, du weißt schon. Ihn nicht glücklich anlächeln, wenn er die Tür aufmacht, oder umarmen, sondern gleich damit rausrücken, dass du mit ihm reden musst. Dann weiß er wenigstens schon mal, dass aus den Badekugeln nichts wird und dass es ernst ist.»

I: «Aber das geht doch nicht, wir haben uns ewig nicht gesehen. Das ist doch fies.»

C: «Ja und? Schlussmachen ist immer fies. Und besonders, wenn es das erste Mal ist, wie bei dir. Ach was, es ist jedes Mal gleich anstrengend.»

I: «Und was mache ich als Nächstes, nachdem ich ihn sauer angeguckt und ihm gesagt habe, dass wir reden müssen?»

C: «Dann sagst du es ihm!»

I: «Nachdem ich reingegangen bin und mir die Schuhe ausgezogen habe?»

C: «Ja, geh rein. Zieh deine Jacke aus und setz dich mit ihm in die Küche. Die Küche ist ein guter Platz zum Schlussmachen! Da ist die Gefahr nicht so groß, dass ihr anfangt rumzuknutschen.»

I: «Also gut. Wir sitzen also in der Küche. Ich sehe sauer aus, und Danne sieht mich fragend an, es ist alles schrecklich anstrengend, und dann … sage ich es einfach?»

C: «Yes! *Ich will Schluss machen.* Keine Umwege. Keine Ausflüchte. *Du bist echt nett, aber sorry, ich bin nicht in dich verliebt, wir können nicht länger zusammen sein. Danke und tschüs.*»

I: «Und wenn er anfängt zu heulen?»

C: «Danne und heulen? Das glaube ich nicht. Der wird eher wütend und sagt dir, dass du dich zum Teufel scheren kannst.»

I: «Ich weiß nicht … Aber was ist, wenn er doch anfängt zu weinen?»

Caro und ich betraten den Speisesaal. Es gab Frikadellen und Kartoffelbrei. Ganz hinten in der Ecke saß Ivar. Mit dem Mädchen aus seiner Klasse. Sie hatten die Köpfe zusammengesteckt und unterhielten sich angeregt. Ivar sah ernst aus. Das Mädchen auch ein bisschen. Worüber sie wohl sprachen?

Ich war gespannt, wie der Abend ausgehen würde. Wird schon klappen! Ich schaffe das! Morgen früh wache ich als freier Mensch auf! Frei, frei, frei!

27. Januar

Alles Scheiße! Ich kann nicht mehr. Ich kann nichts schreiben. Weiß nicht, wie ich es zur Schule schaffen soll. Ich will nicht darüber nachdenken. Um mich herum ist alles ein einziger schwarzer Höllenwirrwarr.

28. Januar

Ist es so, wenn man ganz unten angekommen ist? Als wäre man mit Betongewichten an den Füßen in ein Eisloch geschubst worden? Ich stehe auf dem eiskalten, todbringenden Meeresgrund, Betonklötze an den Füßen, luftleere Lungen, und da ist niemand weit und breit, der mir helfen könnte. Ich fühle mich so hilflos. Keiner kann mir helfen. Ich bin verloren.

Mama fragt mir Löcher in den Bauch. Was mit mir los sei? Ob ich nicht runterkommen und was essen wolle?

HATTE KEINE SCHWÄRZERE FARBE.
ABER SO SIEHT ES GERADE IN
MEINER SEELE AUS, WENN
NICHT NOCH SCHWÄRZER.

Ob ich nicht den Krimi sehen mag? Ob ich nicht erzählen möchte, was passiert ist?

Caro, Malin und Thea liegen mir ebenfalls in den Ohren. Aber ich kann nicht mit ihnen reden. Nicht jetzt. Noch nicht. Vorher muss ich noch rauskriegen, wie tief ich im Morast stecke. Vielleicht geht es ja noch weiter abwärts. Vielleicht wäre es das Beste, ich würde sterben. Nein! Ich will nicht sterben. Aber so weiterleben kann ich auch nicht. Nein. Definitiv nicht.

1. Februar

So war der Abend, an dem ich mit Danne Schluss machen wollte:

Zuerst überlegte ich mir, mich so hässlich zurechtzumachen, dass ihm jede Lust verging, mit mir baden zu wollen. Alte Sportklamotten, ungeschminkt, nach Schweiß stinkend. Aber das brachte ich dann doch nicht über mich. Stattdessen gab ich mir extra Mühe, keine Ahnung, warum. Vielleicht, weil ich wollte, dass er mich als das tollste und hübscheste Mädchen der Welt in Erinnerung behielt. Wie widersprüchlich kann man eigentlich sein? Einerseits ertrug ich den Gedanken nicht, ihn traurig zu machen, andererseits wollte ich einen möglichst starken Eindruck hinterlassen. Mit anderen Worten: Ich duschte, schminkte mich sorgfältig, cremte mich ein, zog eine enge Jeans an und einen kurzen Stretchpulli. Das Haar trug ich offen. Das aber war eher dazu geeignet, jemanden zu verführen, als abzuservieren. Wie ich es ja eigentlich vorhatte.

Ich hatte mir einen genauen Plan zurechtgelegt, wie

ich vorgehen wollte. Schuhe ausziehen, in die Küche setzen, Schluss machen, eine kurze Umarmung und ab nach Hause. Nicht mehr und nicht weniger.

Als ich den Klingelknopf drückte, zitterte ich am ganzen Leib. Mein Herz hämmerte so heftig, dass ich die Hand darauf legen musste, um es zu beruhigen. Mir brach der Schweiß unter den Armen aus, und ich spürte, wie Tropfen das Rückgrat hinunterliefen.

Ich war drauf und dran, das Ganze abzubrechen, einfach abzuhauen und telefonisch Schluss zu machen, als Danne die Tür aufmachte.

Mir war augenblicklich klar, dass irgendwas nicht stimmte. Er sah anders aus als sonst. Komplett anders. Wir standen voreinander und starrten uns an. Danne verzog keine Miene. Und ich grinste wie ein Schaf.

Danne: «Komm schon rein.»

Ich: «Danke.» (Danke!? Nein danke wäre wohl passender gewesen.)

D: «Was willst du?»

Jetzt verstand ich gar nichts mehr. Was hatte Caro über Badekugeln gesagt? Und Umarmungen? Es war alles auf den Kopf gestellt. Es machte mich nervös, dass ich nicht wusste, was hier abging. Alles lief falsch. Und nichts wie geplant.

I: «Was ich will? Was soll ich schon wollen? Wir sind heute verabredet, schon vergessen?» (O Mann, wie konnte ich mir eine derartige Gelegenheit entgehen lassen, diese einzigartige Chance, ohne Umschweife zu sagen, was mir auf dem Herzen lag, wo die Stimmung sowieso schon im Keller war.)

D: «Lina, ich bin kein Idiot. Ich habe Augen und Ohren. Und ich habe Freunde.»

I: «Aha. Wie schön für dich.»

D: «Ja, das kann mal wohl sagen.»

I: «Aha.»

D: «Verdammt nochmal! Fuck! Jetzt sag es schon! Sag es!»

I: «Was?»

D: «Dass du Schluss machen willst! Ich weiß, dass du deswegen hier bist.»

I: «Woher willst du das wissen?»

D: «Thea hat es Lillis erzählt und Lillis mir. Was fällt dir eigentlich ein, mit anderen darüber zu reden, bevor du mir was sagst? Ich fühle mich echt verarscht, wie der letzte Idiot, weil meine Freundin es allen anderen erzählt, nur mir nicht, dass sie Schluss machen will.»

I: «Aber ich will doch gar nicht Schluss machen. Das hab ich nie gesagt!»

D: «Hör schon auf, das hast du wohl!»

I: «Nein, ich schwöre es! Thea denkt sich ständig irgendwelche Skandalgeschichten aus. Ihr und Lillis scheint der Gesprächsstoff ausgegangen zu sein, und dann erfindet sie eben was. Typisch Thea!»

D: «Ich weiß nicht, was hier typisch für wen ist. Ich kapier gar nichts mehr! Willst du jetzt Schluss machen oder nicht? Dann sag es! Sag es mir ins Gesicht! Hältst du mich für einen Waschlappen? Glaubst du, ich breche deswegen zusammen? Denkst du, du wärst die einzige Braut auf der Welt? Antwort: Nein, bist du nicht. Es gibt zwei Milliarden Mädchen. Und du bist eine von ihnen. Eine!»

I: «Ja, zwei kann ich ja wohl auch schlecht sein.»

D: «Haha, sehr komisch.»

Wir standen noch immer im Vorflur. Ich hatte meine Schuhe noch an. Ich saß nicht in der Küche. Ich hatte nicht Schluss gemacht. Das war alles so verwirrend. Dass Danne so aufgewühlt war, machte es so kompliziert. Dabei hätte es ganz einfach sein können, er spielte mir einen Ball nach dem anderen zu. So viele geschenkte Torchancen, davon konnte man nur träumen. Aber mein Herz hämmerte, der Schweiß tropfte, das Hirn lief sich heiß, nichts funktionierte mehr. Kurzschluss. Danne war sauer. Ich wollte nicht. Wollte nicht Schluss machen. Wollte nicht, dass alles beim Alten blieb. Ich wollte gar nichts. Wollte nur meine Flügel ausbreiten und davonfliegen.

D: «Los, jetzt sag schon. Willst du mit mir zusammen sein, oder willst du Schluss machen?»

I: «...»

D: «Verflixt, jetzt sag schon was!»

I: «Schluss machen ...»

D: «Gerade hast du doch noch gesagt, dass du nicht Schluss machen willst!»

I: «...»

D: «Was willst du eigentlich? Würdest du dich bitte mal

entscheiden, verdammt nochmal. Zusammen sein oder Schluss machen?»

I: «…»

Da kamen mir die Tränen. Mir, nicht Danne. Es brach einfach aus mir heraus. Ich begann zu heulen wie ein Schlosshund. Keine versteckten Tränen, sondern ein Wasserfall, ungebremste Schneeschmelze. Meine Lippen zitterten, die Tränen liefen, mein Körper bebte. Danne hörte augenblicklich auf, mich anzuschreien. Ich nahm ihn durch meinen Tränenschleier nur verschwommen wahr. Er weinte auch. Keine Schneeschmelze, glitzernde Schneekristalle, die über seine Wangen liefen. Jungs dürfen nicht weinen. Das verkraften wir Mädchen nicht. Danne, den großen, coolen Danne mit verheulten Augen und verschnupfter Nase zu sehen, das war zu viel für mich. Ich warf mich in seine Arme. Ich küsste ihn. Nein, ich wollte nicht mehr Schluss machen. Ich hatte nur noch einen Wunsch: mit Danne zusammen zu sein. Für immer. In diesem Moment. Ich küsste ihm die Tränen weg. Ich wollte. Wollte ihn! Wir küssten uns. Die Küsse schmeckten nach Salz. Meine feuchte Wange an seiner. Schwerer Atem. Mehr Tränen. Zungen. Hände. Weg mit der Jacke. Weg mit den Schuhen. Weg mit Pulli, Jeans, Kapuzenshirt, Strümpfen, Unterhose und Slip. Weg mit allem. Nackt im Flur. Ich wollte! Ich wollte Danne. Wir lachten. Keine Tränen mehr. Ich war feucht. Nein, ich war tropfnass! Die Kondome waren in Dannes Zimmer. Sollte er sie holen? Nein, scheiß drauf! Ich wollte ihn jetzt! Sollte er sie nicht doch lieber holen? Nicht jetzt! Wenn er jetzt ging, fingen wir an zu frieren, und der magische Augenblick wäre verflogen. Er versprach, ihn rechtzeitig rauszuziehen, das hätte er schon häufiger gemacht. Versprochen. Ja, gut. Gut! Rechtzeitig rausziehen. Gut.

Es tat gar nicht weh, als er in mich eindrang. Sein Schwanz glitt einfach in mich rein. Er fühlte sich zwar hart an, sehr hart, aber es tat nicht weh. Der Flurteppich scheuerte an meinem Rücken. Danne schwitzte auf meinem Bauch. Er schob sich noch ein Stück tiefer in mich hinein. Es tat immer noch nicht weh. Meine Muschi schloss sich weich um seinen Schwanz. Ich presste mich an ihn. Danne bohrte seinen Kopf in meine Halsbeuge, sagte etwas. Ich konnte nicht verstehen, was er sagte.

D: «Ich muss raus. Ich komme. Ich muss … Jetzt!»

Danne wälzte sich hektisch von mir runter. Und ich merkte, wie etwas Warmes aus mir rausfloss. Kam das von mir? Oder war das …? Danne sah mich an. Mit roten, glasigen Augen.

D: «Scheiße!»

I: «Wieso Scheiße?»

D: «Verdammter Mist.»

I: «Was ist los?»

D: «Ich hatte es die ganze Zeit unter Kontrolle. Aber dann, als ich ihn rausziehen wollte, war es so schön, und als ich ihn dann rausgezogen habe …»

I: «Was war da?»

D: «Ist es mir gekommen … Aber ich bin ziemlich sicher, dass ich nicht in dir abgespritzt habe! Das war erst draußen … glaube ich.»

I: «Was jetzt, draußen oder drinnen?»

D. «Genau davor, glaube ich.»

I: «Was heißt das!? Und wenn was in mir drin ist? Was dann?»

D: «Das glaube ich nicht.»

Ich fühlte mit der Hand nach. Es war völlig schmierig. Genau um meine Öffnung herum. Und das war nicht meine Schmiere. Das war Dannes. Wir hatten in Sexualkunde gelernt, dass Spermien alles tun, um zu einer Eizelle zu gelangen. Wenn es sein muss, schaffen sie es sogar von den Kniekehlen bis zu den Eileitern. Sie überleben mehrere Tage, wenn sie eine Eizelle wittern, und sie haben nur eins im Sinn: Kinder zu zeugen. Und in diesem Moment schwammen Dannes Spermien in mir herum. Auf der Suche nach einem verdammten Scheißei. Panik. Nein, eher Lähmung. Ich saß da. Nackt. Auf dem Boden von Dannes Flur. Ich nahm Danne überhaupt nicht mehr wahr, sah nur noch Spermien vor mir, Heerscharen von Spermien, die meinen Körper überschwemmten. Ich sah mich mit einem verflixten Blag zu Hause hocken. Sah mich in einer Fernsehshow über minderjährige Mütter. Und ich sah mich selbst bei einer Abtreibung. Blut. Spermien. Noch mehr Blut. Baby. Minderjährige Mutter. Mutter von Dannes Kind. Ihn lieben in guten wie in schlechten Zeiten. Danne hatte gesagt, er wollte ihn rausziehen. Das hatte er gesagt. Er saß am Kontrollhebel. Er hatte das schon häufiger getan, der verlässliche Danne, und bisher noch keinem Mädchen ein Kind gemacht. Nichts ist mehr, wie es war. Jetzt ist jetzt. In diesem Moment schwammen Dannes Spermien in mir rum.

Ich sah, dass Danne mit mir redete. Sein Mund bewegte sich. Aber ich hörte nichts. Er kniete nackt vor mir. Warum hatte ich nochmal mit ihm geschlafen? Wie konnte ich bloß auf seine Tränen reinfallen? Warum, um alles in der Welt, saß ich nackt in seinem Flur, während seine Spermien in meinem Innern herumschwappten? Das war das Letzte, was ich gewollt hatte.

D: «Das kommt schon wieder in Ordnung. Das ist halb so schlimm, versprochen.»

Versprochen. Danne versprach etwas. Danne kann mich mal. Danne hält nicht, was er verspricht. Er wollte ihn rechtzeitig rausziehen, das hatte er auch versprochen.

Danne versuchte es mit Streicheln, Umarmen. Aber ich wollte nur noch nach Hause. Weg von hier. Weg von ihm. Ich konnte noch immer nicht hören, was Danne sagte, der Ton kam irgendwie mit zeitlicher Verzögerung über seine Lippen und drang nicht zu mir durch.

I: «Es ist Schluss.»

D: «Was?»

I: «ES IST SCHLUSS!»

D: «Lina, beruhig dich doch. Überleg doch mal …»

I: «Was soll ich mir überlegen? Du solltest nur an eine

einzige Sache denken, und das hast du verbockt. Aber mir ist wieder eingefallen, wieso ich dich heute Abend treffen wollte. Ich bin gekommen, um mit dir Schluss zu machen. Danne und Lina, das war einmal. Vergiss dein ‹Ich zieh ihn auch rechtzeitig raus›. Das war's. Nie wieder. Du hast alles kaputtgemacht!»

Im Slip und mit Strümpfen lief ich durch den Flur und raffte meine Kleider zusammen. Dannes Mund bewegte sich. Aber ich hörte nichts. Wollte nichts hören. Er hatte wieder angefangen zu heulen. Aber seine Tränen waren mir egal. Ich hatte schon genug mit seinen anderen Körperflüssigkeiten zu kämpfen. Die Jeans verhedderte sich, und ich zog den Pulli falsch rum an. Egal. Mein Slip war feucht, und es fühlte sich klebrig und schmierig an zwischen meinen Beinen. Ich fror.

Und dann ging ich. Ohne ein Wort. Die Treppe runter. An die frische Luft. Ich atmete tief ein. Es sah alles aus wie immer. Eigenartig. Wo doch nichts mehr war wie vorher. Ich lief los. Der Weg nach Hause war weit. Durch das Hochhausviertel und das Zentrum, über die Dalbobrücke, vorbei an den Einfamilienhäusern und Villen. Erst danach kamen die Reihenhäuser. Aber ich wollte zu Fuß gehen. Schnell gehen. Meine Beine bewegten sich wie von selbst. Es war kalt. Für einen langen Spaziergang war ich nicht passend angezogen. Aber ich hatte nichts dagegen zu frieren. Ab mit dem Halstuch und Jacke auf. Abkühlen. Die Spermien einfrieren. Abtöten. In der Mitte der Dalbobrücke blieb ich stehen und ließ den Blick schweifen. Über den Hafen mit den Hebekränen und den Holzhandel. Über die Segelboote in ihren Kunststoffhüllen und die Straßenlaternen. Über den sternenübersäten Himmel.

Ich ertappte mich dabei, wie ich still vor mich hin betete: «Lieber Gott. Wenn es dich gibt, wenn es dich wirklich gibt, dann hör mich an. Ich weiß, ich bete sonst nie zu dir. Ich glaube eigentlich nicht an dich und habe mich nie sonderlich um dich geschert. Aber wenn du mir hilfst, verspreche ich, ab sofort an dich zu glauben. Und ich werde auch häufiger beten! Und mich bessern! Wenn du dafür sorgst, dass ich nicht schwanger bin. Dafür wäre ich dir ewig dankbar. Lieber Gott! Bitte, hilf mir!»

Ich betete eigentlich nie zu Gott. Vor einer Klausur, vielleicht, aber das war nie wirklich ernst gemeint. Jetzt war es mir sehr ernst. Das war sozusagen meine letzte Chance. Wenn es Gott tatsächlich gab, dann war er hoffentlich gerade dort auf der Dalbobrücke, genau in dem Augenblick, an jenem kalten Abend. Ich war ziemlich sicher. Ich weiß nicht, wie lange ich noch dort stehen blieb und in den Himmel schaute. Den kohlrabenschwarzen Himmel. Als ich aufbrach, war ich fast ein bisschen erleichtert. Aber je näher ich unserem Haus kam, desto elender fühlte ich mich wieder. Ich konnte nur noch heulen. Weil ich vielleicht schwanger war und weil ich mit Danne Schluss gemacht hatte. Ich heulte, weil ich mit ihm geschlafen hatte. Wie konnte das nur passieren?

Und warum bloß hatte Thea Lillis davon erzählt? Sie hatte doch versprochen, die Klappe zu halten.

Alle lassen sie mich im Stich. Verdammte Verräter. Dabei bin ich selber eine Verräterin. Danne ist auch ein Verräter. Aber Thea ist die größte Verräterin von allen.

4. Februar

Ich habe Thea, Caro und Malin immer noch nichts erzählt. Sie wissen, dass ich mit Danne Schluss gemacht habe, aber nicht, was passiert ist. Sie denken, ich hätte einen Durchhänger, weil wir uns getrennt haben, nicht, weil ich schwanger sein könnte.

Mit Thea werde ich noch abrechnen. Ich kriege schon eine Wut, wenn ich sie nur sehe. Ich möchte sie am liebsten schlagen. Sie tut so, als täte ich ihr leid, und scharwenzelt um mich herum. Dabei hat sie hinter meinem Rücken über mich geredet und lügt, dass sich die Balken biegen. Wenn sie vor mir steht und mich einschmeichelnd anlächelt, würde ich ihr am liebsten eine knallen. Sie ist ja so ein falsches Biest! Hätte sie nicht mit Lillis gesprochen, wäre das nicht passiert. Dann hätte ich mit Sicherheit nicht mit Danne geschlafen und müsste mich jetzt nicht fragen, was ich mit meinem verkorksten Leben machen soll. Bis jetzt konnte ich mich noch nicht aufraffen, sie mir vorzunehmen.

THEAS WAHRES GESICHT.
DIE TEUFELIN

Na, soll sie sich ruhig noch eine Weile in Sicherheit wiegen. Aber ich werde es ihr schon noch heimzahlen. Sie soll auf alle Fälle erfahren, dass ich Bescheid weiß und ihr nie wieder vertrauen werde. Nie mehr.

6. Februar

Was, wenn ich ein Kind bekomme? Vielleicht wächst es ja genau in diesem Moment ein Stückchen? Ein kleiner, unförmiger Geleeklumpen, der in neun Monaten zu einem kleinen Baby heranwächst. Ein Mensch. Das ist entsetzlich! Ich will noch kein Kind haben. Das ist das Letzte, was ich jetzt will. Aber Abtreibung als Alternative finde ich auch furchtbar. Nicht so sehr, weil da das Kind weggemacht wird, eher wegen der Narkose und all dem Blut. Und spätestens wenn ich ins Krankenhaus muss und die Ärzte die Einwilligung eines Erwachsenen brauchen, erfahren Mama und Papa es. Und bestimmt halten mich alle für ein Flittchen, das nicht aufpassen kann. Aber vielleicht ist eine Abtreibung ja gar nicht so schlimm. Und vielleicht macht mir ja niemand Vorwürfe. Die mache ich mir schon! Wie konnte ich bloß so dämlich sein!? Wie konnte ich bloß ohne Kondom mit Danne schlafen? Als ob ich nicht wüsste, wie Kinder entstehen, und das schon seit dem Kindergarten. Ich hatte noch nicht mal besonders Lust auf Sex gehabt, es war hauptsächlich, weil Danne mir leid getan hatte und ich für ein oder zwei Minuten einfach nur wollte, dass alles wieder gut war. Sex ist doch wertlos, und wenn ich tatsächlich schwanger bin, noch viel wertloser!!!

Danne ruft jeden Tag bei mir an. Oder er simst. Er macht sich Sorgen. Um mich. Nett, dass er an mich denkt, aber sorry, ich will nicht mehr an ihn denken. Ich will nichts mehr mit ihm zu tun haben. Es ist aus. Das erwähne ich zwar mit keiner Silbe, aber ich hoffe wirklich, dass er das ein für alle Mal begriffen hat. Er will wissen, wann ich normalerweise meine Tage habe, ob sie inzwischen gekommen sind oder ob ich immer noch warte.

Mein Gott, was weiß denn ich. Ich habe meine Tage ganz unregelmäßig, sie kommen und gehen, wann sie lustig sind. Wie soll ich da wissen, ob sie verspätet sind oder ob es einfach noch etwas dauert, bis sie kommen?

Bei einem der letzten Gespräche hat Danne was von der Pille danach gesagt. Das ist so eine Art vorsorgliche Abtreibung, egal, ob man schwanger ist oder nicht. Aber dafür ist es jetzt eh zu spät. Die muss man bis spätestens zwei Tage nach dem Geschlechtsverkehr genommen haben.

Ich hab solchen Schiss davor, wie Mama und Papa reagieren. Am liebsten würde ich mit Mama reden. Aber dann müsste ich ihr so viel anderes erklären, und das schaffe ich nicht. Wenn ich ihr doch einfach nur sagen könnte, dass ich nicht weiß, ob ich schwanger bin, und mir alle weiteren Fragen erspart blieben, das wäre gut. Wenn sie mich nur fest in den Arm nehmen und sagen würde, dass sie mir helfen will. Aber wie soll das möglich sein?

10. Februar

Immer noch keine Regel. Was soll ich bloß machen?

11. Februar

Hatte heute so ein Ziehen im Bauch. Bitte! Bitte, bitte, bitte, bitte!

13. Februar

Keine Schmerzen mehr. Keine Regel. Scheiße. Wahrscheinlich das Blag, was da drinnen rumort.

15. Februar

Gestern habe ich es Mama erzählt. Ich hab die Angst nicht mehr ausgehalten. Und es war gar nicht schlimm.

Wir saßen gemütlich auf dem Sofa und guckten eine Sendung über Gorillas. Papa und Alex waren beim Hockey. Wir zwei waren allein zu Hause. Da bekam ein Gorillaweibchen mitten zwischen ihren Artgenossen, die Blätter fressend um sie herum auf dem Boden hockten, ein Junges. Sie richtete sich auf, presste das Junge heraus und hüpfte mit dem Mutterkuchen in der Hand und dem Jungen auf dem Arm zwischen den Gorillas hin und her. Ein kleines, verschrumpeltes Gorillajunges mit Augen wie Pingpongbälle und blutverschmiertem Fell.

Da brachen bei mir alle Dämme. Mama stellte keine Fragen, sie sagte nichts. Sie machte wortlos Platz, damit ich in ihren Arm kriechen konnte. Wie ein kleines Kind. Mama hielt mich ganz fest. Ich hörte ihren Herzschlag durch den Pullover. Mama. Meine Mama. Keine Ahnung, wie lange ich so in ihrem Arm lag und weinte.

Mama: «Mein Schatz …»

Ich: «…»

M: «Geliebter Engel.»

I: «Ich glaube, ich bin schwanger.»

M: «?»

I: «Ich weiß es nicht genau … Aber es könnte sein, dass ich schwanger bin. Meine Regel ist verspätet, aber die ist eh unregelmäßig … darum bin ich mir nicht ganz sicher.»

M: «Von Danne?»

I: «Ja. Ich wollte eigentlich mit ihm Schluss machen, aber dann war es so … Ach Mist, es ist eben anders gelaufen, und jetzt bin ich womöglich schwanger.»

M: «Was sagt Danne dazu?»

I: «Das ist mir scheißegal. Er ist wahrscheinlich ziemlich down, nehme ich an. Aber wohl eher, weil Schluss ist, und nicht, weil ich schwanger sein könnte.»

M: «Warum hast du nicht eher was gesagt? Du hattest doch nicht etwa Angst, mit mir darüber zu reden? Weißt du, je eher man Sicherheit hat, desto besser. Zum Beispiel, falls man eine Abtreibung machen will. Käme das für dich in Frage, wenn du schwanger bist?»

I: «Ich weiß nicht, was ich will, außer dass ich das Ganze am liebsten ungeschehen machen würde.»

Und da musste ich schon wieder heulen. Mama hielt mich im Arm, diesmal etwas zärtlicher.

M: «Pass mal auf, Lina, ich mache dir einen Vorschlag. Ich fahre morgen bei der Apotheke vorbei und besorge einen Schwangerschaftstest. Und dann gucken wir, was mit dir ist. Damit du endlich Gewissheit hast! Na, die werden staunen, wenn eine alte Mutter von zwei Kindern einen Schwangerschaftstest kauft. Aber was soll's, Hauptsache, sie haben was, worüber sie sich das Maul zerreißen können.»

I: «Du musst versprechen, Papa nichts davon zu sagen. Auf keinen Fall.»

M: «Versprochen, mein Schatz.»

Ich legte meinen Kopf auf ihren Schoß. Mama streichelte mir übers Haar, und wir widmeten uns wieder den Blätter fressenden Gorillas. Ich fühlte mich unendlich erleichtert. Ich hatte Mama das Ruder übergeben, und sie würde uns sicher an Land bringen. Mama wird es schon richten. Ich bin acht Jahre, und meine Mama kümmert sich um mich. Was für ein wunderbares Gefühl.

Mama hat in meinem Zimmer übernachtet. Vorm Einschlafen haben wir noch ziemlich lange geredet. Sie hat mich im Arm gehalten, und ich schmiegte mich wie ein Tierjunges an ihren Körper. Wie eine Larve, die noch nicht bereit ist, ein Schmetterling zu werden.

16. Februar

Hab mir heute die Schule geschenkt und bin im Bett geblieben. Mama will in der Mittagspause mit dem Schwangerschaftstest nach Hause kommen. Sie hat sich den Nachmittag vorsorglich freigenommen, da wir ja nicht wissen, wie der Test ausfällt.

O Gott, bin ich nervös. Schrecklich aufgeregt. Ich kann an nichts anderes denken. Die Stunden schleichen dahin, und ein Albtraum jagt den anderen.

Bei dem Gedanken, dass ich von Danne schwanger bin, wird mir ganz schlecht. So schlecht, dass ich mich übergeben könnte, und dass ich mich übergeben möchte, macht mich wahnsinnig, weil das ja nur bedeuten kann, dass ich schwanger bin.

Wenn ich schwanger bin, muss ich eine Abtreibung machen. Mama hat versprochen, mich ins Krankenhaus zu begleiten. Sie wird mich nicht allein lassen, das hat sie versprochen. Sie will alle nötigen Telefonate führen und Termine machen, ich muss mich um nichts kümmern.

Sie kommt. Ich höre sie unten im Flur. Bald weiß ich es. Ich glaube, jetzt muss ich mich wirklich übergeben.

17. Februar

Ich habe mir einen Schwangerschaftstest viel aufwendiger vorgestellt. Aber das ist nur so ein Stab, auf den man pinkeln muss. Am Ende ist ein blauer Strich. Wenn nach dem Pinkeln ein zweiter blauer Strich erscheint und mit dem anderen ein Kreuz bildet, dann war's das. Bleibt der zweite blaue Strich aus, ist man frei. Ein einziger kleiner blauer Strich. Mehr nicht.

Mama hatte zwei unterschiedliche Tests mitgebracht, um ganz sicherzugehen. Sie war mindestens genauso nervös wie ich, obwohl sie versuchte, ruhig zu wirken. Mir konnte sie nichts vormachen. Sie schlug vor, dass ich in einen Becher pinkele und dann beide Teststreifen gleichzeitig reinstecke. Direkt auf die Streifen zu pinkeln war zu unsicher, womöglich pinkelte ich daneben, und dann wäre alles umsonst gewesen. Mama gab mir einen Kaffeebecher mit einer lila Pflaume drauf. Aber obwohl ich einen ganzen Liter Orangensaft getrunken hatte, kam nichts. Es war wie ein Krampf. Das war wohl alles etwas zu viel. Ich stellte mich unter die Dusche, um mich zu entspannen. Vorher stellte ich den Pflaumenbecher auf den Toilettendeckel. Die Dusche entspannte mich tatsächlich. Ich hatte die Wärme fast bis zum Anschlag aufgedreht. Vielleicht konnte ich das Baby damit ja rausschwemmen. Da lief plötzlich ein heißer Strahl an der Innenseite meines Oberschenkels hinunter. Mist, ich musste doch in den Pflaumenbecher pinkeln! Ich sprang aus der Dusche, grapschte mir die Tasse und hielt sie unter die Muschi. Und da sah ich es. Das war kein Urin, der an meinem Bein runterlief, das war Blut. Menstruationsblut! Heiß ersehntes, wunderbares Menstruationsblut! Ich hatte meine Tage! Zu schön, um wahr zu sein!

Aber es ist wahr! Ja, es ist wahr! Ich bin nicht schwanger! Ich war nie schwanger! Fehlanzeige! Keine Abtreibung! Nichts dergleichen! Alles ist wieder gut. Das Leben ist wunderbar!

Ich schrie laut. Mama stürzte durch die Dampfschwaden ins Badezimmer. Sah mich, sah das Blut. Und da musste sie auch weinen.

Dieser 17. Februar ist der glücklichste Tag meines bisherigen Lebens. Mein Nationalfeiertag. Jedes Jahr am 17. Februar werde ich eine Flagge schwenken, Berliner essen und vor Glück singen. Der 17. Februar, der Tag, an dem

MEIN BESTER TAG!

alles wieder gut war, an dem ich eine zweite Chance bekam. Der Tag, an dem ich beschloss, mein Leben selbst in die Hand zu nehmen.

18. Februar

Ich muss daran denken, dass ich Gott auf der Dalbobrücke versprochen habe, ab sofort an ihn zu glauben und häufiger zu beten, wenn er dafür sorgt, dass ich nicht schwanger bin. Nun, wo ich weiß, dass ich nicht schwanger bin, kommt mir das ziemlich weit weg vor. Ich fange natürlich nicht an zu beten oder an Gott zu glauben. Solche Versprechungen rutschen einem schon mal raus, wenn man verzweifelt ist. Trotzdem habe ich das Bedürfnis, etwas zu tun. Gott hin oder her, wer hat schon was davon, wenn ich plötzlich gläubig werde und alle naselang zu ihm bete? Ich würde mal sagen, das Beste für uns beide ist (wenn es IHN überhaupt gibt), dass ich mir von nun an vornehme, mir selbst gegenüber ehrlich zu sein, an mich selbst zu glauben und zu meinen Entscheidungen zu stehen. Das wäre doch kein schlechter Anfang, oder?

So soll es sein. Ich nehme es als Wendepunkt, dass mir erspart geblieben ist, schwanger zu sein. Ich sehe darin ein Zeichen. Ab jetzt mache ich mich nicht mehr zum Hampelmann. Ich will ehrlich sein. Das ist meine einzige

Rettung. Ja, ich weiß, ich werde pathetisch, aber so fühle ich mich gerade.

Also: Ab heute fängt mein neues Leben an! Let's go! Halleluja. Halle-Lina!

20. Februar

Die erste Tat in meinem neuen, ehrlichen Leben wird sein, mit Thea zu reden. Ich werde ihr meine Meinung sagen und unsere Beziehung beenden. Sie ist nicht mehr meine Freundin, ist es wahrscheinlich nie gewesen. Ich war mit ihr befreundet, weil sie ein hässliches Entlein brauchte, neben dem sie wie ein schöner Schwan wirkte. Eigentlich liegt mir mehr an Caro und Malin, obwohl wir uns nicht besonders gut kennen. Sie sind wenigstens ehrlich. Glaube ich jedenfalls. Nicht so hinterfotzig wie Thea. Sie hätten nie hinter meinem Rücken ausgeplaudert, dass ich mit Danne Schluss machen will. Niemals. Na ja, wirklich wundern tut es mich nicht, dass Thea Lillis alles erzählt hat. Was kann man von einer wie ihr schon anderes erwarten?

Wenn ich mit Thea abgerechnet habe, kommt Ivar an die Reihe. Ich werde ihm alles erzählen und ihm sagen, dass ich ihn will, ganz einfach. Egal, wie peinlich es wird. In meinem neuen Leben gilt das nicht. Die Wahrheit muss ans Licht! Jetzt komme ich. Halle-Lina!

23. Februar

Am Samstag ist Fete bei Lillis. Thea hat Caro, Malin und mich eingeladen. Caro und Malin sind entsetzlich aufgedreht, weil Anton und ein paar andere Jungs aus Ljungshed kommen wollen. Malin fährt schon seit einem halben Jahr auf Anton ab. Ich kann doch unmöglich dahin gehen. Das wäre wie Fluchen in der Kirche. In meiner Kirche. In Linas Kapelle. Ich kann ja wohl schlecht Thea hassen und gleichzeitig auf eine Fete ihres Freundes gehen. Thea = Verräterin. Ich muss vor der Fete mit Thea reden. Puh, das wird echt kein Vergnügen, Thea in die Wüste zu schicken, immerhin waren wir schon als Zwerge befreundet.

Vielleicht sollte ich doch auf der Fete mit ihr reden.

Ivar und ich haben uns gestern kurz unterhalten. Na ja, unterhalten ist vielleicht zu viel gesagt. Er landete in der Essensschlange neben mir, ausweichen war unmöglich. Obwohl, wahrscheinlich will er mir gar nicht aus dem Weg gehen, weil er überhaupt nicht in diesen Bahnen denkt. Ich bin ihm nicht peinlich, weil ich ihm nichts bedeute. Ich bin Lina aus der Neunten. Ich hingegen habe Ivar … irgendwie auf einen Sockel gestellt. Dabei kenne ihn doch kaum. Na egal, jedenfalls stand er in der Essensschlange hinter mir.

Ivar: «Hi, hallo.»

Ich: «Hallo!» (Übertrieben erfreut …)

Iv: «Und, wie geht's dir so?»

I: «Gut! Richtig gut!» (So nervös, dass ich nicht normal antworten kann. Was heißt hier richtig gut? Ich hätte Ivar gern von der Wende in meinem Leben erzählt, dass ich dabei war, ein ganz anderer Mensch zu werden. Aber das passte irgendwie nicht zwischen trockene Rohkost und sämige Erbsensuppe.) «Und bei dir? Wie läuft es mit dem Chor?»

Iv: «Gut. Wir waren in Estland.»

(Oooh, ich weiß, ich weiß! Wenn du wüsstest, was wir in dem Hotelzimmer in Estland zusammen gemacht haben!)

I: «In Estland? Wie spannend.»

Iv: «Na ja, viel gesehen vom Land haben wir nicht. Wir sind eigentlich hauptsächlich von einem Termin zum nächsten gefahren und haben gesungen. In Schulen und Altersheimen und so. Aber spannend war es trotzdem.»

I: «Das kann ich mir vorstellen.»

Ivar nahm sich nichts von der Erbsenpampe, sondern einen großen Teller Möhren und Mais und Knäckebrot. Ich nahm auch keine Erbsenpampe, sondern ebenfalls nur Salat. (FEIGLING! Ich muss mich trauen, Erbsensuppe zu essen, wenn ich Appetit darauf habe. Ich darf mich nicht immer nach den anderen richten. Immer dran denken, Halle-Lina!)

Iv: «Also, tschüs dann. Wir sehen uns.»

I: «Klar!»

Ivar schlenderte zu einem Tisch, an dem schon ein paar

Mädchen aus seiner Klasse saßen. Er ging nicht, er schlenderte. Leicht gebeugter Rücken, die grüne Hose auf der Hüfte hängend, nicht wie ein Hiphoper, einfach nur lässig. Die dicken Zotteln auf seinem Kopf wippten auf und ab, sein ganzer Körper war in Bewegung. Ich spürte ein unbändiges Verlangen, ihn zu berühren. Das muss sich doch arrangieren lassen. Ich weiß, dass wir zusammenpassen. Dass wir auf einer Wellenlänge sind.

24. Februar

Ich gehe doch zu Lillis. Und dann rede ich mit Thea. Ich hab mir fest vorgenommen, nüchtern zu bleiben. Schließlich ist Thea auch nüchtern. Alle anderen werden wahrscheinlich voll sein. Soll mir recht sein. Dann fällt es nicht auf, wenn sie weint. Oder ich. Und dann gehe ich nach Hause. Soll Thea sich doch bei Lillis ausheulen. Das ist vielleicht nicht die perfekteste Lösung, aber ich schaffe es nicht, Thea das zu Hause in ihrem Zimmer unter vier Augen zu sagen. Das kriegt dann nur zu viel Gewicht. Ich will ihr schließlich nur meine Meinung sagen.

26. Februar

Danne kommt bestimmt auch zu Lillis' Fete. Natürlich. Wie konnte ich das verdrängen? Mein Gott, Lillis und Danne sind beste Freunde. Ich hab Danne seit dem «Unfall» nicht mehr gesehen. Wir haben danach nur am Telefon miteinander gesprochen. Er hasst mich. Das weiß ich. Aber vielleicht hasst er sich selbst ja auch ein bisschen und fühlt sich wie ein Versager, weil er ihn nicht rechtzeitig rausgezogen hat und weil ICH mit IHM Schluss gemacht habe und nicht umgekehrt. Jungs reagieren dann häufig mit Hass auf das Mädchen, das sie abserviert hat, und reden sich ein, dass sie die eigentliche Versagerin ist.

Also gut, am Samstag rechne ich mit Thea ab und sehe Danne wieder. Prima Aussichten.

28. Februar

Heute Abend gilt es. Das Aufwärmen findet bei Caro statt. Sie hat Wein besorgt. Vier Flaschen. Sie geht davon aus, dass ich was trinke. Aber das werde ich nicht. Ich muss nüchtern bleiben und einen klaren Kopf bewahren. Sonst wird der Mist nur noch anstrengender als ohnehin schon.

Ich muss mir selber Mut machen. Die Wahrheit, Lina!

Die Wahrheit! Dein Leben! Das ist dein Leben! Manche Dinge musst du machen, damit es dir gut geht. Damit du nicht untergehst.

Halle-Lina!

4. März

Ich weiß echt nicht, ob ich lachen oder weinen soll. So viel schon mal vorweg: Es kommt selten, wie man denkt.

Warum lasse ich es nicht einfach bleiben, immer alles im Voraus planen zu wollen? Was ist der Witz eines fertig geschriebenen Drehbuches, wenn die Schauspieler es ignorieren und selber die Regie übernehmen? Oder gar nicht erst persönlich bei der Probe erscheinen und stattdessen einen Vertreter schicken?

Die Fete. Lillis' Fete. Das Vorspiel bei Caro mit California White.

Caros Mutter, ihr Stiefvater und die beiden kleinen Brüder waren zu Verwandten gefahren. Wir hatten die kleine, enge Wohnung für uns allein. Mir ist schleierhaft, wie die das mit zwei Erwachsenen und fünf Kindern in so einer Mini-3-Zimmer-Wohnung aushalten!!! Caro, die eine Ecke älter ist als ihre Halbbrüder, hat ein eigenes Zimmer. Die vier Jungs teilen sich das größte Zimmer, und ihre Eltern schlafen auf einer ausziehbaren Couch in dem Raum, der tagsüber Wohn- und Fernsehzimmer ist. Dort saßen wir. Caro hatte alle Flaschen auf den Tisch gestellt, und wir saßen wie die Hühner auf dem kleinen Sofa.

Thea: «Heute tue ich es!»

Malin: «Was?»

T: «Heute besaufe ich mich.»

Caro: «Yes! Yes, yes, yes! Cool! Thea, du bist die Größte. Warte, ich hole dir ein Glas.»

Caro stemmte sich aus dem Sofa hoch und lief eilig in die Küche. Thea kicherte. Malin sah Thea bewundernd an, als hätte Thea gerade verkündet, sie würde übermorgen heiraten. Ich sackte in mich zusammen. So war das aber nicht geplant. Thea sollte nüchtern sein, genau wie ich. Und jetzt beschloss sie, sich ausgerechnet heute zum ersten Mal zu betrinken. Caro kam mit einem Weinglas hereingetänzelt. Aus Weingläsern zu trinken war irgendwie erwachsener, normalerweise trinken wir direkt aus der Flasche und drücken den Korken mit dem Daumen rein, wenn kein Korkenzieher zur Hand ist. Aber jetzt gab es sowohl Korkenzieher als auch Weingläser.

C: «Okay, Mädels! Los geht's. Das wird ein Besäufnis erster Güte. Wartet, ich leg nur schnell noch andere Musik auf.»

Caro stemmte sich wieder von dem Sofa hoch, legte eine neue CD ein und drehte den Bass bis zum Anschlag auf. Der Bass muss immer voll aufgedreht sein, damit das Zwerchfell so richtig schön schwingt und pocht. Dunk, dunk, dunk.

Da es zu viert sehr eng auf dem Sofa war, kniete Caro sich auf den Boden, um den Wein einzuschenken. Ich sagte nicht, dass ich nichts trinken wollte, damit die anderen keinen Grund hatten zu nerven. Lieber tat ich so als ob.

Thea sah uns der Reihe nach in die Augen, hob das Glas und stürzte den Wein mit einem Schluck runter. Sie war wirklich wild entschlossen, sich zu betrinken.

T: «Brrrrr … Da zieht sich ja alles zusammen. Meine Speicheldrüsen kollabieren. Ist das ekelig!»

Ich: «Wie kommt es, dass du plötzlich was trinken willst?»

T: «Ich habe es so satt, immer das brave Mädchen zu sein. Und außerdem will ich endlich wissen, wie es ist. Ich finde es zwar immer noch unappetitlich, aber wenn ich euch so angucke, scheint es ja wohl Spaß zu machen. Und Lillis hat nichts dagegen, wenn ich mich betrinke. Er fände es sogar gut. Weil er hofft, dass ich betrunken alle Hemmungen verliere.»

I: «Was soll das denn heißen? Trinkst du was, weil du es selber willst oder weil Lillis dich rauschgeil erleben will?»

T: «Weil ich es will … Was denkst du denn! Schenk nach, Caro. Prost!»

Malin, Caro und Thea leerten in kürzester Zeit zwei Flaschen, während Thea ohne Punkt und Komma von Lillis laberte. Wie verliebt sie war und wie gut er ihr tat. Mir wurde übel. Ich mochte nicht mehr mitspielen, wollte nicht mehr mitlachen, konnte das «Oooooh, Lillis und du, ihr seid wirklich wie füreinander geschaffen» der anderen nicht mehr ertragen. Der Wein begann zu wirken. In ihre Hirnen und Körpern. Malin hockte vor der Stereoanlage und spielte DJ. Sie hatte eine Schlumpf-CD entdeckt, die einem von Caros Brüdern gehörte, und bestand darauf, sie in voller Lautstärke zu spielen. Caro und Thea lagen auf dem Sofa und verglichen ihre Brüste und Bäuche und tauschten Sextipps aus.

Ich verzog mich auf die Toilette und setzte mich auf den Badewannenrand zwischen Wickeltisch, Windeln, Binden, Schminksachen, sauberer Wäsche, schmutziger Wäsche, Handtuchbergen und Waschmaschine, Abfalleimern, Körben und Putzmitteln. Ich hatte die Nase gestrichen voll. Ich würde jetzt rausgehen und Thea zur Rede stellen. Das war doch kein Zustand, dass ich an nichts anderes mehr denken konnte, als mit ihr abzurechnen, und ihr am liebsten die Weinflasche über den Kopf gehauen hätte. Ich musste diesen Druck loswerden, konnte nicht länger so tun, als ob nichts wäre. Gerade als ich aufstand, um die Angelegenheit hinter mich zu bringen, rüttelte jemand an der Tür.

C: «Mach auf! Los, aufmachen, Thea muss kotzen!»

Ich schloss auf, drückte mich gegen die Waschmaschine und rettete mich mit knapper Not vor Theas Kotzkaskade, die nur teilweise die Kloschüssel traf. Herzlichen Glückwunsch, nun gab es auch noch eine Portion Kotze in dem ohnehin schon überfüllten Badezimmer.

Malin saß vor der Anlage, aus den Lautsprechern dröhnten Schlumpflieder.

«Kein Wunder, dass sie kotzt, so schnell, wie sie das Zeug in sich reingeschüttet hat», grölte sie.

Thea schlief im Badezimmer ein. Wie eine Prinzessin lag sie auf der rosa, muffig riechenden Badematte. Caro deckte sie mit einem Badehandtuch zu. Ausgerechnet Thea, die nichts mehr fürchtete, als unappetitlich auszusehen. Konnte es noch unappetitlicher sein?

Unser Gespräch würden wir wohl auf ein andermal verschieben müssen.

Wir fuhren mit dem Bus zu Lillis. Ich fuhr mit. Keine Ahnung, warum. Aus dem klärenden Gespräch mit Thea war nichts geworden, und eigentlich gab es niemanden, dem ich auf der Fete wirklich begegnen wollte. Lillis – nein danke. Danne – auf keinen Fall. Ihre Kumpel – waren mir egal. Die Jungs aus Ljunghed – kein Interesse. Aber nach Hause zu fahren war auch keine verlockende Alternative. Die absolute Antiklimax. Ich war nüchtern. Stocknüchtern. Malin und Caro sangen, zerrten an mir rum und wollten, dass ich mitsinge. Sie gingen davon aus, dass ich genauso beschwipst war wie sie.

Auf dem Rasen vor Lillis' Haus standen zwei Jungs und pinkelten Worte in den Schnee. Einer von ihnen hatte unterm Apfelbaum ein «Pimmel» geschafft und war höllisch stolz. So ein Idiot. Caro stellte sich neben das Kunstwerk und lobte den Künstler. Dann fiel ihr Blick auf den

DIE APPETITLICHE THEA

ICH KONNTE MICH EINFACH NICHT BEHERRSCHEN ...
HIHI, DIESE BILDER SOLLTE MAN INS NETZ STELLEN!

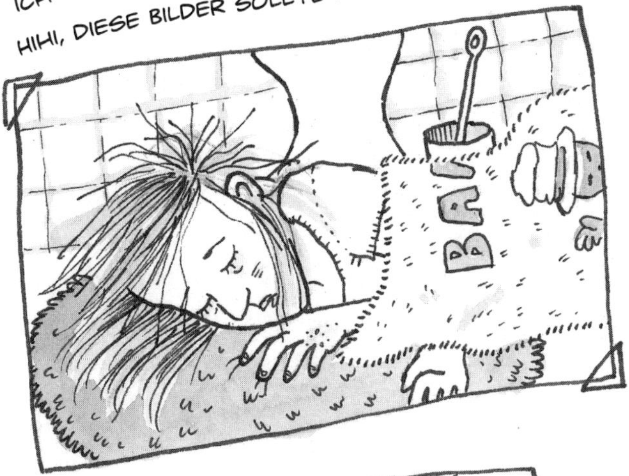

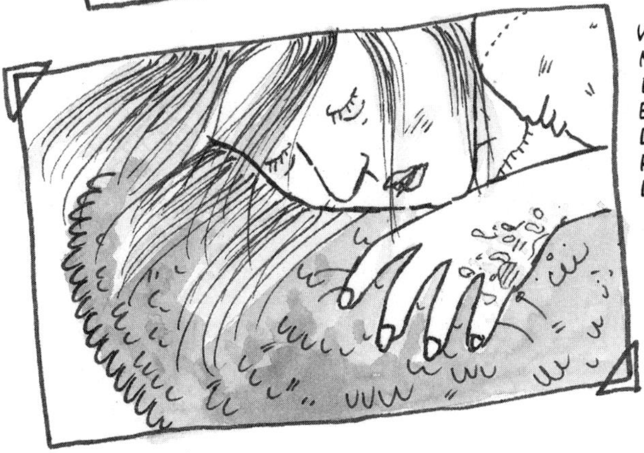

WUNDERBARE NAHAUFNAHME! BITTE ZU BEACHTEN: DIE KOTZE-RESTE AUF DER HAND!

Pinsel, der noch nicht wieder eingepackt war, und auch für den hatte sie ein paar lobende Worte übrig. Damit konnten wir Caro für den Rest des Abends abschreiben.

Malin und ich gingen ins Haus, warfen unsere Jacken auf einen enormen Jackenberg und schüttelten die Schuhe auf einem gigantischen Schuhberg ab. Die Handschuhe ließen wir irgendwo fallen, die würden wir unter den tausend anderen Handschuhen eh nicht wieder finden. Die Musik dröhnte uns entgegen. Es waren extrem viele Leute da. Ich kannte kaum jemanden. Wir kämpften uns zur Küche durch. Malin versuchte, ihre Weinflasche im Kühlschrank unterzubringen. Als wir die Flasche zwischen Vino tinto, Selbstgebranntem, Hexentrank und Bierdosen verstaut hatten, stieß Malin einen Schrei aus.

M: «O Gott, Lina. Dreh dich nicht um. Genau hinter dir sitzt Anton. O Mann, der ist so irre süß. Aber was hat er mit seinen Haaren gemacht … Wow, er hat sie gebleicht. Cool! Mit den hellen Haaren leuchten seine Augen noch mehr. Nein, nicht gucken! Dreh dich ganz unauffällig um, tu so, als würdest du auf die Uhr an der Wand gucken.»

Ich drehte mich also langsam zur Uhr um und versuchte unauffällig, einen Blick auf Anton zu erhaschen, der auf dem Boden saß. Tatsächlich, da saß er mit frisch gebleichten Haaren und … Was zum Teufel … O nein! Neben Anton saß … IVAR! In meinem Kopf begann sich alles zu drehen, fast wäre ich gefallen. Malin hielt mich fest, sie dachte wohl, ich torkelte wegen des Alkohols.

M: «Ist er nicht süß? Sag mal, da neben ihm, ist das nicht der Typ aus der Siebten, mit dem du dich manchmal unterhältst?»

I: «...»

M: «Woher kennt der denn Anton?»

I: «...»

M: «Ich hab eine Idee, Lina! Du gehst jetzt zu dem Typen aus der Siebten und sagst ganz unverbindlich hallo. Und ich komme mit und nutze die Gelegenheit, Anton anzusprechen, ganz natürlich. Bitte, Lina!»

I: «...»

M: «Biiiiitte, Lina. Seufz ... Den Gefallen kannst du mir ruhig tun. Geh einfach zu ihm. Mann, der Kerl ist in der Siebten, der ist dir doch ewig dankbar, wenn du zu ihm gehst und ihn ansprichst. Mach schon!»

I: «...»

M: «Bist du taub? Malin's calling, hello, hello!»

I: «Hä?»

M: «Jetzt geh schon zu ihm hin. Komm. Wir können ihnen ja einen Schluck Wein anbieten!»

Malin riss die Kühlschranktür auf und kramte die Weinflasche heraus, die wir soeben mühsam hineingedrückt hatten. Da ich in ein Vakuum geraten und nicht fähig war, meine Füße zu bewegen, zog Malin mich hinter sich her zu Ivar und Anton. Die beiden waren schon eine ungewöhnliche Kombination. Anton, der coolste Typ aus ganz Ljunghed, spielte in einer Punkband, hatte eine eigene Wohnung und würde demnächst vielleicht einen

Plattenvertrag bei einer großen Stockholmer Plattenfirma unterschreiben. So jedenfalls ging das Gerücht. Und daneben Ivar, der Softie aus der Siebten. Wie passte das zusammen?

M: «Hallo, Jungs! Du, ja du aus der Siebten, guck mal, hier ist Lina, die kennst du doch!»

Ivar schaute hoch, unsere Blicke trafen sich, und ich wollte nur noch weg. So hatte ich mir unsere nächste Begegnung nicht vorgestellt, in der Küche von Lillis' Eltern, mit einer besoffenen Malin an der Seite, die «Du, ja du aus der Siebten» brüllte. Da lief etwas ganz und gar verkehrt. Ich verzog keine Miene. Lächelte nicht. Wurde nur knallrot und bekam eine außerirdische Schweißattacke.

Ivar: «Hi ...»

M: «Du aus der Siebten, wer ist das neben dir? Dein Freund?»

Iv: «Meinst du Anton? Das ist mein Cousin.»

M: «Was, ihr seid verwandt? Cooool!»

Ich hätte mich am liebsten kopfüber im Spülbecken ertränkt. Malin führte sich echt auf wie die letzte Idiotin. Was, bitte schön, war cool daran, dass die beiden Cousins waren? Und was war mit mir los, dass ich die Kiemen nicht auseinander kriegte?

Iv: «Hallo, übrigens.»

Ivar sah mich an. Mit seinen gelben Augen. Direkt. Um mich herum versank alles in Stille. Natürlich redeten alle weiter, liefen hin und her, aber um mich herum wurde alles still und ruhig. Es gab nur noch Ivars gelbe Augen, die direkt in meine guckten. Er trug eine Latzhose. Und dicke Wollsocken. Und unter dem Latz einen riesigen Strickpullover. Sein Haar war lang geworden, es reichte fast bis zu den Schultern.

I: «Hi …»

Iv: «Setz dich doch, oder wolltest du gerade woandershin?»

I: «Was? Nein.»

Ich setzte mich zittrig auf den Boden, dicht neben Ivar. Es war so voll in der Küche, dass ich mich nicht weiter weg setzen konnte, ich war quasi gezwungen, mich dicht neben ihn zu setzen. Malin war dabei, Anton in ein Gespräch über Musik zu verwickeln, und Anton hörte ihr ziemlich gelangweilt zu. Ivar sah mich an und lächelte. Sein Duft kitzelte meine Nasenflügel. So nah war er mir noch nie gewesen. Seife. Er duftete nach Seife. Und nach Wald. Wieso roch er nach Wald, wenn er doch auf einem Hausboot wohnte? Sein Körper an meinem. Ich hatte Probleme mit dem Atmen. Wahrscheinlich würde Ivar von mir wegrücken, wenn er mich keuchen hörte. Ich gab mir Mühe, so leise und oberflächlich wie möglich zu atmen.

Iv: «Kennst du viele hier?»

I: «Ha, soll das ein Witz sein? Ich kenne keine Socke. Dich kenne ich, und das war's dann auch schon.»

Iv: «Aber du kennst doch bestimmt den, der hier wohnt?»

I: «Du meinst Lillis? Na ja, nicht direkt. Ich kenne seinen

Freund … oder, besser gesagt, kannte … ja. Und eigentlich kenne ich seine Freundin … Aber …»

Iv: «Das scheint ja ganz schön kompliziert zu sein. Kennst du seinen Freund nun, oder nicht?»

I: «Doch, sozusagen. Aber jetzt nicht mehr.»

Iv: «Wieso das nicht?»

I: «Tja … (sei ehrlich, Lina! Beginne dein neues Leben, indem du Ivar die Wahrheit sagst. Trau dich!) Also, ich war mit Lillis' Freund Danne zusammen. Das war von Anfang bis Ende ein einziges Desaster. Und Thea, Lillis' Freundin, war meine Freundin, eine miese Freundin, die nur mit mir zusammen ist, weil ich eine hässliche, dämliche Kuh bin.»

Iv: «Du bist doch nicht hässlich und dämlich!?»

I: «Doch, verglichen mit Thea schon.»

Iv: «Wer ist Thea? Ist das die, mit der ich dich schon häufiger in der Schulkantine gesehen habe? Die, die immer so laut und nervig lacht? Die ist nicht hübsch, sondern eitel. Finde ich wenigstens. Und wenn sie dann auch noch eine miese Freundin ist, vergiss sie einfach.»

I: «O ja, mehr davon.»

Iv: «Warum bist du dann hier, wenn du Lillis nicht kennst und seinen Freund und seine Freundin nicht magst?»

I: «Malin und Caro wollten unbedingt kommen. Malin fährt schon seit mindestens einem halben Jahr auf deinen Cousin ab, und sie wusste, dass er auch kommen wollte. Und wieso bist du hier?»

Iv: «Anton singt im gleichen Chor wie ich und …»

I: «Anton singt im Chor? Punk-Anton?»

Iv: «Klar, wieso? Heute Nachmittag war Probe, und er wollte gleich anschließend hierher, und da hat er mich gefragt, ob ich mitkommen wollte. Und da ich nichts anderes vorhatte … Aber ich weiß nicht … Ich kenne ja niemanden … Ich wollte eigentlich gerade aufbrechen.»

I: «Ich auch … Ich will auch nach Hause.»

Iv: «Wo wohnst du?»

I: «In der Reihenhaussiedlung an der großen Straße. Und du?»

Iv: «Auf einem Hausboot im Westhafen.»

I: «Gibt es da auch Hausboote?»

Iv: «Sicher, aber die sehen eher aus wie alte Kutter und nicht direkt wie Häuser.»

I: «Dann haben wir ja die gleiche Richtung, ein Stück jedenfalls.»

Iv: «Okay, gehen wir zusammen. Der nächste Bus geht erst wieder in einer Stunde, und ich hab eigentlich keine Lust, noch so lange zu warten.»

I: «Ja, lass uns aufbrechen. Komm.»

Wem sollte ich dafür danken!!! Ivar und ich! Nur wir zwei! Auf dem Weg nach Hause! Beide nüchtern! Beide gut gelaunt! Wir hatten beide die gleiche Richtung! Ich hätte mir im Leben nicht träumen lassen, dass dieses Fest auf solche Weise enden würde …

… Was es natürlich auch nicht tat. Ivar und ich wühlten in dem Jackenberg, als …

Danne: «Lina?»

I: «Ääh. Hallo …»

D: «Sieh an, hast du schon einen Neuen? Geht ihr zu dir oder zu ihm?»

I: «Das ist nicht mein Freund. Das ist einer aus der Schule …» (Ja, irgendein Typ aus der Schule, der der Grund dafür war, dass ich es nicht länger mit dir ausgehalten habe. Einer, für den ich echte Gefühle empfinde, obwohl ich ihn überhaupt nicht kenne!)

D: «Ich fass es nicht … Äh, du da, du weißt hoffentlich, was für eine Schlampe Lina ist? Trau ihr nicht. Egal, was du tust, trau ihr nicht.»

I: «Halt die Klappe. Wem sollte man hier wohl nicht trauen?»

D: «Was hab ich dir eigentlich getan? Sag es mir! Was hab ich getan? Ich habe nicht schlecht hinter deinem Rücken über dich geredet, ich hab dich nicht angelogen. Ich war wenigstens die ganze Zeit ehrlich! Jetzt sag schon, was hab ich getan?»

I: «Du weißt genau, was du getan hast. Oder, besser gesagt, nicht getan hast ... Scheißegal, du bist besoffen. Geh tanzen oder was auch immer. Ich gehe jetzt.»

D: «Meinst du, weil ich zu früh abgespritzt habe? Geht es darum? Aber ich habe ihn doch rausgezogen! Bist du vielleicht schwanger? Bist du das? Nein, genau! Du bist ja völlig übergeschnappt.» (Was fiel Danne eigentlich ein, hier und jetzt solche Intimitäten rauszuposaunen? Ausgerechnet jetzt, wo ich Eindruck auf Ivar machen wollte.)

I: « ... Ich gehe jetzt nach Hause ...»

Iv: «Ich kann ja schon mal vorgehen, falls ihr reden wollt ...»

D: «JAAA! Mach das, du Volltrottel. Geh schon mal vor und fahr zur Hölle. Und du bleibst hier, Lina, ich muss mit dir reden.»

Danne versuchte, mich festzuhalten und mit sich ins Haus zu ziehen. Was glaubte er eigentlich? Dass wir immer noch zusammen waren? Dass er mit mir umspringen konnte, wie er wollte, weil wir mal zusammen waren? Dass er einen Anspruch auf mich hatte?

I: «Nenn Ivar nie wieder einen Volltrottel. Der einzige Volltrottel weit und breit bist du. Du glaubst ja wohl nicht, dass ich in deinem Zustand mit dir rede. No fucking way.»

D: «Ey, was hast du da eigentlich auf dem Kopf? Eine Perücke?»

Er zog an Ivars Haar.

Iv: «Hör auf.»

D: «Antworte gefälligst. Ist das eine Perücke, oder was? Hast du Krebs?»

Iv: «Also, ich geh jetzt, Lina ... Wir sehen uns am Montag.»

I: «Warte, ich komme mit.»

D: «Ey, Krebstyp, hier geblieben. Ich muss mit dir reden.»

Iv: «Danke, kein Interesse.»

D: «Was soll das, wir können doch wohl ein bisschen reden! REDEN! Keiner will mit mir reden! Lina, du wolltest doch nie vögeln, immer nur reden, reden, reden. Du bleibst doch sicher noch und redest mit mir, oder?»

I: «Komm, Ivar, lass uns gehen.»

Ich griff nach Ivars Hand (!!!) und zog ihn hinter mir her nach draußen, wir schlitterten die rutschigen Treppenstufen hinunter und rannten über den Kiesweg zur Straße.

D: «Huuuure!»

Danne hängte sich über das Treppengeländer, und als er Anstalten machte, hinter uns herzulaufen, legte er sich der Länge nach auf die Klappe. Es versetzte mir einen Stich, ihn so zu sehen. Danne ist kein Schwein. Er ist nicht böse. Und wie er da auf dem kalten Kies lag, sternhagelvoll, und brüllte, da tat er mir einfach nur leid. Da war kein Hass, nur Trauer. Und ein unglaubliches Kribbeln. Weil ich in meiner Hand eine andere Hand hielt. Ivars Hand. Ivars warme, große Hand. Und er hielt meine Hand auch fest. Genauso fest, wie ich seine. Und er ließ sie nicht los.

Iv: «Wer war das? War er das? Lillis' Freund? Dein Ex?»

I: «Ähm … Ja …»

Iv: «Was für ein reizender Mensch. Warum hast du mit ihm Schluss gemacht?»

I: «Haha! Ich bereue es bereits.»

Ivar ließ meine Hand los, um sich seine Handschuhe anzuziehen. Ich hatte meine in der Eile nicht gefunden. Und so gingen wir nach Hause. Ivar mit den Händen in seinen Handschuhen und ich mit den Händen in den Jackenärmeln.

7. März

Wir haben den ganzen Weg nach Hause geredet. Richtig geredet. Ich hörte zu. Ivar hörte zu. Und er fragte! Ja, er war wirklich neugierig. Wollte alles über mich wissen. Und ich wollte alles über ihn wissen. Nun weiß ich es. Nicht alles. Aber eine ganze Menge.

1. Er ist nicht mit dem Mädchen zusammen, mit dem ich

ihn in der Schule gesehen habe (yippie!), aber sie sind sozusagen beste Freunde. Hm, ich bin trotzdem eifersüchtig. Dass ein Mädchen sozusagen sein bester Freund ist. Ein Mädchen, dem er alles anvertraut.

2. Er lebt auf einem alten holländischen Hausboot im Westhafen. Mit seiner Mama, seinem Papa und drei Katzen. Er hat keine Geschwister. Seine Mutter arbeitet als Handarbeitslehrerin an der Trappschule, sein Vater hat irgendwas mit Theater zu tun, schreibt Stücke oder so was in der Art. Die Katzen stammen von irgendeiner norwegischen Rasse ab.
3. Ivar ist noch Jungmann.
4. Momentan hat er keine Freundin. Er ist nicht mal verliebt. Wie finde ich das? Gut – weil er nicht verliebt ist. Schlecht – weil er dann auch nicht in mich verliebt sein kann …
5. Er hat keine Löcher in den Zähnen.
6. Er will später mal Dirigent werden. Dirigent. Das Wort habe ich noch nie vorher ausgesprochen oder geschrieben. Aber nun tue ich es. Dirigent.
   Ivar Hallström – Dirigent.

Ach ja, das Wichtigste: Ivar ist wunderbar. Das, was ich vorher nur geahnt habe, ist jetzt Gewissheit. Er weicht nicht aus mit seinen goldgelben Augen. Er hört zu. Er denkt nach. Er hat ein Gehirn und wendet es auch an. Ich will ihn. In jeder Hinsicht. Ich möchte seine Freundin sein. Und ich möchte, dass er mein Freund wird. Ich will

Händchen haltend mit ihm durch die Fußgängerzone schlendern. Nein, ich würde mich nicht schämen, ich wäre stolz. Ich möchte in Ivars Nähe sein. Könnte mir sogar vorstellen, unanständige Dinge mit ihm zu machen. Mit ihm fände ich das gar nicht unangenehm. Mit ihm fände ich es … schön! Wunderschön. Das kann gar nicht anders sein. Aber jetzt, wo ich weiß, wie toll er ist, nimmt das Ganze plötzlich gigantische Ausmaße an. Ich will nichts falsch machen, muss das irgendwie hinkriegen. Ich könnte es nicht ertragen, wenn er mit einer anderen zusammen wäre. Ich fände es unerträglich, nur eine gute Freundin zu sein. Ich will sein Alles sein.

Der Abschied nach unserem kalten Nachtspaziergang war ganz entspannt. Ivar nickte mit dem Kopf, lachte und sagte: «Also, bis Montag.» Meine Gegenwart schien ihn nicht nervös zu machen. Vielleicht, weil er nicht verliebt in mich ist. Nicht mal andeutungsweise. Ich hatte schon einen Kilometer bevor unsere Wege sich trennen würden, angefangen, unseren Abschied zu planen. Sollte ich ihn umarmen oder ihm nur über die Schulter streichen? Oder sollte ich es wagen, ihn zu küssen? Was sollte ich sagen? Sollte ich ihn nach seiner Telefonnummer fragen? Und als es so weit war, sagte er einfach tschüs, und ich stand da und schaute seiner Armeejacke hinterher, die in Richtung Hafen davonschlenderte. Keine Umarmungen, kein Kuss. Stille. Es war, als wäre die Luft elektrisch aufgeladen.

14. März

Jetzt kann ich zwei Punkte von meiner Neujahrsliste abhaken!!!

1. Ich habe mit Danne Schluss gemacht.
2. Und ich hatte einen Orgasmus!!!

Aber als Erstes: Ivar und ich sind Freunde. Kein Liebespaar, aber Freunde. Fürs Erste werde ich mich wohl damit begnügen müssen. Ja, ich bin feige, weil ich mich nicht traue, ihm zu sagen, dass ich verrückt nach ihm bin. Ich bringe es einfach nicht fertig. Aber das kommt noch. Versprochen.

Wir unterhalten uns, stehen im Korridor und unterhalten uns. Caro findet es cool, dass ich mich mit einem kleinen Scheißer aus der Siebten abgebe. Thea und Malin ist es egal.

Einmal saßen wir bei den Spinden der Siebtklässler (allein das schon ein Beweis meiner Liebe!), und ich versuchte, durch ein paar Notenblätter durchzusteigen, die Ivar dabeihatte. Er fuhr mit dem Finger über die Noten und summte die Melodie, und ich tat so, als könnte ich ihm folgen. (Blöde, weil ich eigentlich ehrlich zu Ivar sein wollte. Ich muss mir diese albernen Lügen abgewöhnen.) Es ist so schön entspannt zwischendurch. Obwohl er wahrscheinlich der Entspanntere von uns beiden ist. Ich tue eher so, als wäre ich entspannt. Aber wenn er mich zufällig berührt oder dicht neben mir sitzt, sodass unsere Oberschenkel sich berühren, stehe ich kurz vor einer Ohnmacht. So wie dort vor seinem Spind mit den blöden Notenblättern.

Ivar war völlig auf die Noten konzentriert. Sein Zeigefinger folgte ihnen über das Papier, seine weichen, fülligen Lippen bewegten sich, während er sang. Sein Mund formte ein O, ein U, einen Strich. Ich spürte das Vibrieren seiner tiefen Stimme tief in meinem Innern. Und ich spürte seinen Oberschenkel. Seinen Cordoberschenkel, ganz dicht an meinem. So dicht, dass nur noch ein Hauch Luft dazwischen passte. Und zwischendurch nicht mal mehr der. Jedes Mal, wenn er sich bewegte und sein Bein meins berührte, hätte ich nicht einmal mehr die einfachste Frage beantworten können. Mein Hirn begann zu rauschen, und ich war ein einziges Pochen. Wie Trommeln. Im Magen. Im Rückgrat. In der Muschi. Dunk, dunk, dunk.

Am Nachmittag desselben Tages hatte ich meinen ersten Orgasmus.

Ich hatte mir das tiefrote Pochen eingefangen, als ich neben Ivar gesessen hatte. Es ließ weder in der Mathestunde noch in der folgenden Deutschstunde nach. Und als ich nach Hause fuhr, genoss ich es, das Pochen am Fahrradsattel zu reiben. Caro und Thea (nein, ich habe noch nicht mit ihr geredet, habe zu viel anderes im Kopf gehabt) unterhielten sich, ich bekam nicht mit, worüber, während ich in die Pedale trat, mich an meinem Sattel rieb und so schnell wie möglich nach Hause wollte. In mein Zimmer. In mein Bett. Ich wollte allein mit mir sein.

Zum Glück waren die anderen noch nicht nach Hause gekommen. Die Wohnung war ruhig und leer. Ich rannte in mein Zimmer hoch, schloss das Zimmer mit Hilfe meiner Schere ab (in Ermangelung eines passenden Schlüssels) und warf mich aufs Bett. Mein Körper stand unter Strom. Ich war geil! Zum ersten Mal. So jedenfalls hatte ich mich noch nie gefühlt.

Ich knöpfte meine Jeans auf und fuhr mit der Hand in die Hose. Ich war feucht. Richtig nass. Meine Finger machten sich auf die Suche nach dem Punkt, auf den sie drücken konnten, um das Zittern zu stillen. Und sie fanden ihn. Meinen kleinen Knopf. Und diesmal reagierte er sofort. Es ging blitzschnell. Als ich ihn erst einmal entdeckt hatte, fingen meine Beine an zu glühen, und mein Magen. Ich hörte mich selber maunzen (gut, dass niemand zu Hause war. Maunzen!?), meine Beine wurden steif wie Langlaufski, die Füße bogen sich nach außen, und dann gab es eine Explosion. Ich konnte es nicht bremsen, weder das Gefühl noch den Körper. Mein Körper stand in Flammen. Und dann, zack, bum, war es vorbei. Ich erwachte wie aus einem Traum. Atemlos. Verschwitzt. Begriff nicht recht, was eigentlich passiert war, was ich gemacht hatte, was ich erlebt hatte. Aber dann verstand ich es. So fühlte sich das also an! Davon schrieben sie also die ganze Zeit in der Illustrierten. Das war es, was der Schauspielerin in dem amerikanischen Spielfilm ein heiseres «Yes, yes, yes» entlockte. Das war also ein Orgasmus. Ich konnte es! Ich war kein hoffnungsloser Antisexfall. Ich war ein Mädchen, das einen Orgasmus kriegen konnte! Und dabei maunzte!

Endlich verstand ich, was Caro meinte, wenn sie sagte, dass sie sich jeden Abend selber streichelte. Wenn es sich so anfühlte!

Irgendwie bin ich froh, dass ich nie einen Orgasmus mit Danne zusammen hatte. Dass er mich nie hat maunzen hören, mich nie dazu gebracht hat, mein Innerstes nach außen zu kehren. So ist es ein bisschen, als wäre ich noch immer Jungfrau. Ich habe was für Ivar, was ich vor ihm noch niemandem gezeigt habe. Wenn ich ihm jemals so nahe kommen sollte. Schon seltsam. Obgleich ich mich ihm inzwischen näher fühle als je zuvor, kommt er mir schrecklich weit weg vor. Zumindest als Freund.

17. März

Habe einen Termin mit der Vertrauenslehrerin abgemacht, um mit ihr zu besprechen, was ich machen muss, um Tierärztin zu werden.

Bald kann ich auch das von der Liste streichen.

21. März

Die Vertrauenslehrerin meinte, ich könnte entweder den naturkundlichen Zweig auf dem Gymnasium wählen, aber dafür reichen meine Noten nicht aus. Oder ich könnte mich für ein Landwirtschaftsprogramm mit Schwerpunkt Tierpflege an einer Schule in Hälsingland bewerben, in einem Dorf namens Bramhed. Die Schüler wohnen in der Schule, haben ganz normalen Unterricht und bewirtschaften nebenher einen Bauernhof. Danach muss man noch ungefähr hundert Jahre weiterlernen, um Veterinär zu werden, aber als Grundlage soll die Ausbildung sehr gut sein. Mir schwirrt der Kopf.

1. Das hieße, dass ich von zu Hause wegziehen muss!!! Shit.
2. Nach Bramhed, ins letzte Kuhkaff. Ich finde ja Rödköping schon sterbenslangweilig. Wo auf der Skala mag da Bramhed stehen?
3. Es fällt mir schwer, so weit im Voraus zu planen. Bramhed wäre nur der Anfang, danach muss ich noch weitere fünf Jahre büffeln! Dann wäre ich … 23, wenn ich mit der Ausbildung fertig bin. Für den Fall, dass ich kein Sabbatjahr einschiebe und die ganze Zeit pauke, pauke, pauke. Schreckliche Vorstellung.
4. Ich würde Ivar nicht mehr sehen.

Ich habe mir gestern mal die Homepage der Schule angesehen. Die macht gar keinen so schlechten Eindruck. Jeder Schüler hat ein eigenes Zimmer in einem ehemaligen umgebauten Stallgebäude. Da fast alle Schüler in der Schule wohnen, gibt es eine besonders enge Gemeinschaft. Gemeinschaft. Klingt gut.

Gemeinschaft mit Leuten, die sich auch noch für andere Themen als Jungs, Sex und Alkohol interessieren. Leute, denen es nicht peinlich ist, in Gummistiefeln rumzulaufen und Mist zu schaufeln.

Allein das wäre es mir schon wert, nach Bramhed zu ziehen, wenn ich an Theas, Malins und Caros Gesichter denke!

Pro Jahrgang gibt es 23 Plätze, aber es bewerben sich sehr viel mehr. Doch bei der Auswahl wird anscheinend weniger Gewicht auf die Noten gelegt als auf den persönlichen Brief, den man seiner Bewerbung beilegen muss. Darin soll man schreiben, wieso man ausgerechnet auf diese Schule will. Na ja, mal sehen. Bewerben werde ich mich auf alle Fälle. Und wenn sie mich nehmen, entscheide ich mich. Absagen und mich für die Handels- und Beamtenlaufbahn entscheiden kann ich immer noch.

24. März

Heute ist mir was Nettes aufgefallen. Was richtig Gutes. Wenn es überhaupt was zu bedeuten hat.

Heute im Speisesaal hatte ich plötzlich das Gefühl, dass mich jemand beobachtete. Und als ich mich also umdrehte, sah ich in Ivars gelbe Augen. Als er merkte, dass ich ihn ansah, wandte er schnell den Blick ab!!! Er hält meinen Blick nicht fest wie sonst, sondern tut so, als hätte er mich gar nicht angeguckt! Das kann doch nur eins bedeuten … Ja, was eigentlich? Gar nichts, wahrscheinlich. Aber vielleicht mache ich ihn ja doch ein bisschen nervös. Vielleicht empfindet er ja doch etwas …

25. März

Fast hätte ich vergessen zu erwähnen, dass ich gestern Nachmittag, an dem Tag, als Ivar meinem Blick ausgewichen ist, meinen zweiten Orgasmus hatte. Was macht er mit mir??? Schöne Dinge, befürchte ich.

27. März

Caro, Malin, Thea und ich waren nach der Schule im Café. Sie haben ganz offensichtlich miteinander geredet. Über mich.

Wir saßen mit unseren Teetassen in der Raucherzone (weil Caro unbedingt eine qualmen wollte). Thea war die

Einzige, die sich ein süßes Teilchen gekauft hatte. Das Café ist das hässlichste weit und breit. Da ist mindestens seit den sechziger Jahren nichts mehr gemacht worden. Dunkelbraune Wandverkleidung, nikotingelber Teppichboden und völlig vergilbte Speisekarte. Wie abgewrackt darf ein Café eigentlich sein? Extrem abgewrackt, wenn ich mir das so angucke. Ist ja nur ein Jugendcafé, und uns Jugendliche kann man ja ruhig behandeln wie den letzten Dreck. Wahrscheinlich müssen wir noch dankbar sein, dass wir unseren Tee nicht in einem Kellerloch trinken müssen.

Caro: «Lina, jetzt sag schon, was hast du am Laufen?»

Ich: «Am Laufen?»

Thea: «Gib dir keine Mühe. Du hast doch was am Laufen.»

C: «Wir wissen nur nicht, was. Aber irgendwas ist es. Du bist nicht mehr so oft mit uns zusammen. Und irgendwie tust du so geheimnisvoll. Du erzählst uns nichts mehr. Jedenfalls nichts, was Jungen angeht ...»

Malin: «Wer ist es?»

C: «Oder ist es eine Sie ... Haha ...»

I: «Da ist nichts.»

T: «Lillis und ich haben übrigens gestern 50. Jubiläum gefeiert.»

C: «50. Jubiläum wovon?»

T: «Dass wir 50-mal miteinander geschlafen haben.»

C: «Ich lach mich schlapp. Zählst du mit, wie oft ihr poppt? Führst du eine Strichliste, oder was? Du machst Witze, oder?»

T: «Nein. Ich kringle alle Tage in meinem Kalender ein, an denen wir zusammen geschlafen haben, und wenn wir es am selben Tag zweimal gemacht haben, gibt es einen Doppelkringel, bei dreimal …»

C: «Du hast doch ’ne Meise. Aber jetzt geht es ausnahmsweise mal nicht um dich, sondern um Lina und was sie gerade treibt. Was ist, Lina, machst du auch Kringel in deinen Kalender?»

I: «Nein.»

M: «Hast du jemanden kennen gelernt? Ich hab gesehen, wie du mit diesem Typen aus der Siebten von Lillis’ Fete abgehauen bist, und danach habt ihr euch in der Schule ein paarmal unterhalten …»

C: «Hör schon auf, Malin. Lina ist doch nicht mit einem Siebtklässler zusammen! Und schon gar nicht mit diesem Softie!»

M: «Vielleicht ist er gar nicht so soft, immerhin ist er der Cousin von Anton aus Ljunghed.»

C: «Willst du mich veräppeln? Ist das wahr?»

M: «Und ob das wahr ist. Sie haben bei Lillis’ Fete nebeneinander auf dem Küchenboden gesessen und sich einen gepichelt.»

I: «Ivar hat nichts getrunken.»

T: «Sieh an, Ivar heißt er also, dein neuer Darling.»

Sollte ich ehrlich sein? Sollte ich es wagen, ihnen die Wahrheit zu sagen? Dass ich hoffnungslos in einen Softie aus der Siebten verschossen bin, der Dirigent werden will, wenn er groß ist? Sollte ich riskieren, dass meine drei Freundinnen von nun an Grimassen schnitten, sobald sie ihn sahen oder, schlimmer noch, hinter ihm herpfiffen oder ihn damit aufzogen. Zuzutrauen wäre es ihnen. Zumindest Thea. Und ein bisschen auch Malin und Caro.

I: «Kann sein, dass ich nach Bramhed ziehe.»

T: «Nach Bramhed?»

C: «Wo ist das denn? Zieht ihr mit der ganzen Familie dahin?»

I: «Nein, nur ich.»

M: «Jetzt kapier ich gar nichts mehr. Warum ziehst du allein nach Glanhed?»

I: «Das heißt Bramhed. Und es liegt in Hälsingland.»

C: «Und wo, bitte, ist Hälsingland?»

I: «Etwa 650 Kilometer nördlich von hier.»

T: «Aber … aber … Das verstehe ich nicht. Wieso willst du dahin ziehen?»

I: «Ich will mich an dem Gymnasium dort bewerben. Die Schule ist in einem Bauernhof untergebracht, auf dem man auch wohnt. Man lernt, einen Bauernhof zu bewirtschaften, und kann später Tierarzt werden, wenn man will.»

C: «Auf einem Bauernhof!!! Drehst du jetzt völlig durch?»

T: «Hab ich dich richtig verstanden? Du willst auf ein Bauerngymnasium, Kuhscheiße schaufeln, Schafe scheren und Ferkel kastrieren? Und das freiwillig? Du ziehst von deinen Freunden weg, von deiner Familie, um Bäuerin zu werden?»

I: «Veterinärin. Später.»

C: «Ich lach mich schlapp. Das ist doch saucool. Überleg doch mal! Du kannst zu Hause ausziehen und wohnst mit lauter netten Leuten zusammen auf einem Bauernhof. Bestimmt sind auch ein paar hübsche Jungs dabei. Da kontrolliert bestimmt keiner, wann du abends nach Hause kommst. Du kannst machen, was du willst. Schade nur, dass die Schule in Hälsingland ist und nicht in Stockholm.»

I: «Dann wäre es ja wohl kaum eine Landwirtschaftsschule.»

C: «Ne, wohl eher eine Drogenwirtschaftsschule. Oder eine Poppakademie. Da würde ich mich sofort bewerben. Untergebracht in einem Haus in Stockholm, an dem man lernt, seine Poppkenntnisse zu perfektionieren!»

I: «Das klingt jetzt aber sehr nach Dokusoap.»

T: «Du willst also Bäuerin werden. Wie unappetitlich. Da ist doch alles voller Mist und Gülle.»

C: «Ach was. Ist doch voll verschärft! Das gefällt mir, Lina. Das hätte ich nicht von dir erwartet, dass du so verrückte Sachen machst. Hoffentlich nehmen sie dich.»

Damit war das Thema abgehakt. Aha, Lina wird also Bäuerin. Sie war ja schon immer ein bisschen verrückt. Lesbisch ist sie wahrscheinlich auch.

Beim vierten Becher Tee waren wir wieder bei Theas Kringeln im Kalender. In einer Nacht hatten sie versucht, den Rekord von Lillis' Freund Henrik und seiner Freundin zu brechen, die es achtmal hintereinander gemacht hatten.

T: «Lillis hatte Gleitmittel besorgt. Das bräuchten wir, meinte er, weil ich sonst bei den letzten Malen wahrscheinlich streiken würde.»

I: «Und warum schläfst du mit ihm, wenn du keine Lust hast?»

C: «Ha, acht Quickies in einer Nacht würde ich auch noch schaffen. An einem Vormittag, wenn's sein muss.»

T: «Wieso bist du denn so aggressiv, Lina?! Das sollte keinen Spaß machen, wir wollten den Rekord schlagen. Die ersten drei Male liefen gut, obwohl es beim dritten Mal schon anfing, ein bisschen zu scheuern. Wir legten eine Pause ein. Danach haben wir es zweimal unter der Dusche gemacht. Das tat ziemlich weh, wie ein Reibeisen. Das hat sogar Lillis gemerkt, also haben wir wieder eine Pause eingeschoben.»

I: «Weil Lillis Probleme hatte? Nicht, weil es dir wehtat?»

T: «Ist doch egal. Jedenfalls, danach hatte Lillis Schwierigkeiten, ihn hochzukriegen. Immerhin hatten wir es schon fünfmal geschafft.»

I: «Armer Lillis.»

C: «Meine Güte, bist du ätzend, Lina! Hast du deine Tage, oder was?»

T: «Wollt ihr wissen, wie's weiterging?»

C: «Jaaa!!!»

I: «Ist mir egal.»

T: «So erzähl ich nicht weiter. Dann erfahrt ihr eben nie, ob wir den Rekord geschlagen haben.»

C: «Doch!! Erzähl, natürlich wollen wir es wissen! Wollen wir doch, oder?»

M: «Klar!»

I: «Nein, ehrlich gesagt, es interessiert mich nicht. Das ist doch pervers. Ihr schmiert euch mit Gleitmittel ein, um einen idiotischen Rekord zu schlagen, mit dem Henrik wahrscheinlich nur rumgeprahlt hat.»

T: «Quatsch, Henrik lügt nicht! Er ist der ehrlichste Mensch auf der Welt! Dafür legt Lillis seine Hand ins Feuer, die beiden sind schon seit der vierten Klasse befreundet. Henrik hat noch nie gelogen.»

I: «Das ist mehr, als man von dir behaupten kann.»

Und dann tat ich es! Zwischen der braunen Wandverkleidung und dem nikotingelben Teppichboden. Ich rechnete mit Thea ab!

T: «Was willst du damit sagen?»

I: «Damit will ich sagen, dass ich dir nie mehr in meinem Leben vertraue! Du hast Lillis erzählt, dass ich vorhatte, mit Danne Schluss zu machen. Dank dir wurde der Abend, an dem ich tatsächlich mit ihm Schluss machen wollte, zu einem der schrecklichsten Abende, die ich je erlebt habe. In jeder Hinsicht. Hättest du deine Klappe gehalten, wie es sich für eine gute Freundin gehört, wäre mir eine Menge Ärger erspart geblieben. Dann hätte ich kein letztes Mal mit Danne geschlafen, und er wäre nicht dummerweise in mir gekommen. Ohne Kondom! Und ich hätte mich nicht einen Monat mit der Angst rumgequält, möglicherweise schwanger zu sein. Danne und ich wären vielleicht als Freunde auseinander gegangen. Aber so, wie es jetzt ist, kann man das vergessen. Und ehrlich gesagt, ich glaube, dass wir unsere Beziehung auch vergessen können.»

T: «…»

C: «…»

M: «…»

C: «Aber …»

T: «Lillis hatte versprochen, Danne nichts davon zu sagen …»

I: «So, wie du es mir versprochen hast.»

Thea fing an zu heulen. Malin und Caro saßen wie versteinert da und wussten nicht, was sie sagen sollten. Was ging hier eigentlich ab? Ich, Lina, die nie aus der Reihe tanzt oder laut wird, die nie eine Szene macht. Aber ich bin nicht mehr die alte Lina. Irgendetwas ist mit mir passiert. Ich hab keine Lust mehr auf diese gequirlte Scheiße. Ich will nicht mehr als jemand anders durchs Leben laufen.

Caro strich Thea über den Arm, während Thea versuchte, ihre Schminke zu retten. Ich war erstaunlich ruhig. Mir lief zwar der Schweiß unter den Armen und an den Seiten hinunter, und das Herz hämmerte so heftig, dass ich sicher war, alle anderen müssten es sehen. Aber ich fühlte mich dennoch ruhig. Fast, als hätte das alles nichts mit mir zu tun. Thea flennte, die Tränen liefen in Bächen über ihre Wangen, sie heulte wie ein Schlosshund. Wie ein kleines Kind, das ertappt worden ist, aber nicht zugeben will, dass es Mist gebaut hat, und nun weint, weil es sonst nichts machen kann.

I: «Ich gehe jetzt. Tschüs.»

C: «Das kannst du doch nicht machen! Lina! Warte! Du kannst doch jetzt nicht einfach gehen, ihr müsst darüber reden. Vielleicht ist es ganz anders, als du denkst … Thea! Hast du Lillis wirklich davon erzählt?»

T: «Schluchz.»

C: «Thea?»

Ich zog meine Jacke an, verließ die Raucherzone, passierte die Glastheke voller marzipan- und sahnegefüllter Fastenwecken und Toasts mit Leberpastete, Theas immer leiser werdende Schluchzer im Ohr.

T: «Ich weiß gar nicht, was sie hat?! Ist ja wohl klar, dass man seinem Freund alles erzählt. Er ist doch der Wichtigste …»

Ich hab Rotz und Wasser geheult, als ich nach Hause kam. Mama dachte bestimmt, ich wäre schon wieder schwanger. Einerseits war ich schrecklich traurig, andererseits aber auch unendlich erleichtert. Als ich kaum noch wusste, wohin vor Heulen, und mir der Bauch wehtat, als hätte ich gerade hundert Sit-ups gemacht, fiel mir wieder ein, wie viel Spaß Thea und ich zusammen gehabt hatten.

Wir waren zusammen eingeschult worden und hatten fast immer nebeneinander gesessen. Wir hatten Duftradiergummis getauscht. Sie hatte bei mir und ich bei ihr übernachtet. Wir hatten uns alles erzählt, auch die geheimsten Dinge. Wir waren zusammen konfirmiert worden. Wir … Und trotzdem hatte sie mich behandelt wie eine Sklavin. Wenn ich daran denke, fühle ich mich jetzt richtig erleichtert. Wir waren zwar so was wie beste Freundinnen, aber ich war weniger wert als sie. Das hat Thea mir immer sehr deutlich zu spüren gegeben. Sie

ICH WILL WIEDER EIN KIND SEIN!!!
ICH WILL NICHT ERWACHSEN WERDEN!

war das Wichtigste für mich, und nicht umgekehrt. Ich musste immer machen, was sie wollte. Wenn ich My Little Pony spielen wollte, sie aber lieber das Puppenhaus ummöblieren wollte, dann stellten wir eben Möbel um. Ganz selbstverständlich. Das ist bis heute so. Thea hat immer über mich bestimmt. Manchmal war es sogar ganz angenehm, gelenkt zu werden und nicht selbst nachdenken zu müssen. Ich war die einfachere Ausgabe von Thea. Dass Thea immer zu den Beliebtesten und Hübschesten der Klasse gehörte, hatte durchaus auch Vorteile für mich. Ohne sie wäre ich doch auf keine Party eingeladen worden. Aber genau genommen … Wie toll waren diese Partys eigentlich für mich? Ich saß meist rum wie ein Mauerblümchen und habe vor mich hin gestarrt. Kein Schwein hat sich für mich interessiert, ein nicht sonderlich gut aussehendes Mädchen, das den Mund nicht aufkriegt. Bis Danne auftauchte. Aber in ihn war ich nie verliebt. Und wäre er nicht zufällig mit Lillis befreundet gewesen, hätte Thea Danne niemals beachtet. Aber weil sie es auf Lillis abgesehen hatte, passte es ihr wunderbar in den Kram, dass Danne und ich zusammenkamen. Vielleicht wäre ich ohne Thea besser dran gewesen? Wer weiß, möglicherweise hätte ich ohne Thea heute ein viel ausgeprägteres Selbstbewusstsein? Vielleicht wäre ich ohne Thea schon viel früher auf solche Menschen wie Ivar gestoßen und hätte mich eher getraut, meinen eigenen Weg zu gehen. Im Grunde genommen weiß ich kaum, wer ich eigentlich bin, weil ich immer versucht habe, wie Thea zu sein. Vielleicht bin ich ja ein komischer Mensch? Ein Clown! Oder ein Genie! Ein verkapptes Genie!

Der Gedanke an unsere nächste Begegnung in der Schule liegt mir ziemlich im Magen. Wie Caro und Malin sich wohl verhalten werden. Was Thea ihnen wohl erzählt? Wie ich Thea kenne, behauptet sie, ich hätte mir die ganze Geschichte nur ausgedacht, weil ich neidisch auf sie und Lillis bin, um ihre solariumsgebräunte Haut zu schützen. Das wäre ihr glatt zuzutrauen.

Fast hätte ich Ivar angerufen. Aber nur fast. Ich hatte seine Nummer im Telefonbuch nachgeschlagen und sogar schon gewählt. Aber als jemand antwortete, habe ich schnell aufgelegt. Das muss seine Mutter gewesen sein. Im Hintergrund lief Musik, vielleicht war Ivar ja gerade beim Cello-Üben. Da ich aufgelegt habe, werde ich es wohl nie erfahren. Als die weibliche Stimme im Hörer ertönte, beschleunigte mein Herz auf 3000 Schläge in der Sekunde, und ich hätte mir vor Schreck fast in die Hose gemacht. Dabei sollte man doch eigentlich darauf vorbereitet sein, dass jemand antwortet, wenn man irgendwo anruft. Ich warf den Hörer auf und saß bestimmt eine Minute mit angehaltener Luft da. Als hätte ich Angst, sie könnte mich an meinem Atem erkennen. Bescheuert. Ivar würde garantiert wissen wollen, woher ich seine Nummer kannte, und wenn ich geantwortet hätte, dass ich sie im Telefonbuch nachgeschlagen habe, hätte er doch gleich gewusst, was Sache ist. Als ob daran was auszusetzen wäre!!!??? O Mann! Was habe ich denn schon zu verlieren? Warum rufe ich also nicht einfach an? Nein, ein andermal. Aber irgendwann muss ich es machen.

Mein Gott! Gerade fällt mir was ein. Was, wenn die einen Nummernspeicher haben und meine Nummer auf ihrem Display erscheint!!??? Katastrophe! Obwohl – so was Modernes haben die bestimmt nicht, wahrscheinlich steht bei denen noch so ein richtig altmodisches Telefon mit Wählscheibe.

29. März

Ich habe geschwänzt. Ich will Thea nicht begegnen. Ihren vernichtenden Blicken.

Ich denke an Ivar. Die ganze Zeit. Tagträume. Die ganze Zeit. Von unserem ersten Kuss. Wenn es jemals so weit kommen sollte.

29. März

Abends.

Heute bin ich mal zum Hafen runterspaziert. Weil ich mir nach dem Telefongespräch wie ein Feigling vorkam.

Obwohl man das wohl kaum als Telefongespräch bezeichnen konnte, eher als Telefonschweigen.

Ich wollte Ivars Boot anschauen gehen, um mir ein Bild machen zu können, wo er morgens frühstückte und seine Hausaufgaben machte. Wo er Singen übte. Und wo er vielleicht, vielleicht, vielleicht mein Bild im Schulkatalog aufschlug.

Tagsüber ist es richtig gemütlich am Hafen. Aber abends … abends geht dort keiner hin. Nicht, weil es so unheimlich wäre, es geht einfach niemand hin. Es gibt kein Café, und angucken kann man auch nichts, weil es dann stockdunkel ist. Aber als ich dort ankam, war es hell. Ein holländisches Hausboot, hat er gesagt … Wie sieht das aus? Ich weiß ja noch nicht einmal, wie ein schwedisches Hausboot aussieht. Blaugelb?

Ich konnte zwei Boote entdecken, die einen bewohnten Eindruck machten. Auf dem einen flatterte eine große, rot-orange gemusterte Flagge am Mast, die sehr selbst genäht aussah. Da fiel mir ein, dass Ivar erzählt hatte, seine Mutter wäre Handarbeitslehrerin. Das musste ihr Boot sein. Ivars Boot. Es sah aus wie Pippis Hoppetosse. Ziemlich chaotisch. Aber schön. Und rot gestrichen. Überall standen Blumen und Pflanzen in alten, angeschlagenen Tontöpfen. Zwischen den Masten war eine Hängematte aufgehängt. Das Boot war über einen Steg mit der Kaimauer verbunden. Auf dem Deck standen Stiefel und Schuhe. An einer Leine zwischen dem vorderen Mast und dem Bugspriet (so heißt die Spitze vorne, glaube ich) hing Wäsche zum Trocknen. Und über allem die rot-orange Flagge. So wohnte er also. Mein Ivar. Auf einem uralten Kahn, der aussah wie aus einem Hippiealbum ausgeschnitten. Ich legte den Kopf in den Nacken und tat so, als interessierte ich mich für die Möwen, wobei ich eigentlich das Boot begutachtete. Die Fenster waren kleine runde Bullaugen, aber vielleicht gab es ja noch ein paar Dachfenster auf dem Deck. Ich musste unbedingt da rein, wollte wissen, wie es drinnen aussah. Ich hatte noch nie so ein Boot gesehen. Aber wie sollte ich das anstellen, ohne mich bis auf die Knochen zu blamieren? Ivar war in der Schule, aber hinter den Bullaugen bewegte sich etwas. Seine Mutter? Sein Vater? Eine der norwegischen Waldkatzen?

Schokoküsse. Ich könnte ja sagen, dass ich Schokoküsse verkaufte, um für unsere Klassenfahrt zu sammeln. Dummerweise hatte ich keine Schokoküsse dabei. Dann kam mir die Idee, zu sagen, dass ich ein Referat schreiben musste. Über Hausboote! In … in Landeskunde. Da wir gerade Holland durchnahmen, hatte ich mir überlegt, über holländische Hausboote zu schreiben. Und wie der Zufall es wollte, hatte ich gehört, dass im Hafen ein holländisches Hausboot liegen sollte. An mir war offenbar doch ein Genie verloren gegangen, wenn auch ein feiges Genie. Mir war richtig übel, als ich über den Steg auf das Boot ging, wo meine heimliche Liebe wohnte. Was sollte ich bloß sagen? Ich hatte noch nicht mal einen Block dabei. Ich stand auf dem schmalen Steg, ohne Block und Stift, kopflos und mit heftig klopfendem Herzen. Wo war die Tür? Überall waren Luken, aber nirgendwo eine richtige Tür. Mitten auf dem Deck stand eine kleine blaue Hütte. Mit einer Tür. Einer roten Tür. Ich sah zu, wie meine Hand sich hob und anklopfte, leise und unsicher. O nein. Drinnen war ein Geräusch zu hören. Jemand kam, um zu öffnen. Das Telefonsyndrom war wieder da. Ich wollte abhauen! Was machte ich hier überhaupt? Ich war ja verrückt! Ich war im Begriff, Ivars Zuhause zu betreten, und benahm mich wie eine Geisteskranke. Ich trat die Flucht an, schaffte es aber gerade bis zur Reling, als ich hinter mir ein «Hallo?» hörte. Hinter mir, in dem roten Türrahmen, stand, zweifellos, Ivars Mutter. Sie war klein. Sehr klein. Das blonde Haar reichte ihr bis zum Po. Nein! Bis über den Po! Sie hatte die gleichen vollen Lippen wie Ivar, die gleichen gelben Augen. Ein lila Kleid, übersät mit Stickereien, Leggins und Riesenwollsocken. Die Frau in der Tür passte hervorragend zu dem Boot, charmant, hippiemäßig. Sie war alles andere als unsympathisch.

Ivars Mutter: «Hallo? Warst du das, die geklopft hat?»

Ich: «Ääh … Ja.»

M: «Kann ich dir irgendwie helfen?»

I: «…»

M: «Bist du eine Freundin von Ivar? Er ist in der Schule.»

I: «Ähm, nein. Ich … Ich schreibe ein Referat …»

M: «Aha. Zu welchem Thema?»

I: «Also … Wir haben die Aufgabe bekommen, was über

Holland zu schreiben, und weil ich wusste, dass hier im Hafen ein holländisches Boot liegt, habe ich gedacht … ich könnte es mir vielleicht mal ansehen. Oder, ich meine, kann ich Ihnen vielleicht ein paar Fragen zu dem Boot stellen?» (Ich habe es tatsächlich getan!!! Ich war verrückt! Das konnte nur in die Hose gehen, aber ich hatte es gemacht. Haha. Mann, war ich mutig! Shit, obercool!)

M: «Aber sicher! Ich nähe gerade eine Flickendecke für den Aufenthaltsraum meiner Schüler, deswegen sieht es ziemlich unordentlich aus. Aber dir geht es ja in erster Linie um das Boot, nicht wahr? Da wird ein bisschen Unordnung dich ja wohl nicht stören. Komm rein! Ich heiße übrigens Anja!»

I: «Lina. Hallo.»

M: «Gehst du auf die Rödköpingschule? Da ist mein Sohn, Ivar. Er geht in die siebte Klasse.»

I: «Äh, nein. Ich gehe auf die Vidarschule.»

M: «Ach so. Also, Lina, was möchtest du über alte holländische Küstensegler wissen?»

(Was ich über holländische Küstensegler wissen wollte? Gar nichts. Ich wollte mich in Ivars Zimmer umsehen.)

Mama Anja fing mit dem Werdegang des ehemaligen Steuerhauses an. Da das Boot nicht mehr rausfuhr, war alles, was mit der Steuerung zu tun hatte, abmontiert worden. Danach hatten sie das Steuerhaus zu einer Schreibstube umgebaut, in der Ivars Vater tagsüber arbeitete. Heute jedoch hielt er irgendwo einen Vortrag.

Anja stieg vor mir die enge, steile Treppe nach unten. Unterhalb der Schreibstube eröffnete sich mir eine völlig neue Welt. Das ganze Boot bestand aus einem großen, offenen Raum, außer drei Kajüten am hinteren Ende. Hinter einer dieser Türen musste Ivars Zimmer sein! In den Wänden lauter Bullaugen und an der Decke ein paar gigantische Oberlichter, durch die das Tageslicht hereinströmte. Darunter eine Nähmaschine, eine riesige Flickendecke, jede Menge Stoffballen und Dekotücher an den Wänden. Mehrere Sofas und orientalische Kissen, Kerzen, Räucherstäbchen, Kristallleuchter, ein niedriger Tisch, eine kleine Küchenzeile, ein gelber Herd, Teller und Becher an Haken, überall Bilder, Bücher und Wandteppiche. Eine Katze strich an meinem Knöchel entlang. Fotos von einem kleinen Pimpf, dem süßesten Fünfjährigen, den ich je gesehen hatte, mit Wuschelmähne, breitem Grinsen und wunderbar gelben Augen. Ivar!!! Mein Gott, ich war zu Hause bei Ivar. Auf diesen gemütlichen Knautschsofas saß er also abends und unterhielt sich mit seiner lieben Handarbeitsmama über das Leben.

M: «… Das war ein Erlebnis, mit dem Boot hier anzulegen, nach der langen Reise aus Amsterdam. Und als wir …»

Die Handarbeitsmama referierte weiter über Boote. Ich nickte, warf hin und wieder eine Frage ein, ohne ein einziges Wort zu verstehen, das sie sagte. Ich konnte mich einfach nicht satt sehen, war absolut überwältigt, dass ein Zuhause so aussehen konnte. Bisher hatte ich nur normale Wohnungen gesehen. Aber das hier war keine gewöhnliche Wohnung. Kein Wunder, dass Ivar ein ungewöhnlicher Junge war.

I: «Hinter den Türen dahinten … sind da Schränke?»

M: «Nein, nein! Das sind unsere Schlafzimmer. Jeder von uns hat ein eigenes Zimmer, weil wir ansonsten nur diesen offenen Raum haben. Da ist es schön, auch für mich und meinen Mann, eine Rückzugsmöglichkeit zu haben. Und für unseren Sohn natürlich erst recht.»

Anja öffnete die Tür zu ihrer kleinen Kajüte, ein Traum in tiefrotem Samt, in dem außer einem großen Bett und einem Stapel Bücher nichts stand. Die Kajüte von Ivars Vater war schlicht eingerichtet, sauber, Flickendecke, Fotos (konnte nicht erkennen, ob Ivar auf einem drauf war, gehe aber mal davon aus), zwei Bullaugen und ein Plattenspieler.

M: «Und hier wäre das Zimmer unseres Sohnes, aber das möchte ich nicht ohne seine Zustimmung zeigen. Du weißt sicher selbst, wie das ist, das ist ein empfindliches Alter, da ist die Privatsphäre besonders wichtig.»

Mist. So kurz vorm Ziel. Das durfte doch nicht wahr sein. Ich musste da rein! Um jeden Preis!

Manchmal scheint Gott tatsächlich Gebete zu erhören. Selbst wenn sie gar nicht ausgesprochen wurden.

Es klopfte wieder an der Tür.

M: «Oh, das ist bestimmt unser Nachbar. Die haben Probleme mit ihrem Abfluss. Entschuldige mich einen Moment, ich bin in einer Minute wieder zurück.

Machs dir in der Zwischenzeit auf dem Sofa bequem oder sieh dich noch ein bisschen um.»

Anja rannte die schmale Treppe hinauf. Ich stand wie paralysiert vor Ivars Zimmer. In der nächsten Sekunde legte ich die Hand auf die Klinke. Mein Atem ging schneller. Ich war aufgeregt. Ich zitterte. Ganz, ganz vorsichtig zog ich die Tür einen Spaltbreit auf. Ivars Tür. Ich stellte das Atmen ein. Vorsichtshalber, damit ich hörte, wenn Anja die Treppe wieder runterkam. Das durfte ich nicht verpassen. Und dann stand ich auf der Schwelle zum Paradies, zu Ivars Allerheiligstem. Das war sein Zimmer. Es war etwas größer als die Zimmer seiner Eltern. Ich hatte nicht viel Zeit, also verschaffte ich mir rasch einen Überblick. Großes Bett mit arabischer Tagesdecke. Viele Kissen. Es sah aus, als hätte gerade jemand darauf gelegen. Kerzen. Bücher. Ein Notenständer. Jede Menge Notenhefte. Notenblätter über den Boden verteilt. Klamotten, die achtlos über einen alten, durchgesessenen Sessel geworfen waren. Seine grüne Cordhose!!! Am liebsten hätte ich sie als Andenken mitgenommen. Aber ich blieb auf der Schwelle stehen, um notfalls schnell die Tür zumachen zu können. Und da entdeckte ich die Fotos. Dutzende, entweder gerahmt, einfach mit einer Nadel festgepinnt oder mit einem Streifen Tesa an die Wand geklebt. Über dem Kopfende hing das Foto eines älteren Mädchens, bestimmt achtzehn Jahre alt! Sie war sehr hübsch. Verflixt hübsch. Dickes, lockiges, schwarz schimmerndes Haar. Grüne Augen. Punkt auf der Stirn.

Ein roter Punkt. Indisch. Sie sah ganz eindeutig indisch aus.

Was hatte ich denn erwartet? Bildete ich mir etwa ein, dass Ivar, der netteste Junge der Welt, keine Freundin hatte? Glaubte ich das wirklich? Natürlich hatte er eine ältere, scheißhübsche, scheißintelligente, scheiß, scheiß, scheißnette Freundin. Wahrscheinlich hatte er sie auf einer bescheuerten Chorreise nach Indien kennen gelernt. Bestimmt haben sie sich auf orientalischen Kissen und unter wedelnden Palmblättern gewälzt und sich ihre geheimsten Geheimnisse anvertraut. Ivar hatte natürlich gelogen, als er sagte, er wäre momentan nicht verliebt. Und natürlich stimmte auch nicht, dass er noch unschuldig war. Warum sollte er mir auch die Wahrheit erzählen. Warum sollte er sich ausgerechnet in mich verlieben, eine langweilige Reihenhausschnepfe, wenn er die absolute Schönheit aus Kalkutta haben konnte? Wenn er … Da hörte ich Anjas Schritte auf der Treppe. Ich schob die Tür zu, nahm meine Jacke und setzte mich in Bewegung. Ich konnte nichts sagen, weil ich sonst garantiert angefangen hätte zu heulen. Anja sagte etwas zu mir, worauf ich mechanisch antwortete, ich müsse jetzt gehen. Mit zittrigen Beinen stieg ich die Treppe hoch, lief im Zickzack um die Blumentöpfe herum und war froh, wieder an Land zu sein. Hinter mir lag das Boot. Eine Welt, in die ich nicht hineingehörte, von der ich nichts wusste, in die ich eigentlich gar nicht hätte hineinschauen dürfen. Ich war zwischen Klinkerwänden und Gartengrills zu Hause.

Was bildete ich mir bloß ein. Glaubte ich vielleicht, ich wäre anders als Caro und Malin? Etwas Besonderes, Besseres? Vergiss es. Vergiss Ivar. Vergiss das alles. Punkt und Schluss.

30. März

Hab heute schon wieder geschwänzt. Was soll ich in der Schule? Mir fällt kein triftiger Grund ein. Um was zu lernen? Vergiss es. Um Thea, Caro und Malin zu treffen? Vergiss es. Um nach Ivar Ausschau zu halten und mit ihm zu plaudern? Scheiße, vergiss es!

Wie bin ich bloß darauf gekommen, dass aus uns was werden könnte? Wie viele Stunden habe ich damit verbracht, von Ivar zu träumen? Sogar meinen ersten Orgasmus hatte ich, weil ich an ihn gedacht habe.

Und währenddessen hat er die ganze Zeit an eine andere gedacht. An eine saftige, sonnensüße, exotische Frucht. Schreckliche Vorstellung. Dass er, während ich von ihm phantasierte, an eine andere gedacht hat. Ich habe den ganzen Vormittag geheult. Mama habe ich erzählt, ich hätte Menstruationsbeschwerden. Menstruation, immer wieder eine gute Entschuldigung in allen Lebenslagen: beim Sport, beim Sex und beim Schwänzen.

Nachdem ich mir zum fünfhundertsten Mal die Nase geputzt hatte, stand mein neuer Lebensentwurf fest.

1. Ich werde Ivar niemals beichten, dass ich ihn liebe.
2. Ich werde alles daransetzen, auf das Landwirtschaftsgymnasium in Hälsingland zu kommen.
3. Ich werde morgen zur Schule gehen und es überleben.

4. April

Ich bin tatsächlich in die Schule gegangen. Und habe es überlebt. Wenn auch nur knapp.

Jetzt, wo der Schnee geschmolzen ist, fährt kaum noch einer mit dem Bus, alle fahren mit dem Rad. Außer den Landeiern aus Rås Långhed, die zu weit weg wohnen.

Ich fuhr also mit dem Rad. Zum ersten Mal seit dem Herbst. Herrlich. Obwohl ich mir wie der einsamste Mensch auf der ganzen Welt vorkam, fühlte ich mich auch irgendwie gut. Ich allein gegen den Rest der Welt, ohne Freundinnen, ohne Freund und mit Umzugsaussichten ins letzte Kuhkaff. Ich kam mir vor wie im Film, nicht unbedingt einer romantischen Schnulze, sondern eher einer sozialrealistischen Dokumentation.

Allein mit dem Fahrrad zu kommen ist ein Statement. Alle anderen fahren in Gruppen oder mindestens zu zweit. Bis jetzt war ich auch immer zu zweit unterwegs, mit Thea. Allein zu radeln ist der unmissverständliche Beweis, dass man genau das ist – allein. Der trockene Kies knirschte unter meinen Reifen, die klare Luft duftete nach feuchter Erde, und überall war das typische Frühlingszwitschern der Vögel zu hören. Als ich die Dalbobrücke überquerte, liefen mir Tränen übers Gesicht. Aber es war nicht der dort immer besonders kräftige Wind, der mir die Tränen in die Augen trieb. Was war schon ein bisschen Wind, verglichen mit einem gebrochenen Herzen? Der Frühling war doch die Jahreszeit der Liebe. Aber ich fuhr mit einem zerbröselten Herzen durch die Landschaft, inmitten von Krokussen und Osterglocken, über knirschenden Kies, begleitet von fröhlichem Vogelgezwitscher. Ich musste die ganze Zeit an Ivar denken. Ununterbrochen. An all die schönen Dinge, die ich mir in meiner Phantasie ausgemalt hatte: wie wir uns berührten, uns Geheimnisse anvertrauten, uns liebten … Wie sollte ich jemals wieder ein Hallo über die Lippen bringen? Aber schneiden konnte ich ihn auch nicht einfach, er hatte mir schließlich nichts getan. Geschweige denn, dass er mir ewige Treue geschworen hätte, wir hatten uns ja noch nicht einmal umarmt. Genau genommen hatte er mir durch nichts verraten, ob er auch in mich verliebt war. Höchstens mit dem verstohlenen Blick in der Schulkantine, aber dieser Blick konnte alles und nichts bedeuten. Ich hatte überhaupt keinen Grund, ihm Vorwürfe zu machen. Und das war das Gemeinste dabei. Wäre er ein Arsch gewesen, hätte ich ihn hassen können. Einfach nur mit ihm befreundet zu sein und mir allen möglichen Mist über seine indische

Flamme anhören zu müssen war unmöglich. Das ging auf keinen Fall. Dann schon lieber gar kein Ivar als ein Ivar, der eine andere liebt.

Als ich auf den Schulhof bog, sah ich von weitem Thea und Caro. Sie wirkten gut gelaunt.

Ich schloss mein Rad ab und ging mit schleppenden Schritten auf das Schulgebäude zu, auf den Korridor, der zu den Schränken führte. Dort war Thea. Und Ivar. Ich ging meiner eigenen Hinrichtung entgegen. Ich hätte nicht übel Lust gehabt, einfach abzuhauen. Als ich die schwere Außentür aufzog und Thea, Caro und Malin bei den Schränken sah, wollte ich auf dem Absatz kehrtmachen. Alles war besser, als jetzt dorthin zu gehen.

Caro sah mich als Erste.

Caro: «Lina! Hallo! Warst du krank?»

Ich: «So ähnlich.»

C: «Schön, dich zu sehen.»

Sie kam auf mich zu und nahm mich in den Arm. Fest. Und lange. Was für eine wohltuende Umarmung. Das gab Kraft. Kraft für den nächsten Schritt.

I: «Ich war nicht krank, ich habe geschwänzt. Wie geht es Thea?»

C: «Sie sagt, du hättest dir das alles nur ausgedacht, damit wir dann Mitleid mit ihr haben. Es geht ihr hundeelend. Und es tut ihr wirklich leid, was sie getan hat. Aber das würde sie natürlich niemals zugeben. Dabei weiß sie genau, wie link sie zu dir war.»

Caro flüsterte. Ich flüsterte. Thea wurschtelte bei den

Schränken rum, als suchte sie etwas, dabei versuchte sie aufzuschnappen, was wir sagten. Sie tat, als hätte sie mich nicht gesehen, um Zeit zu gewinnen.

I: «Ich will nicht mit ihr reden …»

C: «Tu einfach so, als wäre nichts passiert.»

I: «Es ist aber etwas passiert. Thea muss begreifen, was sie getan hat und dass man seine Freunde nicht so behandeln kann.»

C: «Das hat sie doch längst begriffen! Wir konnten sie gar nicht wieder beruhigen, nachdem du gegangen bist! Sie war bestimmt noch eine Stunde in Tränen aufgelöst. Sie hat gestern übrigens auch geschwänzt. Das ist heute auch ihr erster Tag *danach*.»

I: «Wirklich? Thea hat auch geschwänzt?»

C: «Ja, ihr habt beide gefehlt. Malin und ich haben uns schon Sorgen gemacht, ob ihr euch vielleicht erhängt habt. Nun mach schon. Geh zu ihr und sag hallo. Sprich mit ihr.»

I: «Aber ich will nicht, dass es so weitergeht wie bisher. Ich bin nicht mehr Theas Marionette. Ich bin mir nicht mal sicher, ob ich sie überhaupt je wirklich gemocht habe. Es dreht sich doch alles nur um sie. Das weißt du auch.»

C: «Natürlich weiß ich das. Aber deswegen mag ich sie trotzdem. Klar, sie hat ein paar Macken, aber ansonsten ist sie in Ordnung. Sie ist witzig und bringt einen zum Lachen. Und sie macht total schräge Sachen, wie das mit dem Poppwettbewerb. Auf so was kann nur

Thea kommen. Das ist schon Grund genug, dass ich sie mag. Soll sie doch ihre verrückten Seiten haben, damit kann ich leben.»

I: «Aber dich hat sie auch nie so behandelt wie mich. Sie würde sich niemals trauen, dich derart zu hintergehen.»

C: «Das traut sie sich bei dir in Zukunft auch nicht mehr, da kannst du sicher sein. Dich hat sie das letzte Mal hintergangen. Sie hat was dazugelernt. Wahrscheinlich war das auch der Grund, weswegen sie zwei Tage zu Hause geblieben ist und sich die Augen aus dem Kopf geheult hat. Ihre letzte Sklavin hat ihre Ketten abgeworfen. Komm, gehen wir zu ihr und reden mit ihr.»

Thea tat immer noch so, als hätte sie mich nicht bemerkt. Obgleich wir beide wussten, dass sie mich sehr wohl gesehen hatte. Jetzt wühlte sie in den Tiefen ihres Rucksacks. Buddel, buddel, buddel, intensive Suche, alles, um mich nicht ansehen zu müssen.

C: «Thea, guck doch mal. Lina is back in business!»

Thea: «Ah ja … Hallo.»

I: «Hallo.»

C: «Es hat sich schon mal jemand zu Tode geredet.»

I: «…»

T: «…»

C: «Malin! Komm rüber zu uns, wenn es dir da drüben zu laut ist, hier kannst du die absolute Stille genießen!»

I: Räusper, kicher …

T: «…»

Malin: «Hä, was redest du da?»

C: «Von der traumhaften Stille hier. Als stände man auf einer Sommerwiese. Hört doch mal … Nicht ein Geräusch …»

M: «Was soll das? Ich versteh nur Bahnhof. Ach, Lina, hallo. Was denn für eine Stille?»

I: Kicher … (Ich konnte mir das Lachen nicht länger verkneifen. Die Situation war völlig absurd. Thea war todernst, und Caro alberte laut herum.)

Thea klemmte sich ihre Geschichtsbücher unter den Arm und trabte davon. Allein. Das hat es bei Thea noch nie gegeben, dass sie etwas allein machte, ohne ihren Hofstaat. Caro und ich prusteten los. Malin schüttelte den Kopf und lief hinter Thea her. Caro und ich setzten uns ebenfalls in Bewegung. Als wir an den Schränken der Siebtklässler vorbeikamen, wurde mir eiskalt. Ich starrte stur geradeaus, wollte gar nicht wissen, ob er da war. Aber ich spürte seine Nähe. Seinen Duft. Seine vibrations. Tat so, als wischte ich mir Lachtränen aus den Augen, obwohl das, was da über meine Wangen lief, gar keine Lachtränen waren.

Thea ging mir den ganzen Tag aus dem Weg. Sobald unsere Blicke sich begegneten, guckte sie woandershin. So wie wenn man zu zweit im Fahrstuhl steht und so tut, als wäre man allein. Man studiert die interessante Deckenverkleidung oder ob die Schuhe ein paar neue Flecken bekommen haben und darf auf keinen Fall in den Spiegel gucken, weil man sonst womöglich für eitel gehalten werden könnte. Blickkontakt ist ungefähr genauso schlimm, wie etwas sagen zu müssen. Und das will man um jeden Preis vermeiden. Genauso eine Fahrstuhlstimmung herrscht zwischen Thea und mir.

Caro und Malin hatten nach der Schule Fußballtraining, und Thea löste sich unmittelbar nach dem Klingeln in Luft auf. Sie wusste so gut wie ich, dass wir auf dem Heimweg nur zu zweit gewesen wären. Also fuhr ich auch wieder allein nach Hause. Das zweite Mal in meinem Leben, dass ich allein fuhr.

7. April

Thea und ich reden immer noch nicht miteinander. Wir grüßen uns, man ist schließlich gut erzogen, but that's it. Dafür machen Caro und ich jetzt mehr zusammen. Seit Thea und Malin zusammen zur Schule fahren, wartet Caro morgens immer vor unserem Reihenhaus auf mich. Ich mag sie.

Ich weiß, dass Ivar Blickkontakt sucht. Ich spüre, wie er im Korridor hinter mir hersieht, wenn ich an den Schränken der Siebten vorbeigehe. Einmal hing sogar ein Zettel an meinem Schrank.

Das kann ich mir vorstellen, dass er sich das fragt. Aber ich kann nicht mit ihm reden. Wenn ich in seine gelben Augen schaue, fange ich bestimmt auf der Stelle an zu heulen. Und ich will nicht mitten im Korridor anfangen zu heulen. Also tue ich so, als wäre er Luft. Sobald er in meinem Kopf auftaucht, versuche ich an etwas anderes zu denken. Egal, was. Sobald ich irgendwo seinen Duft wahrnehme, renne ich auf die Toilette und heule erst mal eine Runde. Aber ich spüre ihn überall. Seine Nähe. Dass er mich beobachtet. Und sich wundert, was los ist. Wenn er Probleme hat, kann er ja mit seiner indischen Freundin reden. Ich habe niemanden, der mich wärmt, wenn ein kalter Wind weht. Und im Moment weht eigentlich dauernd ein kalter Wind.

10. April

Ich habe den Brief an das Landwirtschaftsgymnasium in Bramhed geschrieben.

Hallo!
Mein Name ist Lina Berglund. Ich will mein Leben so nicht mehr weiterleben. Mit Reihenhaus, Sauftouren am Wochenende, Fußgängerzonen, die abends ausgestorben sind und tagsüber voll von Kindern, Lotteriebuden und Rentnern, und mit Freunden, die einen im Stich lassen, wenn man sie braucht.
Ich will da sein, wo etwas passiert. Ich will auf dem Land leben. Mit Tieren. Mit Menschen, denen Kleidermarken, Frisuren und der Umfang ihrer Oberschenkel egal sind. Ich will in der Wirklichkeit leben. Einer Wirklichkeit, die ihre Farbe mit den Jahreszeiten wechselt, einer Wirklichkeit, die nicht nur grau ist, sondern grün, gelb, rot und weiß. Mit ehrlichen Tieren, die einem nie den Rücken zukehren.
Ich hoffe, wir sehen uns in Bramhed,
Lina.

Schon gut, ich weiß. Ich habe ganz schön dick aufgetragen. Aber was soll's, ich steh dazu. Ich will unbedingt auf die Schule, ich will weg hier, und dafür muss man auch mal über seinen Schatten springen.

Na ja, warten wir's ab. Irgendwann im Mai werde ich mehr wissen. Und wenn sie mich nicht nehmen, gehe ich eben auf die Handelsschule wie alle anderen Loser.

11. April

Zwischen Thea und mir herrscht nach wie vor Funkstille. Aber inzwischen macht es mir nicht mehr so viel aus. Malin hat meinen Platz übernommen, Thea und sie tauchen nur noch im Zweierpack auf. Manchmal flüstern sie, und Thea schaut zu mir rüber mit einem Blick, der wohl bedeuten soll: «Das hast du nun davon, Malin ist jetzt meine beste Freundin. Siehst du, wie gut wir uns verstehen? Siehst du, was dir entgeht?» Sie scheint allen Ernstes zu glauben, dass ich ihretwegen einen Durchhänger habe.

Caro und ich haben eine Menge Spaß zusammen. Ich mag sie wirklich. Sie ist durch und durch ehrlich. Ganz schön verrückt, aber hundert Prozent verlässlich. Ich fühle mich wohl in ihrer Gesellschaft. Mit ihr zusammen bin ich humorvoll. Das ist mir vorher noch nie aufgefallen. Neulich Abend haben wir eine Spontanparty gefeiert, nur Caro und ich. Bei ihr zu Hause. Der Rest ihrer quirligen Familie war ein paar Tage weggefahren, und wir hatten die ganze kleine Wohnung für uns. Wir saßen, wie üblich, im Schlafzimmer ihrer Eltern, weil da die Anlage stand. Caro hatte Weißwein besorgt. Eigentlich wollte ich nichts trinken, aber als wir so gemütlich dasaßen, nur wir zwei, hatte ich plötzlich doch Lust. Wir wollten nirgendwohin gehen, es uns einfach nur bei ihr gemütlich machen. Am nächsten Morgen war schließlich Schule. Es war ein ganz normaler Dienstagabend, von den Weinflaschen mal abgesehen. Wir kamen uns richtig verwegen vor. Nach einem kurzen Blick zu mir entkorkte Caro die Flasche. Wir verzichteten auf Gläser und tranken direkt aus der Flasche. In großen Schlucken. Es schmeckte sauer. Ein bisschen wie Kotze. Meine Drüsen reagierten mit Speichelfontänen auf die saure Plörre. Wir lehnten uns auf dem engen Sofa zurück und fingen an zu giggeln. Wie kleine Mädchen. Nüchtern würde man wahrscheinlich niemals so albern rumkichern. Wir saßen da, tranken saure Plörre und lachten uns über jeden Scheiß kaputt.

Caro: «Und jetzt verrätst du mir endlich, wer es ist!»

Ich: «Wer soll was sein?»

C: «Den anderen kannst du vielleicht was vormachen, aber mir nicht. No, no. Ich weiß es. Und ich weiß auch, dass du weißt, dass ich es weiß. Also, raus mit der Sprache.»

I: «Gnickgnickgnick.» (Tut mir leid, aber so albern klang mein Kichern.)

C: «Geht er auf unsere Schule?»

I: «Ohne meinen Anwalt sag ich nichts, gnickgnickgnick. Außerdem ist es vorbei. Ich … Klunk, klunk, klunk … ach was, es hat sich von selbst erledigt, bevor überhaupt was draus wurde.»

C: «Aber mit wem hat es sich erledigt? Das will ich wissen!»

I: «Mit dem … Softie.»

C: «Mit dem Softie?»

I: «Ja, der aus der Siebten mit der grünen Cordhose. Über den ihr euch immer lustig macht.»

C: «?»

I: «Ivar ...»

C: «Ivar? Der aus dem Chor? Der so laut singt, dass einem die Ohren abfallen?»

I: «Gnickgnickgnick ... Genau der.»

C: «Echt?! Ich glaube es nicht. Wart ihr zusammen? Wann? Das hab ich überhaupt nicht mitbekommen. Der!? Hihi. Unglaublich. Aber er ist doch zwei Jahre jünger als du! Und was für eine Mähne der hat!»

I: «Ja! Ich weiß! Das ist praktisch, da sieht man immer, wo er ist! Haha.»

C: «Darauf müssen wir anstoßen! Prost auf alle Jungs mit Löwenmähne! Da weiß man immer, wo man sie hat! Brrrrr, pfui Teufel, ist der Wein sauer. Und? Wie weit seid ihr gekommen? Du und der Wuschelkopf?»

I: «...»

C: «Lina? Du weinst doch nicht etwa?»

I: «...»

C: «Oje, du weinst ja tatsächlich. Shit! Komm mal her!»

Caro breitete ihre Arme aus, und ich sank gegen ihre weiche Sweatshirtbrust. Mir war gar nicht mehr zum Kichern zumute. Ich heulte. So, wie nur Mädchen heulen, die Wein getrunken haben. Laut, verrotzt und schluchzend.

C: «Vermisst du ihn? Was ist passiert? Warum ist es vorbei?»

I: «Er … Er ist mir … gleich am ersten Tag aufgefallen … Weiß auch nicht, warum … Seine Augen. Das muss an seinen Augen liegen … Er durchschaut mich! Guckt einfach in mein Inneres … Ach, Scheiße …»

Neue Heulattacke.

I: «… Wir haben uns manchmal unterhalten … ab und zu … Ich hab von ihm geträumt … Bei ihm hab ich nie das Bedürfnis zu lügen … Ich kann ich selbst sein … Nach Lillis' Fest sind wir zusammen nach Hause gegangen …»

C: «Echt? Mein Gott, was habe ich alles verpasst! Was hab ich an dem Abend eigentlich gemacht? Ach Gott, ja, dieser Blödmann … Vergiss es. Erzähl weiter!»

I: «Wir haben geredet … über alles Mögliche. Und danach dachte ich wirklich … dass was draus werden könnte … Das war so … nah … Aber er hat eine Freundin.»

C: «Echt?»

I: «Ich habe Fotos von ihr in seinem Zimmer gesehen …»

C: «Warst du etwa bei ihm zu Hause? Seid ihr zu ihm gegangen?»

I: «Nein … Ich war allein dort … Das ist eine lange Geschichte. Jedenfalls hängen Fotos von einem tierisch hübschen indischen Mädchen an der Wand, über seinem Bett.»

Caro reichte mir ein altes Handtuch, damit ich mich schnäuzen konnte.

C: «Aber Lina, das kann doch sonst wer sein. Eine Cousine, eine Bekannte, die Ex, haha. Deswegen musst du doch nicht gleich Trauer tragen. Ich an deiner Stelle würde versuchen rauszukriegen, was an der Sache dran ist.»

I: «Man hängt sich ja wohl kaum das Foto seiner Cousine übers Bett! Vergiss es. Das war seine Freundin. Außerdem ziehe ich nach Bramhed. Weit genug weg, um Ivar zu vergessen.»

C: «Nichts da, vergessen! Trink noch einen Schluck. Mir fällt schon was ein.»

I: «Nein, Caro, mach jetzt keinen Scheiß! Bleib ganz ruhig. Das muss ich allein in den Griff kriegen.»

C: «Wieso das denn? Du bist doch völlig fertig. Du brauchst Hilfe. Und hier ist dein rettender Engel: Caro! Tatatataaam!»

I: «Neeeeiiin!»

Mir liefen immer noch die Tränen, aber ich konnte mir das Lachen nicht verkneifen, was Caro erst recht anspornte. Sie war überzeugt, dass ich Hilfe brauchte. Aber ich wollte keine Hilfe! Dummerweise konnte ich nicht aufhören zu lachen. Und je länger ich lachte, desto überzeugter war Caro, dass sie das Problem schon lösen würde.

C: «Ich habe eine Idee! Bleib hier sitzen!»

Caro schlitterte zu ihrem Zimmer und rumorte eine Weile darin herum; Türenschlagen, Geschepper, Scharren, und wenig später stand sie mit dem Telefon in der einen und einem Zettel in der anderen Hand in der Türöffnung. Mir wurde schlagartig klar, was sie vorhatte. Sie wollte Ivar anrufen. Panik sprang mich an. Aber ich konnte noch immer nicht aufhören zu lachen. Aber wie sollte ich Caro begreiflich machen, dass es mir wirklich ernst war, dass sie Ivar nicht anrufen sollte, solange ich lachte. Ich wollte mich aus dem Sofa hochstemmen, was sich aber als gar nicht so einfach herausstellte, weil es so niedrig war und nachgab wie Hefeteig. Als Caro meine linkischen Versuche sah, flüchtete sie ins Bad und schloss die Tür hinter sich zu.

Ich hörte sie lachen. Wahrscheinlich vor lauter Begeisterung über ihre Hilfsbereitschaft.

C: «Hallo? Ich würde gerne Ivar sprechen ... Natürlich, ich kann warten.»

I: «Nein! Caro! Leg sofort auf! Ich flehe dich an!»

C: «Immer mit der Ruhe, Linaschatzi. Du brauchst nichts zu befürchten. Ich werde das perfekt managen.»

Ich hockte mich vor die Toilettentür und lehnte mich mit dem Rücken dagegen. Caro sagte nichts. Ich stellte mir vor, wie Anja Ivars Namen rief, den großen Raum durchquerte und an seine Kajütentür klopfte. Vielleicht lag er ja auf seinem Bett und übte ... Tonleitern. Oder er lag auf dem orientalischen Bettüberwurf und las oder schrieb einen Brief. An sie. Womöglich lagen sie zusammen auf seinem Bett. Er küsste sie, schaute tief in ihr Inneres. Meine Tränen fingen wieder an zu laufen. Scheißtränen.

C: «Ja, guten Abend. Spreche ich mit Ivar? Mein Name ist

Rigmor Widell. Ich bin ehrenamtliche Mitarbeiterin eines Vereins, äh, der gerade eine Untersuchung über das Liebesleben von Jungs zwischen 12 und 19 durchführt … Was? Nein, das ist kein Scherz … Wie wir heißen? Der Verein heißt *Das Liebesbarometer*. Wir haben bereits Anfragen von sämtlichen Mädchenzeitschriften und Abendblättern. Hättest du fünf Minuten Zeit? … Nicht? Ich hätte auch nur ein paar kurze Fragen? …

CARO HAT FOTOS VON SICH GEMACHT, ALS SIE MIT IVAR TELEFONIERT HAT.

Nein, das ist kein Scherz, das ist eine ernsthafte Untersuchung. Die Liebe ist eine ernsthafte Angelegenheit, und das wollen wir vom *Liebesbarometer* beweisen ... Wunderbar! Frage Nummer eins: Hast du eine Freundin? ... Ach so, du bist verheiratet? Wie lange schon? ... Mit wem? ... Willst du mich auf den Arm nehmen? ... Hallo?»

I: «Caro! Komm raus da! Leg auf!»

Die Badezimmertür ging auf und Caro kam mit hochrotem Gesicht heraus.

C: «Ivar ist seit zehn Jahren mit seiner Cousine Karin verheiratet. Hat er gesagt. Und dann aufgelegt. Ich habe den starken Verdacht, Opfer eines böswilligen Scherzes geworden zu sein.»

I: «Haha! Geschieht dir recht, du peinliches Etwas. Ivar ist ja nicht blöd.»

Caro ließ sich neben mir auf den Boden sinken. Wir lachten uns scheckig. Ich drückte noch ein paar Tränen ab, aber das Lachen siegte.

In der Nacht habe ich zum ersten Mal bei Caro übernachtet. Wir zogen das Bettsofa ihrer Eltern aus und kuschelten uns aneinander, und zum ersten Mal seit langem schlief ich fest und traumlos.

15. April

Heute ist Ivar in der Pause zu mir gekommen und hat mich gefragt, ob ich möglicherweise bei ihm zu Hause gewesen wäre. Ich dachte, ich kriege einen Herzkasper und kippe auf der Stelle tot um. Ich fühlte mich, als hätte ich einen Karatetritt genau in den Solarplexus bekommen.

Ich war gerade auf dem Weg zu meinem Spind, um Geld für eine kleine Tüte Chips zu holen. Zu spät merkte ich, dass Ivar dort auf mich wartete. Ich tat wie gewöhnlich, als würde ich ihn nicht sehen, und wäre am liebsten auf direktem Weg zur Toilette gerannt, um eine Runde zu heulen. Ich versuchte, mich auf die Chipstüte zu konzentrieren. Aber Ivar riss mich aus meinen Gedanken. In jeder Hinsicht.

Ivar: «Lina? Hallo?»

Ich: «Hallo …»

Iv: «Wie geht es dir?»

I: «Gut. Und dir?»

Iv: «Ich weiß nicht so genau … Sag mal, warst du neulich bei mir zu Hause und hast meine Mutter über holländische Hausboote ausgefragt?»

PENG! PENG! PENG! RATTTATTTATTTATTTA! Alle Systeme brachen gleichzeitig zusammen. Das Sprachzentrum. Mein nicht vorhandenes Selbstbewusstsein. Mein Sehvermögen. Die Schleusenanlage meiner Tränenkanäle.

I: «Was? Wieso sollte ich zu dir nach Hause kommen und deine Mutter über irgendwelche Boote ausfragen?»

Iv: «Ja, genau das frage ich mich auch. Aber ich bin ziemlich sicher, dass du das gewesen sein musst. Meine Mutter hat mir erzählt, dass sich das Mädchen als Lina vorgestellt und gesagt habe, sie käme von der Vidarschule. Darauf hab ich ihr dein Bild im Schulkatalog gezeigt, und da meinte sie, dass du wohl offensichtlich verwechselt hättest, auf welche Schule du gehst.»

I: «...»

Iv: «Und seitdem grüßt du mich nicht mehr. Du tust so, als ob ich Luft für dich wäre. Du spielst irgendein komisches Spiel, aber ich kapier nicht, was für eines, und habe keine Ahnung, was du dir davon versprichst. Aber am allerwenigsten verstehe ich, was du bei mir zu Hause wolltest. Warum hast du mir nicht einfach gesagt, dass dich holländische Hausboote interessieren. Warum bist du gekommen, als ich in der Schule war, und hast bei uns zu Hause rumgeschnüffelt?»

I: «Wir müssen wirklich ein Referat über Holland schreiben, und eigentlich wollte ich dich auch fragen, aber dann warst du im entscheidenden Moment nicht da und ...»

Iv: «Ach, vergiss es. Lass es einfach. Wenn du mit mir reden willst, bitte schön. REDE mit mir. Aber komm mir nicht mit irgendwelchen Lügen. Für so was ist mir meine Zeit zu schade. Wenn du das Bedürfnis hast, mir zu erzählen, was das Ganze sollte, kannst du mich gerne anrufen. Bis dahin tun wir am besten weiter so, als würden wir uns nicht kennen. Das scheint ja deine Stärke zu sein. Tschüs.»

Und damit ging er. Energisch. Wütend. Jetzt war er nicht nur vergeben, sondern auch noch sauer. Auf mich. Auf mich!!! Dabei bestand mein einziges Verbrechen darin, dass ich in ihn verliebt war. Eine halbe Stunde später fand Caro mich auf der Toilette. Wir schwänzten den Rest des Tages.

16. April

Caro und ich haben beide einen Durchhänger. Ich wegen Ivar und Caro, weil ich traurig bin. Solidaritätsfrust, sozusagen.

Gestern haben wir versucht, unseren Kummer mit Kautabak zu ersticken. Wir saßen auf dem Marktplatz und hingen gelangweilt rum, als Caro mal wieder eine ihrer Spitzenideen hatte.

C: «Weißt du, was wir jetzt machen? Wir kaufen uns eine Dose Kautabak. Das habe ich noch nie probiert!»

I: «Kautabak? Wieso das denn? Das ist doch ekelig!»

C: «Kann sein. Aber ich habe gehört, dass einem davon schwindelig wird, wenn man es das erste Mal nimmt. So eine kleine Karussellfahrt wäre doch jetzt genau das Richtige, meinst du nicht?»

I: «Ach, was soll's. Warum nicht auch mal Kautabak ausprobieren?!»

Caro und ich krempelten unsere Taschen um und bekamen gerade genug Geld für eine Dose zusammen. Dann stimmten wir ab, welche Sorte wir kaufen wollten. Wir waren uns einig, dass wir Portionstabak albern fanden. Wenn wir es schon ausprobierten, dann richtig. Wir einigten uns schließlich auf «General».

Caro kam mit einer schwarzgoldenen Dose zurück. Ich ekelte mich davor, das pferdeapfelähnliche Zeug anzufassen, aber Caro ließ sich nicht abschrecken. Sie knetete eine große Kugel für mich und eine für sich. Dann zählten wir bis drei und schoben uns die Hasenkötel unter die Oberlippe.

C: «Du siehst echt bescheuert aus!»

I: «Du auch.»

Unsere Lippen standen vor. Caro sah aus wie ein Muppet.

I: «Was muss man machen, wenn es anfängt, zu laufen? Igitt, das schmeckt ja abartig. Ich spucke es wieder aus.»

C: «Nein! Warte! Man muss den Speichel runterschlucken, hab ich gehört. Los, Augen zu und runter mit dem Zeug!

Ich kniff die Augen zu und schluckte. Danach kann ich mich kaum noch an irgendwas erinnern, außer dass der ganze Marktplatz sich zu drehen begann und ich nicht mehr in der Lage war, aufzustehen. Ich kroch auf allen vieren an Terjes Grill vorbei und übergab mich hinter der Bude.

So viel ist sicher: Das war das letzte Mal, dass ich Kautabak genommen habe.

18. April

Ich halte das nicht länger aus. Ich muss Ivar anrufen. Jetzt ist er derjenige, der mich ignoriert. Er sieht mich an, aber grüßt mich nicht. Und das hält er garantiert so lange durch, bis ich ihn anrufe und ihm erkläre, was Sache ist. Ich halte das nicht aus. Mein Körper macht das nicht länger mit. Mein Hirn macht das nicht länger mit. Und meine Zensuren werden das auch nicht mehr viel länger mitmachen. Weil ich an nichts anderes mehr denken kann. Lieber in den sauren Apfel beißen und die Wahrheit sagen, damit das Leben weitergehen kann. Er kann sich ja bei seiner Freundin ausheulen. Ich tue das nicht seinetwegen, sondern für mich. Für meinen Seelenfrieden. Muss nur erst noch ein bisschen Mut sammeln.

19. April

Am ersten Mai ist es so weit. Am ersten Mai werde ich mit Ivar reden. Der erste Mai ist der Tag der Arbeit, der Gerechtigkeit und des Kampfes. Außerdem haben wir frei, was praktisch ist.

19. April

Etwas später.

Caro will sich auch in Bramhed bewerben. Sie interessiert sich zwar nicht die Bohne für Tiere oder Landwirtschaft, aber sie hat Rödköping satt und will unbedingt weg von hier. Sie hat mir ihren Bewerbungsbrief zu lesen gegeben … Sie hat das Blaue vom Himmel runtergelogen, zum Beispiel, dass sie schon als kleines Kind auf dem Hof ihres Großvaters mitgeholfen hätte und sie Tiere liebt und die Tiere sie und bla und blä. Damit hat sie nie eine Chance, wenn der Schulleiter nicht zufällig mit Blindheit geschlagen ist.

Jetzt dauert es nicht mehr lange, bis die Antwort kommt. Ich bin nicht ganz sicher, was ich mir wünsche. Beim Gedanken, zu Hause auszuziehen, wird mir ganz schön mulmig. Jetzt, wo ich noch zu Hause wohne, gehen mir Mama und Papa manchmal ganz schön auf den Zeiger. Aber wenn ich erst mal in Bramhed in meinem kleinen Zimmer sitze, ganz allein, werde ich sie bestimmt vermissen … Ich mag gar nicht daran denken. Aber wahrscheinlich werde ich nicht die Einzige sein, die Heimweh hat. Ich gehe ja mal davon aus, dass nicht alle Schüler aus Bramhed kommen. Was zerbreche ich mir eigentlich den Kopf darüber? Ich werde ja sowieso nicht genommen. Ich habe viel zu wenig Erfahrung. Ich werde in Rödköping hängen bleiben und auf die Handelsschule gehen, in eine Einzimmerwohnung ziehen, mir einen Freund suchen, in eine Zweizimmerwohnung ziehen, Kinder kriegen, in ein Reihenhaus ziehen, mir ein Auto zulegen, Panik kriegen, mir ein dickes Seil kaufen und mich aufhängen.

21. April

Thea hat sich inzwischen vollständig aus meiner Welt verabschiedet. Die blöde Kuh hat es nicht für nötig gehalten, sich bei mir zu entschuldigen, im Gegenteil, sie redet hinter meinem Rücken über mich. Ich bin ja SO FROH, dass ich nichts mehr mit ihr zu tun habe. Ehrlich, ich vermisse sie überhaupt nicht. Erstaunlicherweise. Sie und Malin sind jetzt dickste Freundinnen. Ist mir doch egal. Malin hat mich nie sonderlich interessiert.

Caro und ich sind auch «zusammen», man kann wohl sagen, dass wir beste Freundinnen sind. *Beste Freundinnen* klingt ein bisschen nach Grundschule, und ihr gegenüber würde ich das auch niemals sagen, aber deswegen sind wir es trotzdem. Als ich noch mit Thea zusammen war, war Caro für mich ein überdrehter Jungsmaniac. Aber das ist nur eine Seite von ihr. Daneben ist sie ein hundertprozentig herzlicher Mensch. Und zuverlässig! Jedenfalls ihren Freunden gegenüber. Und immerhin habe ich es ihr zu verdanken, dass ich jetzt weiß, wie sich ein Orgasmus anfühlt!

Fuck off, Thea! Caro, I love you!

Und Ivar, dich liebe ich nach wie vor am meisten von allen. Ich träume nachts immer noch von dir. Von uns. In meinem Traum tanzen wir miteinander. Die Tanzfläche ist gerammelt voll, aber um uns herum hat sich ein kleiner, freier Ring gebildet. Ein Ring, der in warmes, starkes Licht getaucht ist. Und in diesem warmen Licht tanzen wir. Nase an Nase, Mund auf Mund, unsere Gedanken ineinander verschlungen. Du siehst mich mit deinen gelben Augen an, lächelst und sagst: «Ich liebe dich, Lina.» Ganz leise, so, dass nur ich es höre.

Könnte ich doch bloß die Uhr zurückdrehen und alles ungeschehen machen. Liebes Leben, mach, dass wir irgendwann im Spotlight zusammen tanzen. Mach, dass Ivar mein wahres Ich erkennt. Gib mir eine Chance, mich zu zeigen, wie ich wirklich bin. Ich glaube, sonst sterbe ich.

28. April

Caro hat sich einen Massagestab gekauft! Na ja, nicht selbst, eine ältere Freundin von ihr hat ihn ihr aus Stockholm mitgebracht. Dass sie sich so was traut! Ich würde es niemals wagen, einen Massagestab zu Hause zu haben. Wenn Mama den finden würde, oder Alex. Katastrophe.

Caro ist begeistert von dem Teil. Ich finde es eher peinlich, wenn sie mit dem rosa Ding rumwedelt. Aber Caro ist nichts peinlich. Und dafür mag ich sie.

Ihre Freundin hatte angeboten, mir auch so ein Massageteil mitzubringen, aber ich wollte nicht. Auch wenn Caro sagt, damit könnte man Rödköping zum Beben bringen. Mir ist das irgendwie zu erwachsen, und ich fühle mich eher noch wie ein … Kind. Na ja, nicht direkt wie ein Kind, aber wie ein Mädchen. Es ist noch gar nicht so lange her, dass ich mit meiner Puppenstube gespielt habe. Und ich brauche mehr als ein paar Meter Abstand zwischen der Puppenstube und einem Massagestab, mindestens ein paar Kilometer.

Ganz davon abgesehen, bin ich inzwischen ziemlich geschickt mit den Fingern. Ich onaniere ein paarmal in der Woche. Wenn Mama beim Sport ist, Papa in der Garage und Axel wo auch immer. Diese Momente nutze ich. Und ich werde immer besser, weiß inzwischen ziemlich genau, was mir gefällt. Es macht richtig Spaß, ein bisschen, als wenn man eine neue Sportart zu beherrschen beginnt.

«Heute zu Gast im Kleinen Sportspiegel: Lina, die es in überraschend kurzer Zeit von amateurmäßiger Onaniertechnik zum virtuosen Fingerspiel gebracht hat! Sie hat hart trainiert, mehrmals in der Woche, und das Resultat ist phantastisch! Schnelle Finger, gewusst wo und Enthusiasmus. Ein sportliches Vorbild. Nächste Woche beim Kleinen Sportspiegel: Caro, die mit Hilfe moderner Technik ganz Rödköping in Orgasmusschwingungen versetzt.»

30. April

Ivar grüßt mich immer noch nicht. Morgen rede ich mit ihm. Das habe ich mir selbst versprochen.

1. Mai

Ich weiß nicht, wie ich es machen soll. Soll ich ihn anrufen? Oder es darauf ankommen lassen, ihm in der Stadt über den Weg zu laufen? Vielleicht demonstriert er ja …

Mir wird ganz schlecht, wenn ich daran denke. Was soll ich bloß machen und was will ich ihm eigentlich sagen?

Dass ich ihn mag. Mehr brauche ich nicht zu sagen, nur das.

2. Mai

Scheiße, ich habe mich nicht getraut. Ich habe gekniffen und fast den ganzen Tag verschlafen.

4. Mai

Ich habe sie gesehen!!! Ivar und die indische Schnepfe! In der Fußgängerzone. Sie saßen draußen vorm Mamma mia. Das ging alles so schnell. Ich kam mit Caro aus der Schule, auf dem Fahrrad, wie immer. Im ersten Moment sah ich nur Ivar mit einer großen Pizza Capricciosa vor sich und dann auf der anderen Seite der Capricciosa ein dunkelhäutiges Mädchen mit einem langen schwarzen Zopf. Das muss sie gewesen sein! Sie lachte, weiße Zähne, lange schlanke Finger, braune Haut, silberne Armreife. Da hatte ich bereits den Videoladen erreicht. Ich konnte ja wohl schlecht umkehren und sie mir nochmal genauer angucken. Caro schlug vor, auch ins Mamma mia zu gehen und uns eine Pizza zu teilen, um uns Gewissheit zu verschaffen. Aber das konnte ich nicht. Ich kann gar nichts. Bin völlig saft- und kraftlos. Null Power.

10. Mai

Sie heißt Dunja oder Dannia oder so ähnlich. Sie war die letzten Tage mit ihm in der Schule. Sie hat ein heiseres Lachen. So ein Lachen hätte ich auch gern. Heiser, sexy, überhaupt nicht albern, einfach nur cool.

Sie spazieren Seite an Seite durch die Korridore, sitzen im Speisesaal am selben Tisch (sie ist Vegetarierin) und unterhalten sich auf Englisch. Sie machen einen eindeutig verliebten Eindruck. Nicht so, dass sie an jeder Ecke stehen bleiben und knutschen, aber es ist wie ein Strahlen, das von ihnen ausgeht. Sie strahlt. Und er sowieso. Ich gebe mir Mühe, mir nichts anmerken zu lassen. Ivar beobachtet mich weiterhin, wenn auch nicht mehr so häufig, seit sie wie eine Klette an ihm hängt. Gestern hab ich sie eine halbe Ewigkeit mit der Musiklehrerin reden sehen. Sie – aufrechte Haltung und schwarze Klamotten, die was von einem Karateanzug haben, der lange Zopf, braune Augen und der rote Punkt auf der Stirn. Die absolute Traumfrau für einen wie Ivar. Sie sieht eine Ecke älter aus als er, achtzehn vielleicht. Schwer zu sagen bei den Klamotten. Mit Jeans, Jackett und Loafers würde sie glatt für 25 durchgehen. Aber mit dem Karateanzug? In welche Altersklasse ordnet man so was ein?

Ivar hat Farbe bekommen. Bestimmt haben sie sich zusammen auf dem Bootsdeck gesonnt.

Ich gebe es ja zu, sie passen gut zusammen, kriegen bestimmt mal hübsche Kinder. Sie werden ein aufregendes

Leben führen, wie man es in der Regenbogenpresse nachlesen kann.

«Ihre Liebe überwand Wasser und Land und verbindet Kontinente. Jetzt leben sie das halbe Jahr mit ihren vier musikalischen Kindern in einer Strandvilla in Uruguay, die andere Hälfte auf einem alten Kutter in der Innenstadt von Stockholm. ‹Wir lieben das Meer. Unser kleiner Guy zum Beispiel wurde an Goas kreideweißem Strand gezeugt›, sagt Dunja mit einem liebevollen Blick auf ihren Mann Ivar, den Dirigenten.»

Artikel Nummer zwei in der gleichen Ausgabe:

«‹Ein Goldherz für Lina. Weil sie es mit mir und unseren drei Lausern in Rödköping ausgehalten hat. Ja, Lina hat auf ihre Ausbildung verzichtet und seit zehn Jahren ihre Bedürfnisse hintangestellt, damit ich in aller Ruhe meine Autofirma ausbauen konnte›, sagt ein strahlender Danne. ‹Sie hatte eigentlich schon mit mir Schluss gemacht, aber wir haben wieder zueinander gefunden. Und dafür hat sie ein Goldherz verdient.›»

12. Mai

Heute ist die Antwort aus Bramhed gekommen! Mama hat mich sofort von zu Hause aus angerufen. Ich hatte gerade Sport, mir aber wie immer das Handy zwischen Unterhose und Shorts geklemmt.

Mama: «Lina! Du hast einen Brief aus Bramhed bekommen! Soll ich ihn aufmachen?»

Ich: «Nein! Oder doch! Nein, warte …»

Fußball im Freien, ein einziges Chaos, das Sport-Sven in den Griff zu kriegen versuchte. Ich schlich unauffällig vom Platz, hinter den Geräteschuppen. Jetzt wurde es spannend. Gleich würde ich wissen, wie meine nähere Zukunft sich gestalten würde … In der Sicherheit bleiben oder raus ins Ungewisse.

I: «Okay … Mach ihn auf!»

Ich hörte, wie Mama umständlich den Umschlag öffnete.

Mein Gott, das konnte doch nicht so schwer sein, einen Umschlag aufzumachen.

M: «So, dann wollen mir mal schauen, Lina ...»

I: «...»

M: «Wow! Du hast es geschafft! Du hast es geschafft!!! Wir müssen sofort Papa anrufen. Wir müssen ... Lina, du hast es geschafft!»

I: «...»

M: «Lina?»

I: «Ich muss zurück, Sven ruft schon nach mir. Wir sehen uns zu Hause ... Tschüs ...»

Shit. Shit, shit, shit. Jetzt hatte ich es schwarz auf weiß. Ich hatte es geschafft. Der Schweiß trat mir aus allen Poren. Ich will nicht. Ich lass es einfach sausen. Ich bleibe hier. Ich kann doch nicht zu Hause ausziehen. Das geht nicht. Das ist ein Scherz. Ich liebe Mama und Papa doch. Selbst Axel. Wenn sie es sich freitagabends gemütlich machen auf dem Sofa, bei Chips und einem schlechten Film, lachen ... sitze ich in Bramhed. Mutterseelenallein. Und statt Chips gibt es biologisch gesäuerten Dip und Biogemüse.

Ich sage ab. Wunderbar. Jetzt weiß ich endlich, was ich will. Ich bleibe hier.

Wie bin ich bloß auf die Idee gekommen, nach Bramhed ziehen zu wollen? So was Schwachsinniges!

Caro: «Hier steckst du also. Ist was passiert? Sven sucht dich überall.»

Caro musterte mich, ebenfalls verschwitzt, aber aus anderen Gründen als ich. Sie sah erst mich an, dann das Handy in meiner Hand.

C: «Ist jemand gestorben?»

I: «Sie haben mich genommen. In Bramhed.»

C: «Irre! Dann muss ich ja auch einen Brief bekommen haben! Stell dir mal vor, die nehmen mich auch. Dann wehe dir, Bramhed. Verflixt. Komm, wir hauen ab. Sven kriegt sowieso nichts mit. Wir gehen zu mir und gucken nach, ob Post gekommen ist.»

I: «Du … Wenn sie dich nicht nehmen, fange ich auch nicht an.»

C: «Red keinen Schwachsinn. Natürlich gehst du nach Bramhed. Mit mir oder ohne mich! Sonst gibt es Zoff. Es reicht, wenn einer von uns in Rödköping versauert. Los, hauen wir ab!»

Wir rannten zu den Umkleideräumen, stopften unsere normalen Klamotten in den Rucksack und schwangen uns in Sportklamotten aufs Fahrrad. Es war schließlich Frühling, warm und grün.

Wir rasten so schnell, dass wir noch mehr ins Schwitzen kamen. Ich trat mit leer geblasenem Hirn in die Pedale. Wusste nicht, was ich denken sollte. Ich wollte, dass Caro auch angenommen wurde. Zusammen würden wir eine Menge Spaß haben dort oben. Aber ohne sie würde ich mich schrecklich einsam fühlen.

Wir rannten die Treppen hoch zu Caros Wohnung. Drei ihrer Brüder waren zu Hause, und ihre Mutter stand vor der Dunstabzugshaube und rauchte.

C: «Mama, ist die Post schon gekommen?»

Mama: «Ich weiß nicht … Kevin! Ist die Post schon da? Was? … Sie liegt auf dem Klo.»

Caro blätterte den Stapel Werbeblätter und Buchclubbroschüren durch, und da … da lag ein großer brauner Umschlag mit einem Stempel drauf. Bramheds Landwirtschaftsprogramm. Wir sahen uns an. Feierlich. Jetzt wurde es spannend. Würden Caro und ich zusammen nach Bramhed ziehen? Noch waren wir im Ungewissen. Aber in einer Minute würden wir es wissen.

Caro warf mir noch einen letzten Blick zu, ehe sie den Finger unter die Umschlaglasche schob und ihn aufriss. Raus mit dem Anschreiben und lesen, lesen, lesen.

C: «Nope. Fehlanzeige. Na, dann muss ich wohl doch auf die Handelsschule. Meine zweite Wahl. Schade. Wäre bestimmt nett geworden … Aber ehrlich gesagt, eigentlich mache ich mir ja überhaupt nichts aus Tieren. Ich wollte einfach nur weg von hier. Und natürlich hätte ich auch nichts dagegen einzuwenden gehabt, mir von einem netten Mitschüler in einem der gemütlichen kleinen Zimmer die Hausaufgaben erklären zu lassen …»

I: «Dann machen wir eben zusammen Handel und Administration. Du glaubst ja wohl nicht, dass ich allein nach Bramhed ziehe. No way.»

C: «Natürlich gehst du. Überleg doch mal, von allen Bewerbern aus ganz Schweden haben sie 23 genommen, und einer von denen bist du! Natürlich fängst du dort an. Und wenn es dir nicht gefällt, kannst du immer noch zurück nach Rödköping kommen.»

I: «Und als die Versagerin schlechthin dastehen …»

C: «Ich fände es eindeutig feiger, wenn du jetzt kneifst und nicht fährst. Du kannst doch jedes Wochenende nach Hause kommen!»

I: «Und was ist mit den übrigen Abenden? Was soll ich da machen?»

C: «Den Stall ausmisten, Trecker fahren, was weiß denn ich! Das wird sich finden, die meisten Schüler wohnen doch auf dem Hof. Bestimmt süppelt ihr euch einen zusammen, spielt Billard und haut euch die Nächte um die Ohren mit Gesprächen über Gott und die Welt. Stell dir das mal vor, keine nölenden Eltern. Ab jetzt bist du frei!»

I: «Ich weiß gar nicht, ob ich das gut finde!»

C: «Natürlich findest du das gut! Ich könnte mir nichts Größeres vorstellen. Nicht mehr von kleinen Brüdern genervt werden, oooh. So geht das nicht, ich muss mir auch was überlegen. Ich glaube, das Gymnasium hak ich ab. Fransson soll mir einen Job in seiner Wurstbude besorgen. Burger braten, Gurkenmayonnaise anrühren, Gratisverpflegung und eine eigene kleine Wohnung. In Torpa und Umgebung gibt es ziemlich viele Einzimmerwohnungen. Da könnte ich doch hinziehen!»

I: «Ich glaub, ich mach mich mal langsam auf den Weg … Mir ist irgendwie nicht gut …»

C: «Versprich mir, dass du nicht absagst! Versuch es wenigstens. Das ist das Mindeste! Sonst muss ich ernsthaft darüber nachdenken, dir unsere Freundschaft aufzukündigen.»

12. Mai

Abends.

Ich liege auf meinem Bett und weine. Aber diesmal ausnahmsweise nicht wegen Ivar. Immerhin, ein kleiner Fortschritt. Ich weine wegen Bramhed. Mama hatte die komplette Wohnung mit Luftschlangen geschmückt, als ich nach Hause kam. Papa stand in der Küche und briet Frikadellen, während im Ofen Pommes vor sich hin bräunten, und Alex rührte Tüten-Bearnaise an. Zur Feier des Tages hatte Mama das gute Geschirr aufgedeckt und Papa eine Jubiläumsflasche Cidre spendiert. Mussten sie so begeistert auf meinen Auszug reagieren!? Ich heulte während des gesamten Essens. Es muss ziemlich frustrierend sein, wenn man Jubiläumscidre, Frikadellen und Pommes aufführt und der Anlass der Feierlichkeiten dasitzt und Rotz und Wasser heult. Mama und Papa waren ratlos. Da hatte ich wochenlang voller Spannung die Antwort erwartet, und dann machte ich plötzlich einen Rückzieher. Dabei wollte ich ja eigentlich. Aber es wäre mir entschieden lieber gewesen, wenn ich das erste Jahr schon hinter mir hätte, den Anfang, die ersten Heimwehschübe. Wenn ich schon alle kennen würde und wüsste, was mich in Bramhed erwartete. Aber das alles stand mir noch bevor. Mama meinte, dass mir natürlich freistände, abzusagen und in Rödköping zu bleiben, um hier aufs Gymnasium zu gehen. Aber bin ich wirklich sicher, dass das eine Alternative wäre? Wahrscheinlich würde ich es mein ganzes Leben lang bereuen, dass ich es nicht wenigstens versucht hatte. Da wäre es doch besser, zuzusagen, mit der Option, sofort wieder nach Hause zu kommen, wenn es mir nicht gefiel. Vielleicht sollte ich es einfach als Urlaub betrachten. Ein Monat Hälsingland mit Bauernhofhappening. Vielleicht fällt mir der Abschied dann nicht so schwer. Und wenn ich an den Wochenenden nach Hause fahre, muss ich nur fünf einsame Tage überbrücken. Ja, so werde ich es machen. Ich betrachte es als Sommerferien. Und es gibt keinen Grund, mich zu schämen, wenn ich das Ganze abbreche und nach Hause zurückgehe.

Wenn ich sowieso hier wegziehe, kann ich auch mit Ivar reden. Bald muss ich ihm schließlich nicht mehr unter die Augen treten. Und ich werde mir alle Mühe geben, mich in einen Landwirtschaftsschüler zu verlieben.

Muuuh. Mäh. Gackgackgack. Grunz.

«DAS MUSS VEREWIGT WERDEN»,
HAT MAMA GESAGT.
WOZU, WENN ICH FRAGEN DARF?

16. Mai

Großes Grillfest aller neunten Klassen in Hasseltäppan. Wir hatten ein riesiges Lagerfeuer, alle waren sturzbesoffen und glücklich, nur ich hatte den totalen Depri. Caro hatte sich mit Norpan aus der 9g verdrückt. Thea hing mit Lillis und Danne rum. Lillis schien ganz schön einen in der Krone zu haben, Thea ebenfalls (!), aber Danne sah eher verwirrt als betrunken aus. Wir waren wahrscheinlich die einzigen Nüchternen in einer Horde besoffener Fünfzehnjähriger. Ich hatte gerade beschlossen, nach Hause zu gehen, als unsere Blicke sich über dem Getümmel trafen. Jeder von uns hatte im Laufe des Abends immer mal wieder verstohlen rübergeschaut zum anderen, aber diesmal guckten wir zufällig gleichzeitig. Danne lächelte unsicher. Ich lächelte zurück. Danne hob fragend die Augenbrauen, was wohl heißen sollte, ob es okay wäre, wenn er zu mir rüberkäme. Ich hatte nichts dagegen. Wir umarmten uns nicht.

Danne: «Hallo, Lina …»

Ich: «Hallo, Danne.»

D: «Das neulich … bei der Fete … tut mir leid. Ich hab mich echt danebenbenommen. Das wollt ich dir schon längst gesagt haben. Ich wollte dich nicht so runtermachen.»

I: «Schon okay. Wie geht es dir sonst so?»

D: «Geht so. Ich glaube, ich habe einen leichten Frühjahrsdepri. Egal. Und du?»

I: «Frühjahrsdepri, das trifft auch auf mich zu, haha. Ich habe mich übrigens an einer Schule in Hälsingland beworben, im Herbst ziehe ich um. Das ist ein ganz schön komisches Gefühl, weg von allen und so …»

D: «Wenn einer das schafft, dann du.»

I: «Meinst du?»

D: «Und ob. Ich fand dich schon immer supercool. Du machst wirklich, was du willst.»

I: «Tue ich das?»

D: «Na klar. Ich würde nie auf den Gedanken kommen, mich an einer Schule zu bewerben, die nicht hier in Rödköping oder wenigstens in der Nähe ist. Aber du machst so was. Und dann wirst du auch noch genommen. Übrigens, dass du Thea die Meinung gesagt hast, fand ich richtig gut. Die Frau ist echt anstrengend. Aber keiner traut sich, ihr das mal zu sagen.»

I: «Du findest mich also cool?! Und wie geht es Thea?»

D: «Keine Ahnung. Lillis und ich sehen uns nur noch, wenn sie nicht dabei ist. Da glucken sie ja doch nur zusammen. Wahrscheinlich ist sie genauso nervig wie immer. Sie und Malin sind jetzt ja ganz dicke Freunde. Verstehe ich gar nicht, Malin ist doch sturzlangweilig. Thea hat sogar schon versucht, mich mit Malin zu verkuppeln, aber da hat sie keine Chance.»

I: «Hast du eine neue Freundin?»

D: «Nein. Du? Hast du jemanden?»

I: «Nein … oder … Doch, ich bin in jemanden verliebt … Aber der hat eine andere.»

D: «Das kenne ich. Scheißgefühl.»

I: «Ja. Weißt du was, ich gehe jetzt mal. Mach's gut, Danne. Und – ich bin nicht mehr sauer auf dich. Das solltest du wissen. Vielleicht müsste ich mich auch bei dir entschuldigen.»

D: «Wofür?»

I: «Dass ich es dir nicht zuallererst gesagt habe, dass ich Schluss machen will. Entschuldigung.»

Wir umarmten uns. Fest. Ohne Hintergedanken. Eine Umarmung, die bedeutete, dass alles in Ordnung war.

Danne trottete zu Thea und Lillis zurück, und ich schob mein Rad die Böschung hoch. Wir winkten uns zum Abschied noch einmal zu.

Obwohl es schon ziemlich spät sein musste, war es noch hell. Aber das Zwitschern der Vögel klang schon etwas müde. Ich radelte über die feuchten, weichen Feldwege. Das Grün um mich herum duftete betäubend. Ich stellte mich in die Pedale, streckte den Oberkörper und sog die feuchte Nachtluft ein, während der Wind an meinen Haaren zerrte. Ich bin cool! Ich bin mutig! Ich bin kein Feigling! Ich mache, was ich will! Ich bin ich!

23. Mai

Ich habe in Bramhed zugesagt. Ein mulmiges, aber auch spannendes Gefühl. Wenn es mir nicht gefällt, ziehe ich wieder nach Hause, das habe ich allen gesagt. Jetzt, wo es ausgesprochen ist, finde ich es auch nicht mehr peinlich.

Und wenn ich eh hier wegziehe, kann ich Ivar ebenso gut mein Herz ausschütten. Ich habe mir vorgenommen, zu ihm zu gehen. Heute ist Samstag, da ist er bestimmt zu Hause. Wenn sie bei ihm ist, werde ich ihn bitten, kurz allein zu mir rauszukommen.

Ich traue mich. Ich bin cool. Ich ziehe nach Hälsingland.

Schlimmer, als es jetzt ist, kann es dadurch auch nicht mehr werden. Er liebt eine andere.

24. März

Ich bin mit dem Rad zum Hafen gefahren. Das Boot lag da, wo es bei meinem letzten Besuch auch gelegen hatte. Natürlich, was hatte ich anderes erwartet? Egal. Das Boot lag an seinem Platz, zwischen den Masten und Trossen hingen orange, gelbe, rote und lila Stoffbahnen zum Trocknen und schlugen knatternd im Wind. Ivars Handarbeitsmama hatte offensichtlich Stoff gefärbt.

Ich hatte auf Autopilot umgeschaltet. Wenn ich jetzt anfing nachzudenken, würde ich mir allein schon bei dem Gedanken, Ivars Mutter zu begegnen, vor Angst in die Hose machen. Sie musste mich für völlig bescheuert halten, weil ich mich bei ihnen eingeschlichen und ihr alle möglichen Lügen aufgetischt hatte.

Ich betrat den schwankenden Landungssteg, schaute zu der roten, weit offen stehenden Tür und hörte unten jemanden herumwerkeln. Eine Katze schlich um meine Beine und drückte sich an mich. Wenigstens ein Freund unter Feinden. Ich bückte mich und streichelte die Katze. Sie hatte gelbe Augen, genau wie Ivar. Maunzend schmiegte sich die Katze noch fester an mich, und ich nahm sie auf den Arm, drückte sie an mich und gab ihr einen vorsichtigen Kuss auf die Schnauze. Ich stellte mir vor, dass Ivar mit der Katze geschmust hatte, und wenn ich jetzt mit ihr schmuste, war es fast so, als würde ich mit ihm …

Ivar: «Hallo.»

Er war in der Türöffnung aufgetaucht, ohne dass ich ihn gehört hatte. Die Haare zerwuschelt, als käme er direkt aus dem Bett, weites, aufgeknöpftes Flanellhemd, nackte Beine, barfüßig. Er sah aus wie Karlsson vom Dach. Hihi. Die Katze sprang von meinem Arm und strich um Ivars Beine, als wollte sie mir demonstrieren, auf wessen Seite sie stand, wenn es hart auf hart käme.

Ich: «Hallo.»

Über uns kreischten die Möwen. Die Stoffbahnen flatterten im Wind. Sonst war alles still. Keiner von uns sagte etwas. Ich beobachtete die Katze. Ivar beobachtete mich.

I: «Ich muss mit dir reden.»

Iv: «Das würde ich auch sagen.»

Ivar blieb abwartend in der Türöffnung stehen, die Arme vor der Brust verschränkt. Die Katze strich maunzend um seine Beine.

I: «Also … Der Grund, wieso ich damals hierher gekommen bin … Das war, weil …»

Iv: «Ich höre?»

I: «Weil ich in dich verliebt bin.»

Das war es. Ich hatte es ausgesprochen. Ich fühlte mich wie eine Abfahrtsläuferin, die in Schussfahrt einen steilen Hang hinuntersaust, angefeuert von den Schreien der Zuschauer am Rand. In meinem Kopf schrie auch alles durcheinander. Ich hatte es gesagt. Ich war am Ziel. Jetzt konnte ich nach Hause gehen. Das war alles, was ich sagen wollte.

Ich sah Ivar an. Er stand noch genauso da wie vorher,

die Arme vor der Brust verschränkt und neben sich die Katze, die ihm um die Beine strich. Aber sein Gesicht sah anders aus. Wie ein Fragezeichen. Und seine gelben Augen starrten mich fassungslos an.

I: «Ich weiß nicht, was ich sonst noch sagen soll. Ich bin verliebt in dich, aber du hast eine andere, und ich ziehe im Herbst nach Hälsingland – wie gemacht für ein Märchen mit traurigem Ende … Mach's gut.»

Ich drehte mich um und lief über den Steg an Land. Ich trat ungeduldig gegen den Ständer und schwang mich ziemlich unelegant auf den Sattel. Ich hätte so gern einen lässigen Abgang hingelegt, aber das hier hatte eher was von Charlie Chaplin. Mit hämmerndem Herzen trat ich in die Pedale. Und dann drehte ich mich nochmal um, obwohl ich mir vorgenommen hatte, das auf keinen Fall zu tun, und ich sah, wie Ivar hinter mir herstarrte. Der Wind zerrte an seiner wuscheligen Morgenfrisur.

«… wie gemacht für ein Märchen mit traurigem Ende.» Wenigstens diese klassische Filmreplik hatte ich hingekriegt.

Erstaunlicherweise ging es mir gar nicht schlecht, als ich zu Hause ankam. Na gut, ich schäumte nicht gerade über vor Glück, aber niedergeschlagen war ich auch nicht. Wie hieß es in den Mädchenbüchern immer so schön? «Mir war ein Stein vom Herzen gefallen.» Genau so fühlte es sich an. Als hätte ein pochender Schmerz sich in Wohlgefallen aufgelöst. Die Trauer war immer noch da, aber sie tat nicht mehr so weh.

25. Mai

Montagmorgen. Ein bisschen nervös bin ich schon, in die Schule zu gehen. Jetzt, wo Ivar es weiß.

26. Mai

Ivars Stimme war die erste, die ich heute Morgen in der Schule hörte. Er sprach irgendwie lauter als sonst. Ich versuchte, mich unauffällig zwischen den Jacken an der Garderobe zu verstecken, was Ende Mai nicht so leicht ist wie im Winter.

Ivar: «Hi, hallo, Lina!»

Ein sonniges Lachen in seinen gelben Augen. So hat er mich noch nie begrüßt. «Hi, hallo, Lina.» Mit meinem Namen. Und so gut gelaunt.

Wahrscheinlich freute er sich, dass ich es ihm erzählt hatte. Selbst wenn er nicht in mich verliebt ist, fühlt er sich ja vielleicht ein bisschen geschmeichelt, weil ich in ihn verliebt bin. Könnte ich mir jedenfalls vorstellen. Vielleicht will er vermeiden, dass ich mir irgendwie blöd vorkomme, und begrüßt mich aus Freundlichkeit so nett, damit ich nicht denke, er hätte was gegen mich, weil ich ihm gestanden habe, dass ich in ihn verliebt bin.

28. Mai

Die Vorbereitungen für die Abschlussfeier laufen auf Hochtouren. Alle wollen sie sich voll laufen lassen, auch die, die noch nie vorher getrunken haben. Die «Dealer» haben eine Menge zu tun. Vespens Auto jedenfalls läuft heiß zwischen Schnapsladen und Rödköpingschule. Da sich keiner traut, den Alkohol zu Hause aufzubewahren, bunkern sie den Stoff in ihren Spinden. Außer ein paar Übungsheften und Mathebüchern beherbergt Caros Spind momentan 0,75 l Explorer, zwei Flaschen Vino tinto und ein paar Dosen Red Bull. (Sie bunkert gleich schon für Mitsommer mit.)

Ich glaube, ich werde mich auch zum Abschlussfest betrinken. Was soll's. Wenn alle anderen einen im Kahn haben, ist es irgendwie langweilig, als Einzige nüchtern zu sein. Caro hat mir angeboten, ihr was abzukaufen, wenn ich will.

1. Juni

Großalarm in der Schule!

Der Rektor hat spitzgekriegt, dass mehr oder weniger sämtliche Schüler aus den Neunten Sprit in ihren Spinden bunkern. Darum gab es heute eine Razzia! Wie in einem Action-Highschool-Streifen. Nach der großen

Pause, als alle Neunten im Unterricht waren, haben sie die Schränke kontrolliert.

Jeder, der Alkohol in seinem Spind hatte, musste zum Direktor. Shit, Caro wäre fast in Ohnmacht gefallen, bei dem Arsenal in ihrem Schrank. Als der Rektor ihren Namen aufrief, war ihr klar, dass sie geliefert war.

Alkohol im Spind = Benachrichtigung der Eltern = keine Abschlussfeier für Caro = schrecklich öde Abschlussfeier für mich = Scheiße!

Caros Mutter war stinksauer. Caros Vater ist nämlich Alkoholiker (das war der Grund für ihre Trennung), und verständlicherweise hat sie eine Höllenangst, dass Caro seine Gene geerbt hat. Caro hat jetzt zwei Wochen Hausarrest (!!!) und muss obendrein noch eine Urinprobe machen lassen, damit sicher ist, dass sie keine anderen Drogen nimmt. Arme Caro.

Ich Arme.

Pervers eigentlich, ich tue mir fast mehr leid als Caro. Weil ich mich ohne sie schrecklich langweilen werde auf der Abschlussfeier. Mein Gott, bin ich egoistisch! Schäm dich, Lina!

Habe Ivar schon ein paar Tage nicht gesehen.

3. Juni

Morgen ist der letzte Tag in der Neunten, dann habe ich meine Schulzeit in Rödköping abgeschlossen. Das ist, als ob morgen meine Jugend zu Ende ginge. Übermorgen bin ich vielleicht schon ein klein wenig erwachsener. In der Schule passiert nicht mehr viel. Die Zensuren stehen fest, und sowohl bei den Schülern als auch bei den Lehrern ist irgendwie die Luft raus. Die meisten Stunden finden im Freien statt, was bedeutet, dass der Unterricht eigentlich ausfällt. Stattdessen fläzen wir auf dem Schulhof rum und genießen die Sonne oder hören dem Schulchor zu, der in der Aula übt. Ich hab beschlossen, nicht im Chor mitzusingen. So in Ivars Nähe zu sein, das halte ich nicht aus. Und ich gehe ja mal davon aus, dass er dabei ist. Alles andere würde mich doch stark wundern.

Caro und ich teilten uns ein Softeis, lagen im Gras und schauten in den Himmel.

Caro: «Die Frage ist nur, wie ich es schaffe, mich morgen aus dem Haus zu schleichen. Ich habe nämlich nicht vor, die Abschlussfeier zu verpassen.»

Ich: «Aber der Alkohol in deinem Spind ist doch beschlagnahmt worden ...»

C: «Dann besorg ich mir eben neuen. Ich hab Vespens Handynummer. Das tut er bestimmt für mich als treue Kundin.»

I: «Wenn du nicht gehst, geh ich auch nicht.»

C: «Wieso das denn? Alle anderen gehen doch auch, da geht bestimmt der Punk ab. Ich komme mir vor wie Aschenbrödel. Die undankbaren Stiefschwestern dürfen auf den Ball gehen, aber mich schließen sie ein. Dabei hätte ich garantiert den meisten Spaß. Ich weiß schließlich, wie man feiert!»

I: «Und hast du schon einen Plan, wie du zu Hause rauskommst?»

C: «Ich werde mir zwei Videofilme ausleihen und mir ein paar Süßigkeiten oder Knabberkram kaufen, damit es so aussieht, als hätte ich tatsächlich vor, zu Hause zu bleiben. Dann schließe ich mich mit dem kleinen Fernseher und dem Videogerät in mein Zimmer ein und tue so, als wäre ich wütend oder traurig, und versuche, den Abend irgendwie totzuschlagen. Aber anstatt zu gucken, ziehe ich mir mein lila Minikleid an, schiebe das Video ein, drehe die Lautstärke hoch und klettere aus dem Fenster.»

I: «Aber du wohnst doch im dritten Stock!»

C: «Kein Problem. Mein Zimmer liegt direkt neben dem Balkon von Ragnar. Er weiß Bescheid. Ich habe mit ihm gesprochen, damit er keinen Schrecken kriegt, wenn ich plötzlich vor seiner Balkontür stehe. Danach liegt nur noch die Treppe zwischen mir und der Freiheit!!!»

I: «Und was ist, wenn deine Mutter an deine Tür klopft und wissen will, wie es dir geht?»

C: «Meine Mutter? An meine Tür klopfen? Meine Mutter

muss sich um vier kleine Nervensägen kümmern. Wenn ich ausdrücklich sage, dass ich in Ruhe gelassen werden will, und solange sie den Fernsehton in meinem Zimmer hört, wird sie keinen Verdacht schöpfen. Für sie ist es das Größte, wenn sie sich um einen der Kleinen kümmern kann.»

I: «Dann kann ich also morgen mit dir rechnen?»

C: «Aber klar doch!»

Morgen ist Fete! Das wird richtig, richtig geil! Und morgen sehe ich Ivar zum letzten Mal (wenn er überhaupt auftaucht). Ich nehme ja mal an, dass er morgen in der Aula singt. Wir werden uns sicher grüßen, und danach werde ich ihn nie mehr sehen. Es ist wahrscheinlich das Beste so. So habe ich wenigstens die Chance, ihn aus meinem Gedächtnis zu radieren.

4. Juni

Frühmorgens.

Ich habe ziemlich schlecht geschlafen heute Nacht. Irgendwie ein komisches Gefühl, dass heute mein letzter Schultag ist. Der letzte Tag in den Korridoren, der letzte Tag an meinem Spind, der letzte Tag mit den anderen. Danach sehe ich die meisten vielleicht nie wieder.

Mama und ich waren vor zwei Wochen in Trollhättan und haben Klamotten für mich gekauft. Ich wollte auf keinen Fall was Weißes, Tristes wie alle anderen. Die Mädchen haben sich grottenhässliche Strohhüte mit Bändern gekauft und die Jungs Stoffkäppis, auf denen alle unterschreiben sollen, als Andenken. Ich habe mir keinen Hut gekauft.

Mama und ich haben schließlich ein rotes, eng anliegendes Kleid gefunden und dazu ein Paar passende rote Sneakers.

Ich sehe mich im Spiegel an. Ich, Lina, 15 Jahre, beende heute das neunte Schuljahr. Die Morgensonne knallt vom Himmel. Meine Beine sind leicht gebräunt. Die Schuhe leuchten neu und rot. Ich gefalle mir richtig gut. Meine Hüften sind seit letztem Herbst etwas breiter geworden, und wenn ich den Oberkörper ins Profil drehe, wirkt mein Busen auch ein bisschen größer. Ich sehe fast ein bisschen fraulich aus. Wie eine junge Frau. Die von zu Hause auszieht. Wie eine, die sich was traut. Die macht, was sie will. Eine junge Frau. Klingt gut. Ist es auch gut?

Ich habe mich mit wasserfester Mascara geschminkt, weil ich weiß, dass ich garantiert heule. Alle Mädchen, die die Neunte beenden, heulen. So ist das eben. Die Mädchen, die letztes Jahr fertig geworden waren, sind unentwegt zwischen der Aula und den Toilettenräumen hin und her gerannt. Selbst Thea und Caro haben geheult, aber eher, weil die Jungs aus der Neunten von der Schule abgingen, was hieß, dass die coolen Typen von nun an Mangelware sein würden.

DER LETZTE SCHULTAG!
(YES!)

Ich kämme mich ein letztes Mal, dann noch ein bisschen Lipgloss, und auf geht's, dem letzten Schultag entgegen, in meinen roten Sneakers.

4. Juni

Nachmittags.

Ich bin völlig verheult. Alle dachten, ich flenne, weil mir die Schule so fehlt.

Caro heulte wie ein Wasserfall und umarmte alle Lehrer (selbst die, die sie wirklich gehasst hat), Malin und Thea standen in identischen weißen Kleidern da und schluchzten vornehm. Aber am heftigsten heulte ich. Aber im Gegensatz zu Caro umarmte ich kaum einen Lehrer und auch nicht sehr viele Mitschüler, weil ich hauptsächlich mit Weinen beschäftigt war.

Die offizielle Verabschiedung in der Aula war grauenvoll. Ivar war natürlich auch da. Der ganze Chor war hinter ihm aufgereiht. Und er stand im Zentrum, in blauer Latzhose und mit rot gestreiftem T-Shirt. Seine gelben Augen, die leicht gebräunte Haut, der große, lachende Mund. Und dann sie. Die Inderin. Sie saß neben ihm, ein Cello zwischen den Beinen. Das Haar offen, dick und schwarz, bis über den Po. Der rote Punkt, eine Art weißer Karateanzug und mindestens hundert silberne Armreife an den Handgelenken.

Ivar sang. Sie spielte. Der Chor röhrte. Es war, als sängen Ivar und das Cello zweistimmig. Es war himmlisch. Und höllisch schmerzhaft.

Nicht nur mir kamen die Tränen, weil es so schön war. Alle waren schrecklich sentimental, da reichten ein Cello und ein wenig Gesang, um alle Dämme brechen zu lassen. Ich weinte hemmungslos. Alles musste raus. Ich liebte ihn, so einfach war das. Und das würde sich auch nicht ändern, wenn ich ihn nicht mehr sah. Er wird trotzdem bei mir sein. Ich kann ihn nicht einfach ausradieren wie einen Schreibfehler.

Er sang drei Lieder. Und die ganze Zeit begleitete die Inderin ihn mit dem Cello. Der Rektor überreichte ihr hinterher einen Strauß Blumen, alle applaudierten, alle weinten, alle lagen sich in den Armen. Ivar und die Inderin umarmten sich auch. Caro hielt meine Hand. Sie wusste, was ich durchmachte. Nur sie.

Caro: «Das schaffst du schon. Heute Abend wird gefeiert.
Denk daran. Bald ist es vorbei. Du bist stark.»

Der wasserfeste Kajalstift hatte nicht viel genützt, es verlief trotzdem alles. Das mit dem wasserfest ist doch bloß Schmu. Ein psychologischer Werbetrick der Kosmetikbranche, um uns Mädchen abhängig zu machen.

Nach der Aula gingen wir noch einmal zurück in unsere Klassenzimmer und bekamen unsere Zeugnisse ausgehändigt (zwei Sehr gut und kein Ungenügend!!!), überreichten unserer Klassenlehrerin eine hässliche Kristallvase und schrieben unsere Namen auf die Hüte.

Und dann gingen wir auseinander, in der Gewissheit, dass wir uns abends alle im Bürgerpark wieder sehen würden.

Jetzt liege ich auf meinem Bett und flenne. Besser, ich heule mich jetzt aus, dann kann ich mich heute Abend amüsieren. Mama und Papa sind bei der Arbeit. Um sechs gibt es Roastbeef und Kartoffelsalat und wieder Jubiläumscidre. Und um acht sind Caro und ich vorm Park verabredet. Hoffentlich kommt sie.

Aber jetzt schlafe ich erst mal vor.

5. Juni

Ganz früh morgens.

Ich komme gerade aus dem Park.

Ich hatte das rote Kleid an wie in der Schule, die roten Sneakers, eine Jeansjacke drüber und legte frische, wasserlösliche Schminke auf. Ich ging zu Fuß zum Bürgerpark. Das Rad würde sowieso nur geklaut werden, und ich wollte mein Rad behalten. Ich hätte auch den Bus nehmen können, aber alle anderen fuhren mit dem Bus, und ich hatte keine Lust auf alle anderen. Nicht ohne Caro. Und mit Caro war ich erst am Park verabredet, vor dem Zaun auf der Rückseite. Um uns vorher noch ein bisschen in Stimmung zu bringen (mit anderen Worten, ein Fläschchen Wein zu leeren), bevor wir uns ins Getümmel stürzten.

Das war der perfekte Abend für eine Abschlussfete. Die Luft duftete nach Flieder. Es war sonnig und warm, und wäre ich nicht so traurig gewesen, hätte ich ihn sicher zum besten Tag meines Lebens erkoren. Meine roten Sneakers trugen mich aus der Reihenhaussiedlung, durchs Einfamilienhausviertel (wo es höllisch nach Grill roch. Warum wird in Einfamilienhäusern bloß beim kleinsten Sonnenstrahl der Grill rausgeholt?), bis zum Bürgerpark kurz vor der Dalbobrücke. Die Lichterketten leuchteten, die Rocker parkten mit ihren Karren vorm Eingang, die Stereoanlagen voll aufgedreht. Noch war es relativ ruhig vor dem Imbiss. Vorm Eingang stand bereits eine lange Schlange. Ich kannte fast alle. Heute kamen alle Neuntklässler der ganzen Stadt, von der Rödköpingschule und der Vidarschule. Es roch nach Rasierwasser und Parfüm, obgleich ich noch mindestens hundert Meter von der Schlange entfernt war. Ich hätte hingehen und mit dem einen oder anderen plaudern können, aber mir war nicht nach Plaudern. Ich ging direkt zum verabredeten Treffpunkt, um auf Caro zu warten. Wir hatten uns um acht verabredet. Jetzt war es zehn nach acht. Ich setzte mich auf einen Stein, lehnte mich gegen den Zaun und ließ mich von der Abendsonne bescheinen. Hinter mir herrschte ein Höllenlärm: dröhnende Musik, wildes Gegröle, Schießbuden, röhrende Motoren, Fete.

Es wurde zwanzig nach acht. Halb neun. Neun. Jetzt saß ich schon fast eine Stunde hier und keine Caro weit und breit. Keine Mitteilung auf dem Handy. Allmählich schlief mir der Hintern ein. Ich lief ein wenig hin und her, traute mich aber nicht, unseren Treffpunkt zu verlassen. Caro musste kommen. Jetzt nach Hause zu gehen wäre irgendwie enttäuschend gewesen. Da entdeckte ich Thea und Lillis zwischen den Bäumen. Sie waren beide betrunken und stritten sich.

Es wurde halb zehn. Im Bürgerpark war der Bär los. Immer mehr Leute verschwanden in dem kleinen Wäldchen hinter der Tanzfläche. Da entdeckte ich Malin, die hinter dem Toilettenhäuschen stand und mit einem Typ von der Vidarschule rumknutschte. Erdjan aus der 9f lag im Heidekraut und schlief. Ein Stück weiter weg versteckte ein Junge seine Flasche unter einer Baumwurzel.

Ich machte mich unsichtbar, so gut es ging. Jetzt war es bald zehn. Bis zehn wollte ich noch warten, dann würde ich nach Hause gehen. Jetzt, wo mehr oder weniger alle hacke waren, machte es keinen Spaß mehr, allein in den Park zu gehen.

Ich hockte mich hinter den Stein und beobachtete das Waldstück auf dem Parkgelände. Und wen sah ich da?! Ivar! Was machte Ivar denn im Park? Er suchte ganz offensichtlich jemanden. Er sah sich jedes knutschende Pärchen genauer an, stieg über Schnapsleichen und ging eine Runde um die Klohäuschen. Und plötzlich schaute er in meine Richtung! Hilfe! Er durfte mich nicht sehen.

Ich zog den Kopf ein und kniff die Augen zusammen. Mein Herz galoppierte davon. Hoffentlich hatte er mich nicht entdeckt. Das wäre mir sehr peinlich, außerhalb des Parkgeländes halb hinter einem Stein kauernd ertappt zu werden. Grottenpeinlich.

Ivar: «Lina? Bist du das?»

Verflixt.

Ich: «Nein.»

Iv: «Haha. Was machst du denn da?»

I: «Und du?»

Iv: «Ich hab zuerst gefragt.»

I: «Ich warte auf Caro … Sie wollte um acht kommen. Aber ich glaube, sie taucht nicht mehr auf.»

Iv: «Jetzt ist es doch schon zehn. Hast du etwa zwei Stunden hinter dem Stein gelegen?»

I: «Na ja, nicht nur gelegen, zwischendurch hab ich auch gesessen. Caro hat zwar Stubenarrest, aber sie wollte trotzdem kommen. Scheint wohl was dazwischengekommen zu sein.»

Iv: «Ja, sieht ganz danach aus.»

I: «Und was machst du hier? Das ist doch die Abschlussfeier der Neunten …»

Iv: «Ich hab dich gesucht. Dachte mir, dass du bestimmt hier steckst. Aber dass ich dich halb liegend hinter einem Stein finden würde, damit habe ich nicht gerechnet.»

Ivar sah mich durch die Zaunmaschen an. Ich hockte noch immer auf dem Boden. Warum hatte er mich gesucht? Das musste ich ihn unbedingt fragen. Aber ich bekam keinen Ton heraus.

Iv: «Also, das, was du zu mir gesagt hast … dass du mich magst und so …»

I: «Ich mag dich nicht, ich bin in dich verliebt.» (Oh, wie hab ich denn das zustande gebracht?)

Iv: «Ja, okay, dass du in mich verliebt bist … Ich mag dich auch … Oder … Ich bin wohl auch in dich verliebt. Das hätte ich dir gern gleich auf dem Boot gesagt, aber ich war so geschockt … Und danach hatte ich dauernd Proben und … es hat sich irgendwie keine günstige Gelegenheit ergeben, es dir zu sagen … Bis jetzt.»

I: «Aber du hast doch eine Freundin!»

Iv: «Nein. Wie kommst du denn darauf?»

I: «Und was ist mit dem Mädchen aus Indien?»

Iv: «Aus Indien?»

I: «Dunja oder wie sie heißt. Die, die dich heute auf dem Cello begleitet hat.»

Iv: «Elunia? Meinst du etwa Elunia? Sie ist aus Sri Lanka. Haha, nein, das ist nicht meine Freundin.»

I: «Und warum hängen dann Fotos von ihr über deinem Bett?»

Iv: «Woher weißt du das denn? Ach ja, ich vergaß …»

I: «Tut mir leid.»

Iv: «Ach was, ist schon okay. Ich war tatsächlich ein bisschen verliebt in Elunia. Aber, mein Gott, sie ist 30 Jahre alt, verheiratet und hat einen kleinen Sohn. Das ist also überhaupt nicht aktuell.»

I: «Aber dann verstehe ich nicht … Was … Wieso ihr …?»
Iv: «Sie ist eine gute Freundin meiner Eltern. Wir beide haben schon häufiger Musik zusammen gemacht. Und als sie jetzt zu Besuch war, haben wir uns überlegt, dass wir doch bei der Abschlussfeier was zusammen spielen könnten, just for fun. Elunia inspiriert mich irgendwie, und da habe ich sie irgendwann zu meiner Muse erklärt. Du weißt schon, das ist jemand, der den Künstler zu besserem Schaffen inspiriert. Darum auch das Foto über meinem Bett. Ich wollte eine Symphonie für sie komponieren, aber das hat leider nicht geklappt. Vielleicht hätte ich lieber ein Foto von dir aufhängen sollen …»
I: «Jetzt kapier ich gar nichts mehr.»
Ich verstand wirklich nur noch Bahnhof. Das war doch der Tag des Weltuntergangs. Aus Ivar und mir würde nie was werden, so war es vorherbestimmt. Weil er eine Freundin hatte. Eine indische Schönheit. Und jetzt stand er hier. Auf der anderen Seite des Zauns. Mit seiner Latzhose, seinem Wollpullover, seinen gelben Augen und sagte, dass er in mich verliebt sei!!!

ZACK, PENG, ZONG! HIPP, HIPP, HURRA! YEEEEAAAH! Das konnte nicht wahr sein. Das bedeutete ja … Dass ich ihn vielleicht berühren durfte. Dass er mich vielleicht auch berühren wollte! Dass er und ich uns übers Leben unterhalten würden. Dass er und ich … Dass wir vielleicht zusammengehörten. Diese Dunja hatte einen Mann und ein Kind, sie war dreißig, sie war weg vom Fenster. Er konnte sich vorstellen, ein Foto von mir an die Wand zu hängen, um sich beim Komponieren inspirieren zu lassen! Er fühlte das Gleiche wie ich!

Ich blieb wie gelähmt hinter dem Stein hocken. Stumm. Taubstumm. Staubdumm.

Iv: «Komme ich zu spät?»

I: «Zu spät wofür?»

Iv: «Hast du es dir inzwischen vielleicht doch anders überlegt ...?»

Endlich kam Leben in meine Beine. Ich stand auf. In mir brach ein Glückssturm los. Ich schob meine Fußspitzen in die Maschen des Zauns, zog mich nach oben und ratschte mich an dem Stacheldraht oben. Aber ich spürte keinen Schmerz, nur pures Glück. Das letzte Stück sprang ich. Und da stand ich dann. Direkt vor ihm. Ich sog seinen Duft ein, mit einem tiefen Atemzug. Wir sahen uns an. Ivar lachte verlegen. Ich lachte laut, es platzte einfach aus mir heraus. Meine Wangen glühten. Ivars Wangen waren rot gefleckt.

Iv: «Hübsche Schuhe.

I: «Hübscher Junge.»

Iv: «Haha, danke! Hübsches Mädchen.»

I: «Alles hübsch.»

Und was kam jetzt? Wenn man mit einem Mal demjenigen so nahe war, den man die ganze Zeit nur auf Distanz geliebt hatte? Ich griff nach Ivars Hand. Sie war trocken und warm. Wir lachten. Zögernd. Aber glücklich. Meine roten Schuhe bewegten sich wie von selbst durch den

Wald, zur Tanzfläche, Ivars warme Hand in meiner. Er sah mich fragend von der Seite an. Lächelte. Kicherte. Der Lärm von der Tanzfläche wurde lauter. Alle schrien durcheinander. Die Musik dröhnte. Alles glitzerte. Lichterketten mit farbigen Glühbirnen. Saftig grüne Birken. Menschenmassen. Glück. Hand in Hand. Alle tanzten. Es war brechend voll. Ich hielt immer noch Ivars Hand und zog ihn hinter mir her in die Mitte der Tanzfläche.

Es war eng, aber ich hatte das Gefühl, als wären wir allein auf der ganzen Welt. Ich wusste, dass die anderen glotzten und sich fragten, was so ein kleiner Scheißer aus der Siebten hier zu suchen hatte. Verkehrte Welt und doch so haargenau, wunderbar richtig. Ivar sah mich noch immer fragend an. Dann lachten wir gemeinsam. Um uns herum ein einziges Gehüpfe und Geschubse. Wir wurden aneinander gedrängt. Ivars Arme um meine Taille. Meine Arme um seinen Hals. Sein Duft in meiner Nase. Alle Scheinwerfer waren auf uns gerichtet. Und da hörte ich von ganz weit weg Caros Stimme.

Caro: «Halloooo, Liiina! Ich komme! Ah, wie ich sehe, hast du alle Hände voll zu tun! Kümmer dich gar nicht um mich. Let's partyyyyy!»

Das Leben ist ein Fest. Das Leben ist wunderbar.

In meinem Kopf war es ganz still. Ich sah nur noch Ivars gelbe Augen. Nein, sie waren nicht gelb. Sie waren golden. Und sie funkelten. Ich streckte mich. Seinen Lippen entgegen. So kühl, einfach perfekt. Keine Zungen. Noch nicht. Nur dieser schüchterne Kuss. Als würden wir uns nicht mehr trauen. Vielleicht, weil wir wussten, dass wir alle Zeit der Welt hatten, alle Zeit der Welt, uns zu erforschen. Kennen zu lernen. Uns zu lieben. Ein himmlischer Kuss. Der beste, den ich je bekommen hatte.

PS 1: Caro ist die Nummer 28 auf der Warteliste von Bramhed. Ich drücke die Daumen!!!

PS 2: Soll ich wirklich dort anfangen … Jetzt wo Ivar und ich …

PS 3: Natürlich fang ich an! Ivar kann mich besuchen kommen! Mein Ivar …

FOR-EVER
LOVE

971 IN VÅNGA GEBOREN

HALLO!

ICH HEISSE EMMA HAMBERG. UND HABE DIESES BUCH GESCHRIEBEN. UND DAS IST NICHT DAS ERSTE BUCH. IN SCHWEDEN SIND SCHON MEHRERE SACHEN VON MIR VERÖFFENTLICHT: *SINGEL I STAN* (COMIC), *GENERATION SMURF* (MIT JOHANNA SWANBERG), *MAMA* (MIT VIELEN ANDEREN MÜTTERN). BISHER AUF DEUTSCH ERSCHIENEN: ♡ & 6. *ALLES WAS DU WISSEN WILLST* (ROTFUCHS). DANEBEN HABE ICH HUNDERTE VON ZEITUNGSARTIKELN GESCHRIEBEN UND EBENSO VIELE RADIOBEITRÄGE (*DORIS UND KETCHUP* AUF P3) UND NOCH MEHR COMICSTRIPS FÜR ZEITSCHRIFTEN UND ZEITUNGEN. EINE ZEITLANG WAR ICH CHEFREDAKTEURIN BEI DER VECKO-REVYN UND HABE ALS ALLERERSTES DEN KINDISCHEN WETTBEWERB *MISS SCHWEDEN* RAUSGEKICKT. NACH EINEM JAHR WAR MIR KLAR, DASS ICH KEINE CHEFAMBITIONEN HATTE. ICH MACHE LIEBER LANGE KAFFEEPAUSEN ZWISCHEN DEN KURZEN SCHREIBPHASEN.
ANSONSTEN SPIELE ICH AM LIEBSTEN MIT MEINEN DREI HERZIGEN TÖCHTERN ODER ICH SCHLAFE. UND TRÄUME VON SCHÖNEN NEUEN PROJEKTEN …

FÜHLT EUCH HERZLICH UMARMT!

ICH LIEBE RADIO!

DAS BESTE, WAS ICH JE ZUSTANDE GEBRACHT HABE!!!

H HNE IT NEM BENS- HR ICS

HT E RT- UNG ER A …

Emma